ALFRED CAPUS

THÉATRE COMPLET

VIII

Les Favorites ❦ ❦

En Garde ! ❦ ❦ ❦ ❦

Hélène Ardouin

ARTHÈME **FAYARD** & CIE
ÉDITEURS
18-20, Rue du Saint-Gothard
PARIS

ALFRED CAPUS

THÉATRE COMPLET

8Yf
1712

THEATRE COMPLET

d'Alfred CAPUS

VOLUMES PARUS

Copyright 1913 by Arthème Fayard.

ALFRED CAPUS

HÉATRE COMPLET

VIII

Les Favorites
En Garde !
Hélène Ardouin

PARIS

ARTHÈME FAYARD & Cⁱᵉ, ÉDITEURS

18-20, Rue du Saint-Gothard

Il a été tiré à part :

CINQ EXEMPLAIRES NUMÉROTÉS SUR PAPIER DU JAPON

ET

VINGT EXEMPLAIRES NUMÉROTÉS SUR PAPIER

DE HOLLANDE

LES FAVORITES

COMÉDIE EN QUATRE ACTES

Représentée pour la première fois au théâtre des Variétés,
le 1er décembre 1911.

PERSONNAGES

BOURDOLLE, 12 ans.	MM. Brasseur.
GODFISH, 35 ans	Max Dearly.
LAHURE, 50 ans.	Guy.
VILLERBOIS, 40 ans.	Saturnin Fabre.
BRANCHIN, 40 ans	Numès.
GUILLONET, 28 ans.	Prince.
MAUGRAINE, 28 ans	Diamand.
PROSPER, 15 ans	Moricey.
De JERSOT, 35 ans.	Dupray.
FOURAS	Avélot.
JOSEPH.	Rocher.
L'INSTITUTEUR	Girard.
LOUIS	Darcourt.
LUCE, 26 ans.	Mmes Lavallière.
ALINE, 35 ans	Jeanne Rolly.
La COMTESSE, 52 ans	Marie Magnier.
VALÉRIE, 30 ans	M. Prince.
JEANNINE, 30 ans.	Mad. Carlier.
MARGUERITE, 32 ans.	Balletta.
Mme BRANCHIN, 35 ans	Sandry.
JULIETTE, 18 ans.	Debrives.
SOLANGE, 20 ans	Reuven.
BIANCA, 18 ans.	Delas.
L'INSTITUTRICE.	Debacker.
Mme FOURAS	Lunéville.
HERMANCE.	Harva.

LES FAVORITES

ACTE PREMIER

Chez la comtesse. Un salon séparé d'un autre par une large baie qui reste ouverte tout le temps de l'acte et disposée de façon que l'on voie ou que l'on ne voie pas les invités, suivant les besoins de l'action. En pan coupé.

SCÈNE PREMIÈRE

Le Valet de pied, LAHURE,
puis LA COMTESSE.

LE VALET DE PIED, *après avoir introduit Lahure,*

Madame la comtesse prie monsieur de vouloir bien l'attendre un instant.

LAHURE.

Bien. *(Il s'assied, puis au valet de pied qui sort.)* Pardon, mon ami ?

LE VALET DE PIED.

Monsieur ?

LAHURE.

Vous dites que la comtesse me prie de l'attendre ?

LE VALET DE PIED.

Oui, monsieur.

LAHURE.

Elle était donc sûre que je viendrais aujourd'hui?

LE VALET DE PIED.

Oui, monsieur.

LAHURE.

Ça m'étonne... car j'étais en province. C'est par hasard que je suis rentré aujourd'hui et que j'ai trouvé sa lettre chez moi.

LE VALET DE PIED.

Pourtant, madame m'a dit en propres termes: « Mon notaire va venir, vous le prierez... »

LAHURE, *sèchement.*

Je ne suis pas le notaire.

LE VALET DE PIED, *le regardant étonné.*

Monsieur n'est pas... ?

LAHURE.

Non. Et vous, vous êtes le nouveau valet de chambre?

LE VALET DE PIED.

Oui, monsieur.

LAHURE.

Alors, vous ne me connaissez pas encore, c'est tout naturel.

(Entre la comtesse.)

LA COMTESSE, *à Lahure qui lui baise la main.*

Ah! bonjour, Lahure... Je ne comptais presque pas sur vous. *(Au valet de pied.)* Mon notaire n'est pas arrivé?

LE VALET DE PIED.

Non, madame.

LAHURE.

Vous voyez, mon ami, que je ne suis pas le notaire.

LE VALET DE PIED.

Je fais toutes mes excuses à monsieur.

LAHURE.

Je les accepte.

(Sort le valet de pied qui remet des lettres à la comtesse sur un plateau.)

SCÈNE II

LA COMTESSE, LAHURE.

LA COMTESSE.

Voici pourquoi je vous ai écrit. D'abord, avez-vous réussi là-bas ? Votre oncle vous a-t-il bien reçu ?

LAHURE.

Il m'a très bien reçu jusqu'au moment où je lui ai dit que je venais pour lui emprunter de l'argent.

LA COMTESSE.

Et à ce moment-là ?...

LAHURE.

Il a énergiquement refusé de m'en prêter... Alors, je suis rentré à Paris.

LA COMTESSE.

Bon ! bon ! D'ailleurs, nous allons causer tout à l'heure... En attendant, voici. Pendant votre absence, je me suis occupée de vous. J'ai des raisons de croire qu'il va se fonder bientôt un grand journal. Ce sont des amis à moi qui en feront les fonds... Eh bien, je veux que vous écriviez dans ce journal, Lahure... On vous y fera une très belle position, on me l'a promis.

LAHURE.

Chère amie, nous avons eu plusieurs fois ce genre de conversation... N'insistez pas, je vous en prie... Je suis un historien, je ne suis pas un journaliste.

LA COMTESSE.

Historien ! C'est-à-dire qu'au lieu d'utiliser votre talent vous faites des livres d'histoire que personne ne lit !

LAHURE.

Il y a un certain genre d'ouvrages qui sont de grands succès lorsqu'une seule personne, vous entendez, madame ? une seule, se donne la peine de les lire. C'est mon cas.

LA COMTESSE.

Alors, vous êtes bien décidé à ne pas travailler ?... A rester dans cette situation, à votre âge ?

LAHURE.

Qu'est-ce que ma situation a de scandaleux ?

LA COMTESSE.

Vraiment ?... Tenez, Lahure, il m'est pénible de vous le dire... mais je vous le dis tout de même dans votre intérêt. Vous qui êtes d'une excellente famille, savez-vous quelle réputation vous avez à Paris ? Vous avez la réputation d'un bohème ! J'irai plus loin, d'un tapeur. Vous passez pour devoir de l'argent à tout le monde.

LAHURE.

Plût au ciel !

LA COMTESSE.

Enfin, à tous ceux qui ont consenti à vous en prêter.

LAHURE.

Il y a une nuance.

LA COMTESSE.

Et quand on pense que vous en êtes réduit là, avec votre air respectable, avec cette figure pleine de dignité qui vous faisait prendre tout à l'heure pour mon notaire, vous m'avouerez qu'il y a dans ce contraste quelque chose de profondément affligeant... Enfin, il n'est peut-être pas trop tard... Asseyez-vous, Lahure. Je vous ai connu à l'époque où vous mangiez votre patrimoine avec je ne sais plus qui...

LAHURE.

Bianca.

LA COMTESSE.

Bianca, oui... A ce moment-là, moi, j'étais avec le duc... Et même, quand le duc est mort, on m'a appelé la comtesse, je n'ai jamais su pourquoi. Ce titre m'est resté. J'ai donc fait ma situation pendant que vous gâchiez la vôtre... Alors, mon ami, dans la vie, il faut s'entr'aider... Je suis riche...

LAHURE, *se levant.*

Plus un mot, madame, j'ai compris... Je passe pour un tapeur, c'est possible. Mais je suis un honnête homme... Autant je suis flexible sur certains principes, autant je suis inflexible sur d'autres. Eh bien, madame, à mon âge, on n'accepte pas d'argent d'une femme.

LA COMTESSE.

Mais vous n'avez jamais été mon amant!

LAHURE.

Ce n'est pas la peine de me le faire remarquer.

Je ne vous en remercie pas moins, chère amie, ainsi que d'avoir songé à moi pour ce journal qui, d'ailleurs, ne se fera pas.

LA COMTESSE.

Il se fera, parce que ce ne sont pas des hommes qui ont intérêt à le faire, mais des femmes, et chacune pour des raisons particulières... que vous connaîtrez plus tard. Voyez-vous, mon cher Lahure, le monde est mené par l'amour.

LAHURE.

Non, madame. Lisez l'histoire, il est mené par l'intérêt.

LA COMTESSE.

Par l'intérêt des femmes, c'est la même chose. *(Décachetant une des lettres que lui a remis tout à l'heure le valet de pied, et lisant.)* — Ah ! par exemple !

LAHURE.

Quoi ?

LA COMTESSE.

Une lettre d'Henriette Cortèze... Vous vous rappelez bien Henriette Cortèze ? qui avait fini par épouser je ne sais qui ?...

LAHURE.

Parfaitement.

LA COMTESSE.

Il y a au moins vingt ans de ça. *(Lisant.)* Elle m'annonce la visite de sa fille pour une recommandation. Elle avait donc une fille ? Oui, en effet, je crois même qu'elle l'a eue pendant son mariage... Mais je serai enchantée de faire sa connaissance, à cette enfant !

LAHURE.

Des services à rendre... des démarches à faire...
vous voilà dans votre élément.

LA COMTESSE.

Eh ! mon ami, j'en ferais bien d'autres si j'avais
encore mon influence de jadis... Mais, enfin, je ne
me plains pas, on ne m'a pas tout à fait abandonnée.

SCÈNE III

Les Mêmes, VALÉRIE.

VALÉRIE, *entrant.*

Bonjour, chère comtesse.

LA COMTESSE.

Bonjour, ma chère Valérie.

VALÉRIE, *à Lahure.*

Bonjour, vous.

LA COMTESSE, *à Lahure.*

Vous revenez tantôt prendre une tasse de thé,
vous n'oublierez pas. Nous aurons Bourdolle, je
veux vous présenter à lui.

LAHURE.

Le ministre de l'Instruction publique ?

LA COMTESSE.

Je l'ai retrouvé par hasard au théâtre. Il avait
un peu fréquenté chez moi autrefois, quand il
était jeune député. Je l'ai invité à prendre une

tasse de thé cet après midi avec ma petite compagnie habituelle. Il a accepté.

VALÉRIE.

Je serai ravie...

LAHURE.

Moi aussi... A tout à l'heure, alors, mesdames.

(Il sort.)

SCÈNE IV

VALÉRIE, LA COMTESSE.

VALÉRIE.

J'arrive la première... Marguerite et Jeannine me suivent. Nous nous sommes donné rendez-vous ici toutes les trois, avant ces messieurs, pour causer un peu de notre affaire... Mais, moi, pour commencer, j'ai une grosse nouvelle à vous apprendre.

LA COMTESSE.

Ce que vous espériez?

VALÉRIE.

Je ne le dis qu'à vous... C'est fait! J'ai eu hier avec Villerbois la conversation définitive, celle qui emporte toutes les résistances... Nous nous marions au printemps, dans deux mois.

LA COMTESSE.

Laissez-moi vous embrasser!... Le mariage! Ah! ma chérie, voilà ce que je n'ai jamais pu obtenir de personne... Mais il faut être juste : de mon temps ces choses-là n'étaient pas aussi faciles qu'aujourd'hui.

VALÉRIE.

N'importe, je crois le mériter... huit ans d'une fidélité absolue... *(Sur un regard de la comtesse.)* Naturellement je ne parle pas de...

LA COMTESSE.

Bien entendu.

VALÉRIE.

Ça, c'est une exception... J'étais folle... vous vous rappelez? J'aimais!...

LA COMTESSE.

Ça ne compte pas.

VALÉRIE.

Villerbois n'en a jamais rien su... D'ailleurs, vous savez... même à ce moment-là, je lui ai fait une vie très heureuse... Quand je l'ai rencontré, il devenait vieux garçon, il s'ennuyait... Avec son immense fortune, il aurait fini par être la proie de quelque intrigante. De mon côté, j'étais seule... je sentais l'heure venue de m'appuyer sur un homme raisonnable. Notre liaison a été parfaite. Je n'ai rien à lui reprocher, et ce qu'il aurait, lui, à me reprocher, il l'ignore... Alors!

LA COMTESSE.

Et la famille de Villerbois?

VALÉRIE.

Ça, c'est le point noir. Qu'est-ce qu'elle va dire, je n'en sais rien, mais elle dira certainement quelque chose. Or, je ne veux pas m'imposer à elle; cependant, je n'accepterai jamais qu'elle me tourne le dos. Enfin! tout ça est une affaire de tact... Il faut du temps... Voyez-vous, ma chère, à Paris, la considération pour une femme, c'est une question de patience.

LA COMTESSE.

Très vrai... très juste.

VALÉRIE.

Aussi, je pousse beaucoup Villerbois à mettre de l'argent dans ce journal. Voyez-vous, chère amie, un journal qui aurait derrière lui des capitalistes comme Villerbois, comme le baron Godfish, comme Branchin, car Branchin en sera à cause de Marguerite Howard qui veut entrer au Français, ce journal présentera une grosse influence, pas seulement politique ou financière, ça, ça m'est égal, mais mondaine, vous comprenez? mondaine.

LA COMTESSE.

Oui, en effet.

VALÉRIE.

Allez, que ce journal se fonde, qu'il réussisse, et Villerbois lui-même sera stupéfait de la façon dont on m'accueillera dans sa famille... Voici Marguerite.

(Entre Marguerite. Poignées de main. « Chère comtesse. — Chère amie. »)

SCÈNE V

Les Mêmes, MARGUERITE.

MARGUERITE.

Allons tout de suite au fait... Il y a un accroc du côté de Branchin.

VALÉRIE.

Lequel?... Voyons?...

MARGUERITE.

D'abord, quand je lui ai parlé d'un journal, il n'a rien voulu savoir. Je lui ai dit que Villerbois était de l'affaire, ça, ça l'a un peu rassuré... Mais dès que j'ai prononcé le nom de Godfish, il est devenu méfiant. Il est donc juif, Godfish ?

VALÉRIE.

D'où sortez-vous donc ?

MARGUERITE.

Je le croyais Anglais.

VALÉRIE.

Il est juif anglais.

MARGUERITE.

Ça n'a aucun rapport... Enfin, il se méfie de Godfish. Jamais il n'aurait accepté un rendez-vous d'affaire avec lui... Tout ce que j'ai pu obtenir, c'est qu'il le rencontrât cet après-midi, chez vous... Il ne s'agira d'abord que d'une conversation de salon, nous verrons après.

LA COMTESSE.

Il est à Paris, Godfish ?

MARGUERITE.

Il est arrivé de Londres hier soir, je le sais par Jeannine, et il ne manquera pas de venir vous voir.

LA COMTESSE.

C'est un excellent ami à moi. Il me fait une visite à chacun de ses voyages.

MARGUERITE.

Nous aurons donc besoin, chère comtesse, de toute votre autorité et de toute votre diplomatie.

2

VALÉRIE.

Il faut compter aussi sur Jeannine, qui tient à ce journal autant que nous, sinon plus... parce que nous, c'est pour des motifs avouables...

MARGUERITE.

Tandis qu'elle...

VALÉRIE.

Elle, c'est pour faire une situation au petit Maugraine dont elle est folle.

LA COMTESSE.

Qu'elle se méfie, Godfish est très jaloux.

MARGUERITE.

Il est très jaloux, mais il habite Londres une partie de l'année. Il veut avoir une maîtresse à Paris quand il y vient, ces choses-là se paient.

LA COMTESSE.

Au total, voulez-vous mon opinion? Cette affaire-là doit réussir.

(Entre Jeannine.)

SCÈNE VI

Les Mêmes, JEANNINE.

JEANNINE, *fébrilement.*

N'est-ce pas? Elle réussira, j'en suis certaine... *(Poignées de main.)* Et puis, nous sommes-là, n'est-ce pas? D'abord, ce journal répond à un besoin... il est dans l'air... Tout le monde réclame un journal nouveau, vivant, rédigé par de jeunes écrivains... qui aient leur carrière à faire... Ah!

ce qu'il y a de talents inconnus, vous ne vous le figurez pas! Et qu'est-ce qu'on fait pour eux? Rien, rien et rien!

MARGUERITE.

Et pour les artistes, pour les vraies artistes... pour celles qui ne se galvaudent pas, est-ce qu'on fait quelque chose?

JEANNINE.

C'est une honte!

VALÉRIE.

Il faudra aussi donner un grand développement à la partie mondaine.

JEANNINE.

Je crois bien, c'est capital!

LA COMTESSE.

Tenez, il y a encore un côté qui est très négligé dans les journaux... C'est le côté sérieux, l'histoire, par exemple!

JEANNINE.

Oui... oui. Vous avez raison... tout est à faire, tout!

LA COMTESSE.

Je vous recommande Lahure.

JEANNINE.

Je crois bien! Il a beaucoup de talent.

(Sonnerie de téléphone.)

LA COMTESSE.

Attendez... (Elle va au téléphone et parle.) Bonjour, Maugraine, oui... elle est arrivée... (A Jeannine.) Maugraine a oublié de vous faire une recommandation.

JEANNINE, vivement.

Ah! (Elle va à l'appareil.) Qu'est-ce que c'est? Ah!

oui... bien entendu... soyez tranquille. . *(Avec une voix tendre.)* Oui, mon ami... oui...

> *(Entre Godfish qui entend ces derniers mots. Jeannine repose l'appareil.)*

SCÈNE VII

Les Mêmes, GODFISH.

GODFISH, *léger accent anglais, tenue infiniment trop correcte.*

Chère comtesse, mes hommages.

LA COMTESSE.

Bonjour, cher baron... Vous arrivez de Londres?

GODFISH.

Comme d'habitude, chère comtesse... Mesdames... *(Il baise les mains de Valérie et de Marguerite. Se tournant vers Jeannine.)* Continuez à téléphoner, chère amie... continuez-le... ne vous gênez pas pour moi.

JEANNINE.

Je téléphonais pour ce que vous savez... Vous n'allez pas me faire une scène de jalousie devant tout le monde?

GODFISH.

Chère comtesse, je vous prends à témoin... Ai-je l'air d'un homme qui fait une scène de jalousie?... *(Se retournant vers Jeannine.)* Et à qui téléphoniez-vous, sans indiscrétion?

JEANNINE.

A monsieur Maugraine.

GODFISH.

Bien.

JEANNINE.

Vous dites?

GODFISH.

Je dis : bien.

(Il va vers Marguerite.)

JEANNINE, *bas à la comtesse.*

Laissez-moi un instant avec lui... Si je ne règle pas cette question de téléphone, ça n'en finira pas.

LA COMTESSE, *aux dames.*

Venez m'aider à préparer le thé.

(La comtesse s'éloigne vers le hall du fond, après avoir fait signe à Marguerite et à Valérie.)

SCÈNE VIII

GODFISH, JEANNINE.

JEANNINE.

Dépêchez-vous !... Qu'est-ce que vous avez encore à me dire ? Je vous préviens que j'en ai assez ! Ces sorties sont insupportables !

GODFISH.

Où prenez-vous des sorties ?

JEANNINE.

Vous avez des jeux de physionomie qui équivalent à de véritables scènes pour moi qui vous connais... Dès que vous pensez des horreurs, vous prenez une figure impassible... Si vous croyez que je ne m'en aperçois pas !... Et alors, de quoi ai-je l'air ? *(Changeant de ton.)* Oui, c'est monsieur Maugraine qui me téléphonait pour me prier de vous faire une dernière recommandation au sujet de Branchin et de Villerbois... Voyons, Robert, soyez gentil... *(Elle le caresse.)* Avez-vous quelque chose à reprocher à votre petite Jeannine? Non, n'est-ce pas? Alors, n'en parlons plus.

(Elle l'embrasse.)

GODFISH, *après un temps.*

Quelle est cette recommandation que vous priait de me faire monsieur Maugraine?

JEANNINE.

Voici. Villerbois et Branchin ont peur de vous.

GODFISH.

Pourquoi?

JEANNINE.

Parce que vous avez la réputation d'être très fort en affaires.

GODFISH.

C'est mon état.

JEANNINE.

Et puis, ce sont des gens qui ont des préjugés... ils n'aiment pas les juifs... et alors...

GODFISH, *avec force.*

Assez! Je ne veux pas que vous disiez ça! Je vous le défends... Mais quelle manie vous avez avec moi de parler sans cesse de juif ou de pas juif!... Entendons-nous là-dessus une fois pour toutes. Je vous interdis absolument de prononcer ce mot-là devant moi. Est-ce que je me conduis avec vous comme ce qu'on est convenu en France d'appeler un juif? Est-ce que je vous refuse quoi que ce soit? Quand je vous ai connue, vous étiez dans une dèche épouvantable. Aujourd'hui, vous

avez un hôtel et quarante mille francs de rente,
au moins! A qui les devez-vous! A moi! Est-ce
que j'y ai jamais fait allusion? Est-ce que je
manque de tact? Ma parole, ce sont nos maîtresses
qui entretiennent l'antisémitisme!

JEANNINE.

J'ai tort, Robert, j'ai tort. Je ne le ferai plus.

GODFISH, *reprenant sa figure impassible.*

Bien.

JEANNINE.

Tu m'aimes?

GODFISH.

Je t'aime. Et je fonderai le journal, puisque
cela paraît vous faire plaisir. Je me demande
pourquoi, par exemple! Je me le demande. N'importe, je le saurai un jour ou l'autre. Mais vous
allez répondre à une question.

JEANNINE.

Laquelle?

GODFISH.

Le petit Maugraine est-il votre amant?

JEANNINE.

Non.

GODFISH.

C'est tout ce que je voulais savoir.

JEANNINE.

Vous êtes rassuré?

GODFISH.

Il y a des accents qui ne trompent pas. Mais je
vous préviens que, si un jour j'apprenais le
contraire, ce serait comique! Je ne vous dis pas

ce que je ferais, ce serait comique ! Maintenant,
je vais m'aboucher avec ces messieurs qui sont là,
je suppose ?

*(Entre Maugraine. Branchin et Villerbois apparaissent
dans le fond.)*

SCÈNE IX

Les Mêmes, MAUGRAINE.

MAUGRAINE.

Cher baron...

GODFISH.

Approchez, jeune homme, nous parlions de
vous... Vous êtes très intelligent... Vous avez eu
une idée de premier ordre... fonder un journal.
Bien, très bien ! A ce journal, s'il se fonde, il
faudra un rédacteur en chef... Ce sera vous, c'est
juste !

MAUGRAINE.

Cher baron... je n'oublierai jamais...

GODFISH.

Assez ! pas de remerciements !... Vous avez
parlé de l'affaire à ces messieurs ?

MAUGRAINE.

Pas en détail. J'attendais que nous fussions
réunis.

GODFISH, *à Jeannine.*

Laissez-nous, ma chère, voulez-vous ?

*(Jeannine sort, pendant que Villerbois et Branchin se
détachent du groupe des femmes, amenés en scène par la
comtesse.)*

LA COMTESSE, *à Godfish.*

Cher baron, c'est à peine si j'ai besoin de vous

présenter ces messieurs... Mon ami, monsieur Branchin.

GODFISH, à *Branchin.*

Qui ne connaît pas un des grands financiers français.

BRANCHIN.

Baron...

GODFISH.

Quant à monsieur Villerbois, j'ai eu le plaisir de le battre un jour à l'hôtel des Ventes.

VILLERBOIS.

Il n'y avait qu'à s'incliner, baron.

LA COMTESSE.

Et maintenant, je vous laisse un peu causer, puisque vous êtes venus pour ça.

GODFISH, *riant.*

Pas uniquement, comtesse, pas uniquement.
(Sort la comtesse.)

SCÈNE X

GODFISH, MAUGRAINE, BRANCHIN, VILLERBOIS.

GODFISH.

Eh bien, il paraît, messieurs, que nous allons faire une petite affaire ensemble?

VILLERBOIS.

C'est bien vague encore, baron, c'est bien vague...

BRANCHIN.

On peut toujours en causer.

VILLERBOIS.

Parler du principe... voir un peu... tâter le terrain. N'allons pas trop vite.

GODFISH.

Alors, asseyons-nous. *(A Maugraine.)* Jeune homme, vous avez la parole.

MAUGRAINE.

Messieurs, je me suis adressé à vous parce que vous représentez les trois éléments qui sont indispensables aujourd'hui à un journal : vous, monsieur Villerbois, la haute et vieille bourgeoisie; vous, monsieur Branchin, la finance dans ce qu'elle a de plus français, et vous, baron, la grande fortune internationale qui est la forme définitive de la civilisation moderne... Ces trois éléments combinés doivent nous donner le journal parisien par excellence, le journal que le public attend.

GODFISH.

On se demande même comment il a pu s'en passer jusqu'à présent!

MAUGRAINE.

Arrivons tout de suite à la question de la mise de fonds...

VILLERBOIS.

Oui, parce que, si c'était trop cher, il faudrait que le public attendit encore un peu.

BRANCHIN.

Voyons toujours.

MAUGRAINE.

Messieurs, oui, ce sera très cher... Un journal créé par vous, un journal tel que celui que je rêve, coûtera deux millions!

VILLERBOIS, *sursautant.*

Deux millions !

BRANCHIN.

Vous plaisantez !

GODFISH.

Non, messieurs, il ne coûtera pas deux millions.

BRANCHIN.

A la bonne heure !

GODFISH.

Il en coûtera trois !

BRANCHIN.

Allons donc !

GODFISH.

Nous sommes trois, un million chacun... Moi, je suis prêt... ne lésinons pas, messieurs, faisons l'affaire largement ou ne la faisons pas.

MAUGRAINE.

Faisons-la ! Ce sera une révolution dans la presse.

VILLERBOIS.

Mais, pardon ! Je ne veux de révolution nulle part !

GODFISH.

Alors, c'est raté, n'en parlons plus. Moi, ça m'est égal. *(A Maugraine.)* Vous serez témoin que j'ai fait tout ce que j'ai pu.

MAUGRAINE.

Voyons, messieurs, voyons...
    (Il va de l'un à l'autre.)

BRANCHIN.

Je suis marié, père de famille. Me voyez-vous mettant un million dans un journal !

MAUGRAINE.

C'est un placement admirable.

VILLERBOIS.

Je croyais qu'il s'agissait d'une centaine de mille francs, n'est-ce pas, Branchin?

BRANCHIN.

Mais oui... à la rigueur... Cent mille francs... Et encore...

GODFISH, *allant à la porte du fond, à Jeannine qui s'avance.*

Ces messieurs refusent... Moi, j'étais prêt.

JEANNINE.

Ils refusent! Mais ils nous avaient promis... Il doit y avoir un malentendu. Attendez... attendez! Venez avec moi.

(Elle l'entraîne vers Marguerite et Valérie.)

MAUGRAINE, *à Branchin et à Villerbois.*

Promettez au moins d'étudier l'affaire, de la regarder de près...

BRANCHIN, *haussant les épaules.*

A quoi bon?

SCÈNE XI

Les Mêmes, MARGUERITE, *puis* VALÉRIE.

BRANCHIN, *à Marguerite qui s'avance vers lui, pendant que Maugraine et Villerbois s'éloignent.*

Comprenez donc, ma chère...

MARGUERITE.

Je comprends que vous ne voulez rien faire pour moi...

BRANCHIN.

Pouvez-vous dire?

MARGUERITE.

Vous savez qu'il y a une chose à laquelle je tiens par-dessus tout, c'est d'entrer à la Comédie-Française! Que m'importent vos bijoux et vos cadeaux! Ma carrière avant tout! Je suis une artiste, je ne suis pas une femme entretenue. Croyez-vous que, si je gagnais ma vie, j'accepterais quoi que ce soit de vous? Eh bien, il se présente une occasion magnifique de prendre de l'influence et de forcer la main à mes ennemis!

BRANCHIN.

Je ne demanderais pas mieux si ..

MARGUERITE.

Si ça ne coûtait rien! Avec votre fortune, c'est pitoyable!... Mais je sais ce qui me reste à faire... Je ne suis pas riche, mais je mettrais plutôt un million de ma poche!

(Elle s'éloigne.)

BRANCHIN, *la suivant.*

Voyons... ne vous emballez pas comme ça! Je verrai, j'examinerai... Voyons, ma chérie, je vous en prie...

(Il va avec elle dans la pièce du fond et continue la conversation.)

VALÉRIE, *à Villerbois, dans un coin, et achevant une conversation.*

Résumons-nous, Édouard... Il le faut!

VILLERBOIS.

Je ne saisis pas bien vos raisons... je vous avoue.

VALÉRIE.

Votre famille est composée de snobs... C'est la seule façon d'en venir à bout !

VILLERBOIS.

Puisque je m'en charge.

VALÉRIE.

Et puis, je suis engagée envers Jeannine et Marguerite. Nous nous sommes juré de ne pas vous lâcher.

VILLERBOIS.

Que diable ! aussi... vous êtes bien pressées !

VALÉRIE, *à Jeannine qui l'appelle d'un signe.*

Je suis à vous, chère amie. *(A Villerbois.)* Et vous, n'est-ce pas ?...

(Elle s'éloigne par la pièce du fond. Reviennent God-fish et Branchin.)

SCÈNE XII

GODFISH, VILLERBOIS, BRANCHIN.

(Les trois hommes arrivent en scène et se regardent un instant.)

GODFISH.

Messieurs, ne faisons pas les malins, nous sommes bouclés !... Nous retarderons la capitulation un mois... six mois... Il faudra toujours capituler. Allons-nous quitter nos maîtresses parce qu'elles ont un caprice un peu coûteux. Non, n'est-ce pas ? D'abord, nous les aimons trop. Ensuite, il nous faudrait en chercher d'autres qui seraient peut-être encore plus exigeantes. Nous sommes, Dieu merci, d'assez riches seigneurs pour nous passer une fantaisie d'un million chacun! Donc, mon avis est qu'il faut s'exécuter de bonne grâce.

VILLERBOIS.

Ce que nous allons avoir d'embêtements avec cette histoire-là!

BRANCHIN.

C'est effrayant!

GODFISH.

Qui sait, au contraire, messieurs, si nous n'allons pas nous amuser beaucoup? Quand je pense que j'étais arrivé à mon âge sans avoir fondé un journal! Ça ne pouvait pas durer... *(A Maugraine qui entre.)* Jeune homme, vous avez gagné!...

SCÈNE XIII

Les Mêmes, MAUGRAINE, LA COMTESSE, VALÉRIE, MARGUERITE, *puis* LAHURE.

MAUGRAINE, *regardant Villerbois et Branchin qui hochent la tête.*

Vous ne vous en repentirez pas... Laissez-moi faire!

GODFISH, *à la comtesse.*

Chère comtesse, offrez une tasse de thé à ces messieurs. Ils en ont besoin, ils viennent de subir une petite opération.

JEANNINE, *à Godfish.*

Merci, Robert.

LA COMTESSE.

J'attends Bourdolle pour servir le thé. Il m'a promis de venir... il ne tardera pas.

GODFISH.

Bourdollo, le ministre de l'Instruction publique?

LA COMTESSE.

Vous le connaissez, baron?

GODFISH.

Non, chère comtesse, mais je serais heureux de lui être présenté, quoique ce ne soit pas ma partie.

LA COMTESSE.

C'est un homme charmant, un vrai camarade, que le pouvoir n'a pas changé... ni le mariage non plus. D'ailleurs, il est marié à une femme très jolie et très intelligente, qui sait bien qu'un ministre doit aller partout, connaître tous les mondes. *(Entre Lahure.)* Vous avez déjà rencontré mon ami Lahure?

GODFISH, *lui serrant la main.*

Ici même, je crois.

LAHURE.

Et à l'ambassade d'Angleterre.

GODFISH.

En effet, je me rappelle.

LA COMTESSE, *à Lahure.*

Qu'est-ce qui vous arrive? Vous avez la figure à l'envers...

LAHURE.

Je vous raconterai ça.

(Entre Bourdolle.)

SCÈNE XIV

Les Mêmes, BOURDOLLE.

BOURDOLLE, *air avantageux, accent un peu chantonnant du Midi.*

Chère comtesse, vous voyez quo j'ai tenu parole.

(Il lui baise la main.)

LA COMTESSE.

C'est très gentil, mon cher ministre... ça me fait un vrai plaisir, sans parler de l'honneur...

BOURDOLLE.

Oh ! comtesse...

LA COMTESSE.

Vous connaissez, je crois, ces dames ?

BOURDOLLE.

Comment donc ! et ces messieurs .. *(Il serre la main de Branchin et de Villerbois, puis, à Marguerite.)* Chère madame, vous savez que je suis un de vos admirateurs.

MARGUERITE.

Monsieur le ministre...

BOURDOLLE.

Et j'en veux un peu à Branchin de nous priver de vous. Combien de fois le lui ai-je dit !

(Il va vers Valérie et Villerbois.)

MARGUERITE, à *Branchin, à part.*

Jamais vous ne m'avez répété ça, jamais !

BRANCHIN.

Mais il ne me l'a jamais dit, je vous assure.

3

LA COMTESSE, à *Bourdolle.*

Voulez-vous me permettre de vous présenter le baron Godfish, de Londres?

BOURDOLLE.

Présentation presque inutile, comtesse... J'allais machinalement tendre la main au baron, tellement sa physionomie et son nom sont populaires chez nous.

(Il lui tend la main.)

GODFISH.

Monsieur le ministre, j'exprimais tout à l'heure à la comtesse mon regret d'être un inconnu pour vous...

BOURDOLLE.

Il s'en faut de beaucoup, comme vous voyez... Considérez-vous désormais au ministère de l'Instruction publique comme chez vous... Je vous en prie.

LA COMTESSE, *présentant Jeannine.*

Mademoiselle Jeannine Perret.

BOURDOLLE.

Mademoiselle... Tiens ! Maugraine ! Comment ça va? Très jolis, vos derniers vers dans la revue... très jolis... Vous n'en donnez pas assez souvent. Ah ! ces jeunes gens... quel talent ils ont ! Mais ils ne font rien, ce sont des paresseux !... L'activité, jeune homme, il n'y a que ça !

MAUGRAINE.

Évidemment, monsieur le ministre.. mais en poésie...

BOURDOLLE.

En poésie aussi, il faut de l'activité, il en faut partout.

LA COMTESSE, *présentant Lahure.*

Mon ami Lahure, l'historien.

BOURDOLLE, *lui serrant la main.*

Je suis votre lecteur assidu, monsieur Lahure... Vous avez fait des livres d'histoire qui ne périront pas plus que la gloire des événements que vous racontez.

LAHURE.

Vous me comblez, monsieur le ministre, je suis confus.

BOURDOLLE.

J'espère que je vous verrai plus souvent... Vous êtes chez vous au ministère... *(Tapant sur l'épaule de Branchin qui est alors près de lui et montrant Marguerite.)* Branchin, cette charmante artiste devrait être au Français.

LA COMTESSE.

Une tasse de thé, monsieur le ministre?

BOURDOLLE.

Volontiers.

(Il s'éloigne avec Branchin vers le fond, souriant à chacun, disant quelques mots à voix basse, pendant que la comtesse reste avec Lahure, à part.)

SCÈNE XV

LA COMTESSE, LAHURE.

(Les invités au fond.)

LA COMTESSE.

Et qu'est-ce qui vous arrive?

LAHURE.

A moi personnellement, rien... C'est à Bianca. Je vous ai souvent parlé de Bianca.

LA COMTESSE.

Mais je l'ai connue. C'est cette femme pour qui vous vous êtes ruiné jadis...

LAHURE.

Mais non, madame, je ne me suis pas ruiné pour elle... Est-ce qu'on se ruine pour une femme? On se ruine parce qu'on doit se ruiner, parce qu'il y a des gens qui ne peuvent pas conserver la fortune que leur ont léguée leurs ancêtres... Car ils ne se doutent pas d'une chose, nos ancêtres, c'est qu'en nous transmettant leur fortune, ils nous transmettent en même temps le caractère qui nous empêche de la conserver.

LA COMTESSE.

Comme cette théorie est très avantageuse pour les femmes, je ne la discuterai pas. Alors, qu'est-ce qui arrive à Bianca?

LAHURE.

Elle est en panne à Constantinople.

LA COMTESSE.

En panne?

LAHURE.

Oui, elle a été abandonnée par un misérable à qui elle avait tout sacrifié... Je viens de recevoir une lettre d'elle.

LA COMTESSE.

Elle a le toupet de vous demander de l'argent, je parie?

LAHURE.

En effet.

LA COMTESSE.

Et vous allez lui en envoyer?

LAHURE.

Non, parce que je n'en ai pas... Mais je trouve touchant que, dans le malheur, ce soit à moi qu'elle s'adresse.

LA COMTESSE.

Vous trouvez ça touchant ? Moi, je trouve ça cynique. Je vous prie de ne plus me parler de Bianca, n'est-ce pas ? Ah ! j'ai travaillé pour vous tout à l'heure.

LAHURE.

Votre journal, encore !

LA COMTESSE.

Les bailleurs de fonds sont Godfish, Villerbois et Branchin. Ça vous suffit ?

LAHURE.

Oh ! oh ! c'est autre chose, alors, c'est autre chose... Ce ne sera pas un journal léger, j'espère ?

LA COMTESSE.

En tout cas, s'il y a des choses légères, ce n'est pas vous qui en serez chargé. Maintenant, allez faire votre cour à Godfish et à ces dames... Remuez-vous, intriguez... Voulez-vous mon opinion ? C'est Godfish qui sera le maître là dedans.

LAHURE, *réfléchissant.*

Godfish ?...

LA COMTESSE.

Oui... Le petit Maugraine croit que ce sera lui, ce sera Godfish.

LAHURE.

Tiens, tiens ! C'est très intéressant, comtesse, ce que vous me dites là... j'y vais... j'y vais...

(Le domestique entre et tend une carte à la comtesse.)

LA COMTESSE.

Ah ! oui, c'est la fille de ma vieille amie...
Henriette Cortèze... Qu'elle entre ! qu'elle entre !
(A Lahure.) Et vous, ne soyez pas bête une fois dans
votre vie !

LAHURE.

Oui... oui... j'ai une idée.

(Il va vers le fond. Entre Luce.)

SCÈNE XVI

LA COMTESSE, LUCE.

LA COMTESSE, *lui prenant les deux mains.*

Que je suis contente de vous voir ! ou plutôt
de vous revoir... Mais, la dernière fois, vous
aviez douze ans, ça ne compte pas... Que je vous
regarde, d'abord... Mais vous êtes charmante !
Vous avez une ligne très originale... Et vous
vous êtes mariée ?

LUCE.

Avec un professeur... Mais je suis veuve depuis
trois ans.

LA COMTESSE.

Veuve ! à votre âge !

LUCE.

Complètement veuve... Je veux dire que...

LA COMTESSE.

J'ai compris, mon enfant, j'ai compris... C'est
très intéressant. Et vous ne songez pas à vous
remarier ?

LUCE.

Pas pour l'instant. Oh ! mon Dieu ! je rencontrerais un jeune homme riche, intelligent, qui me demanderait ma main, je me laisserais peut-être tenter. Et encore, je réfléchirais... Parce que le mariage, aujourd'hui, pour une femme, c'est un commencement ou une fin, mais ce n'est plus une carrière.

LA COMTESSE.

Je vois que vous êtes très raisonnable.

LUCE.

Moi, madame ! Oh ! pas du tout. J'en ai l'air, comme ça, parce que je dis de temps en temps des choses sérieuses... mais il n'y a pas de femme moins équilibrée que moi. La première bêtise que je ferai, ce sera le commencement d'une série, je sens ça. Aussi, je la retarde le plus que je peux.

LA COMTESSE.

Permettez-moi une question assez délicate. Vous n'aviez pas fait un mariage d'amour ?

LUCE.

Oh ! non. J'étais même amoureuse à ce moment-là d'une espèce de petit imbécile. J'en étais amoureuse folle... Je n'avais jamais osé le lui avouer. Je le lui ai dit la veille de mon mariage, figurez-vous... ça s'est trouvé comme ça... et je lui ai proposé de m'enlever... C'est lui qui n'a pas voulu. Et savez-vous pourquoi il n'a pas voulu ? Parce qu'il avait un rendez-vous de chasse le lendemain ! J'ai été tellement écœurée que je suis restée une honnête femme. A quoi tient la destinée !

LA COMTESSE.

Comme c'est juste ! Je ne vous raconte pas ma vie, mais elle aurait été toute différente si un de mes cousins n'avait pas été tué dans un accident de chemin de fer.

LUCE.

Oui, il suffit souvent d'un rien !

LA COMTESSE.

Mon enfant, vous m'êtes très sympathique, et je suis toute à votre disposition. Ne vous gênez pas, dites-moi ce que je peux faire pour vous.

LUCE.

Je vais vous le dire bien franchement... Voici... Mon mari m'a laissé une petite rente avec laquelle je peux vivre à la rigueur... Mon Dieu, oui ! En me privant de tout ce qui est agréable, je peux parfaitement vivre... Mais ce n'est pas gai... et je ne vous cache pas que je suis plus ambitieuse que ça.

LA COMTESSE.

Vous avez bien raison.

LUCE.

Je sens qu'il y a en moi mieux qu'une petite bourgeoise, que je suis capable, moi aussi, d'être quelqu'un, d'avoir de l'influence, de dominer ! d'être une de ces femmes indépendantes comme il y en a quelques-unes maintenant et qu'on cite comme des hommes. C'est peut-être bête ce que je vous dis ?

LA COMTESSE.

Pas du tout. C'est très franc... De mon temps, c'est plutôt les jeunes gens qui parlaient comme vous... Mais enfin, je vous comprends, mon enfant. Allez ! allez !

LUCE.

Que voulez-vous ? Paris vous grise quelquefois, le soir quand on sort et qu'on voit tant de femmes qui ont l'air de souveraines. On rentre chez soi, toute seule, et on a de la peine à s'endormir... On ne sait pas trop ce qu'on désire, si c'est la gloire, si c'est l'amour ou la fortune, mais on sent très bien qu'on désire quelque chose et qu'on ne l'a pas... Enfin ! on dort mal... Et le résultat de tout ça — il faut pourtant que j'arrive à vous faire cet aveu — le résultat de tout ça, c'est que je me suis mise à écrire. Voilà !

LA COMTESSE.

A écrire ?... Comment cela ?... A faire de la littérature ?

LUCE.

Oui, madame.

LA COMTESSE.

Vous avez fait un roman, je parie ?

LUCE.

Non, madame, quelle horreur ! J'ai fait un livre... un livre grave... presque grave.

LA COMTESSE.

Diable ! Et sur quoi ?

LUCE.

Sur le... sur... sur l'éducation des jeunes filles.

LA COMTESSE.

Mais c'est charmant, c'est charmant ! Vous allez me le donner, votre livre.

LUCE.

C'est qu'il n'est pas encore imprimé... Je l'ai porté che. plusieurs éditeurs qui m'ont répondu que d's livres sur l'éducation des jeunes filles, il y avait tout ce qu'il fallait. C'est alors, madame, que j'ai pensé à vous qui avez tant de relations.

LA COMTESSE.

C'est que je ne connais pas d'éditeur, ma chère enfant. Mais, n'importe, nous en trouverons un, ce n'est pas ce qui manque.

LUCE.

Je ne sais comment vous remercier, madame.

LA COMTESSE.

Vous avez bien fait de vous adresser à moi, et il faudra venir me voir souvent. Je vous ferai faire des connaissances très utiles. Est-ce qu'un ministre vous fait peur ?

LUCE.

Un ministre ?

LA COMTESSE.

Et celui de l'Instruction publique, encore ! C'est tout à fait votre affaire.

LUCE, *stupéfaite.*

Le ministre de l'Instruction publique est ici !

LA COMTESSE, *souriant.*

Vous le connaissez ?

LUCE.

Non, mais j'en ai entendu souvent parler par mon mari.

LA COMTESSE.

Oh ! ce n'est plus le même... Venez.

LUCE.

Tout de suite ?

LA COMTESSE.

Mais oui.

LUCE.

Mais c'est que je ne m'attendais pas... je ne suis pas préparée.

LA COMTESSE.

Eh bien, préparez-vous. Qu'est-ce qu'il vous faut de temps ?

LUCE.

Là... c'est fini.

LA COMTESSE.

Ça y est ?

LUCE.

Ça y est.

LA COMTESSE.

Regardez bien en face.

LUCE.

Comme ça ?

LA COMTESSE.

Mais oui... mais oui... Vous regardez très bien quand vous voulez. *(A Bourdolle, qui passe au fond.)* Mon cher ministre, permettez-moi de vous présenter madame. La fille d'Henriette Cortèze. Vous devez vous rappeler ?

BOURDOLLE.

Comment donc ? Enchanté, madame.

LUCE, *s'inclinant très bas.*

Monsieur le ministre...

LA COMTESSE.

Cette dame que vous voyez là est l'auteur d'un livre sur l'éducation des jeunes filles. Ce n'est pas la peine d'avoir honte.

BOURDOLLE

Il y a des actions plus répréhensibles.

LUCE.

Oh ! madame... je vous en prie... Ça ne peut guère intéresser monsieur le ministre.

BOURDOLLE.

Comment ! un livre sur l'éducation des jeunes filles n'intéresserait pas le ministre de l'Instruction publique !

LA COMTESSE.

Mais, en effet !

BOURDOLLE.

Apportez-le-moi un de ces jours au ministère, votre livre. Je le lirai et je ferai faire un rapport.

LUCE.

Oh! monsieur le ministre... monsieur le ministre... Un rapport ! Un rapport sur moi !...

BOURDOLLE.

Non, sur votre livre. Vous n'aurez qu'à m'écrire un petit mot, et je vous fixerai une audience. Etes-vous satisfaite, madame ?

LUCE.

Je serais bien difficile, monsieur le ministre... Un rapport !

(Bourdolle rentre dans le salon.)

LA COMTESSE, à Luce.

N'est-ce pas qu'il est charmant, notre ministre ?

LUCE.

Oh! charmant... très gai... très profond ! Pourvu qu'il me réponde quand je lui demanderai cette audience !

LA COMTESSE.

Je m'en charge. Vous pouvez y compter.

LUCE.

Je le crois. Il a l'air franc, net... et il ne vous dit pas des galanteries bêtes. Il ne vous en dit même pas du tout.

LA COMTESSE.

Oh ! de ce côté-là, rien à craindre. Il adore sa femme... et ce n'est pas un de ces personnages qui abusent de leur situation... pour... se faire payer un peu trop cher les petits services qu'on leur réclame...

LUCE.

Oui. Et encore, avec lui, ce serait moins désagréable qu'avec un autre !

LA COMTESSE.

C'est un très bon camarade. *(Godfish et Lahure reviennent. A Godfish.)* Mon cher baron, permettez-moi de vous présenter madame Luce Brévin. *(A Lahure.)* La fille de ma vieille amie...

GODFISH.

Madame...

LAHURE.

Madame...

LA COMTESSE, à *Luce.*

Et maintenant, ma chère, j'ai fait ce que j'ai pu. Vous voilà en relations avec mon petit monde. Un de ces jours, je vous présenterai à ces dames. Il ne faut pas faire trop de choses le même jour. Et alors, ce sera à vous de bien manœuvrer et d'être adroite.

LUCE, *avec une vigoureuse poignée de main.*

Je vais m'appliquer.

(Elle sort. La comtesse rentre dans le salon pendant que Lahure et Godfish reviennent en causant.)

SCÈNE XVII

GODFISH, LAHURE.

GODFISH.

Vous êtes plein d'idées, cher monsieur Lahure.

LAHURE.

Trop aimable, baron, trop aimable.

GODFISH.

On néglige ces questions-là dans les journaux, c'est une lacune à combler.

LAHURE.

Ces ruines dont je vous parle sont très curieuses... On vient de les découvrir à Biassoua, entre la deuxième et la troisième cataracte... Elles sont pleines de renseignements sur la haute antiquité égyptienne... Vous devriez envoyer quelqu'un là-bas, tout de suite, pour le premier numéro de votre journal.

GODFISH.

Nous avons le temps, cher monsieur Lahure, nous avons le temps.

LAHURE.

Mais non, ne croyez pas ça... Tous les autres journaux vont s'emparer de l'affaire... Vous serez devancé... Moi, si vous voulez, je vais partir.

GODFISH.

Je ne veux pas vous imposer...

LAHURE.

Je ne vous demanderai que mes frais de voyage... et même un simple acompte.

GODFISH, *à part.*

Oh! que je n'aime pas ça!

LAHURE, *avec fièvre.*

Je vais partir demain, il ne faut pas laisser
échapper ça... Je m'embarquerai à Marseille... de
là à Constantinople et en Egypte, d'où je vous
enverrai des articles sur les ruines de Bianca...
de Biassoua, je veux dire... Je vous prierai simplement, mon cher baron, de m'avancer les cent
cinquante louis indispensables... Je vous en prie...
j'insiste, baron, ne vous laissez pas devancer.

GODFISH, *très embêté.*

C'est l'historien tapeur!

LAHURE.

Allons, baron... allons! vous ne pouvez pas
laisser échapper ça!...

GODFISH.

Monsieur, votre démarche est inusitée. Mais, en
considération de la comtesse, je vous prierai de
passer demain chez moi. Je vous donnerai un
chèque.

LAHURE, *digne.*

Merci, baron.

GODFISH, *revenant.*

Et puis, au fait, non... pas de chèque... J'aime
mieux me débarrasser de vous tout de suite.

LAHURE.

Hein!

GODFISH.

Voici. *(Il lui donne des billets.)* Et ne vous croyez
pas obligé de faire des articles sur les ruines de
Bianca.

(Il sort par le fond.)

LAHURE, *rentrant dans le salon en empochant les billets.*

Le mufle!

ACTE II

La scène est divisée en deux parties inégales. A gauche, le cabinet du ministre. Porte au fond et à gauche. A droite, l'antichambre ministérielle. Pas de communication entre les deux parties. Dans la partie de droite, une porte au fond donnant sur un couloir invisible, lequel conduit au cabinet du ministre. Au lever du rideau, à gauche, Bourdolle, debout, sa serviette sous le bras, est prêt à sortir. A droite, l'huissier chef, Prosper. Sur une banquette, un monsieur et une dame.

SCÈNE PREMIÈRE

(A gauche, cabinet du ministre.)

BOURDOLLE, ALINE, *sa femme, qui entre au lever du rideau.*

BOURDOLLE.

Tu m'accompagnes à la Chambre ?

ALINE.

Non, je sors avec Hélène Branchin. Mais nous te laisserons à la grille, si tu veux. D'ailleurs, cette séance est sans intérêt.

BOURDOLLE.

Sans l'ombre, à moins d'incident.

ALINE.

Il ne peut pas y en avoir. Le ministère est solide pour l'instant. Sois tranquille, dès qu'il y aura du danger, je te préviendrai. Tu sais que je ne me trompe pas souvent... A propos, qu'est-ce que c'est que cette coupure de journal que j'ai trouvée dans tes papiers?

BOURDOLLE

Voyons *(Lisant.)* C'est le compte rendu de la cérémonie de l'autre jour. J'y étais avec le président. Mon nom est cité, on me l'envoie.

ALINE.

Lis jusqu'au bout.

BOURDOLLE.

J'ai lu.

ALINE

Tu as lu ça?

BOURDOLLE.

Mais oui.

ALINE.

Monsieur Bourdolle, toujours heureux d'être ministre... Tu as lu?

BOURDOLLE, *riant.*

Pas méchant.

ALINE.

Non... c'est pire!

BOURDOLLE.

Bah?

ALINE.

C'est dédaigneux... c'est désobligeant... Je le lirais dans une feuille d'opposition, ça me serait bien égal. Mais c'est dans un journal ami... et ce qu'il y a de plus grave, c'est que ça correspond à un état d'esprit. Veux-tu que je te parle franchement? Eh bien, c'est vrai, tu as l'air trop content d'être ministre!

BOURDOLLE.

C'est que je suis très content, en effet.

ALINE.

Il ne faut pas le montrer avec tant d'exubérance.

BOURDOLLE.

N'oublions pas que je représente la Haute-Garonne !

ALINE.

Tu ne me feras pas rire avec ces plaisanteries-là !

BOURDOLLE

Ne me gronde pas, ma chérie.

ALINE.

Je ne te gronde pas... je t'avertis... Tu es trop familier avec tout le monde... trop bon garçon, trop en dehors. Ça ne suffit pas pour faire une grande carrière politique. C'était bon au début de la République, quand on avait pas encore l'habitude. Mais maintenant, on sait ce que c'est que d'être du Midi : ça n'épate plus personne.

BOURDOLLE.

Nom d'un chien ! Tu as raison. Laisse-moi t'embrasser. Ma chérie, ma petite Aline, je t'adore. Qu'est-ce que je serais devenu si je ne t'avais pas rencontrée ? Cette idée me fait frémir ! Je serais peut-être socialiste. On ne sait jamais. J'ai failli.

ALINE, *souriant.*

Oh ! je me rappelle.

BOURDOLLE.

J'ai été sur le point de me laisser entraîner. Heureusement, tu étais là avec ton sens des réalités, avec ton génie de la politique. Tu m'as montré ma véritable vocation : le pouvoir. Dans l'opposition, je n'aurais rien donné.

ALINE.

Tu n'aurais surtout rien reçu.

BOURDOLLE.

Il y a encore ça ! Enfin ! si je suis ministre pour la seconde fois, c'est à toi que je le dois.

ALINE.

N'exagérons rien.

BOURDOLLE.

Si ! si ! tu as eu sur moi l'influence décisive, celle qui marque, qui fait de vous un autre homme. Tu as même changé mon caractère.

ALINE.

Pas assez.

BOURDOLLE.

Ça viendra. Et la conclusion de tout ça, c'est qu'un méridional doit épouser une Parisienne. Allons, viens ! Ah ! que je dise un mot à mon chef de cabinet. *(Allant à la porte de gauche.)* Guillonet ?

GUILLONET, *apparaissant.*

Monsieur le ministre ?... *(S'inclinant.)* Madame...

BOURDOLLE.

J'ai deux ou trois audiences, après la Chambre... je ne sais plus trop qui. Voyez la liste. Et puis soyez assez gentil pour mettre ce dossier en ordre. Vous savez de quoi il s'agit ?

GUILLONET.

Oui, monsieur le ministre.

BOURDOLLE.

Au revoir. *(A Aline.)* Viens !
      (Il sort avec elle.)

SCÈNE II

PROSPER, SOLANGE, JULIETTE,
puis Le Monsieur, La Dame et l'Huissier.

(A droite, pendant qu'à gauche le chef de cabinet va et vient de son bureau à celui du ministre, personnages mentionnés plus haut. Entrent deux jeunes demoiselles très élégantes, Juliette et Solange. A la sortie de Bourdolle, une des demoiselles s'approche de Prosper et à mi-voix.)

SOLANGE.

Bonjour, monsieur Prosper.

PROSPER.

Bonjour, mademoiselle.

SOLANGE.

Vous ne me reconnaissez pas ?

PROSPER.

Je vous reconnais très bien... Pour le sous-chef, n'est-ce pas ? Monsieur Brille ?

SOLANGE.

Oui, monsieur Prosper. Je viens le voir avec mon amie. *(Elle désigne.)* Nous jouons toutes les deux dans son petit acte qui a eu tant de succès hier soir.

PROSPER.

Mademoiselle aussi ?

JULIETTE.

Oui, monsieur Prosper.

PROSPER.

Et dans quel théâtre monsieur le sous-chef a-t-il eu un acte joué ?

JULIETTE.

A la « Cave à Bibi ».

PROSPER.

Ah ! oui... J'y suis allé une fois.

SOLANGE.

Vous allez faire passer nos noms tout de suite, dites, monsieur Prosper?

JULIETTE.

Nous sommes pressées... nous répétons dans la Revue.

PROSPER.

C'est que monsieur le sous-chef a plusieurs personnes à recevoir. *(Désignant la dame.)* Voici une dame qui l'attend depuis une heure.

SOLANGE.

Quelle dame ?...

PROSPER.

C'est une institutrice des Basses-Alpes qui vient pour le service.

SOLANGE.

Si monsieur Brille ne nous recevait pas avant des institutrices de province !

JULIETTE.

Ce serait drôle !

PROSPER, *écrivant.*

Je vais toujours faire passer vos noms, mesde-moiselles. Voulez-vous me les rappeler?

SOLANGE.

Solange.

PROSPER, *continuant à écrire.*

De la « Cave à Bibi ». *(Il tend le papier à un huissier.)*

Pour le sous-chef. Veuillez vous asseoir, mesdemoiselles.

(Solange et Juliette vont s'asseoir sur le banc en face.)

LA DAME, *au monsieur qui est à côté d'elle.*

Veux-tu parier qu'elles seront reçues avant
nous ?

LE MONSIEUR.

C'est bien possible.

PROSPER, *à un autre huissier qui s'est approché de lui.*

Elle a gagné.

L'HUISSIER.

Qui ?

PROSPER.

L'institutrice. Elle a parié que les petites
actrices seront reçues avant elle. Elle a gagné.

L'HUISSIER.

Sûr ! Mais ça a toujours été comme ça. Il y a
vingt-cinq ans que vous êtes ici, vous devez le
savoir.

PROSPER.

En effet, mon ami. Seulement, il y a vingt-
cinq ans, les actrices qui venaient dans cette
antichambre appartenaient à la Comédie-Française ou à l'Odéon. De la Comédie-Française à la
« Cave à Bibi », voilà le chemin que nous avons
fait !

PREMIER HUISSIER, *revenant, à Prosper.*

Le sous-chef attend ces demoiselles.

PROSPER.

C'est navrant ! *(Haut.)* Mesdemoiselles, si vous
voulez suivre ce garçon...

SOLANGE, *en passant.*

Au revoir, monsieur Prospér.

LA DAME, *à son mari.*

Qu'est-ce que je te disais ?

PROSPER, *au second huissier.*

Et il faut voir l'effet que ces choses-là font en province, quand on les raconte !

L'HUISSIER.

Qui est-ce qui les raconte ? Ce n'est toujours pas les députés !

PROSPER.

Non, ce sont les électeurs. *(A ce moment le chef de cabinet traverse l'antichambre, des dossiers sous le bras, et se dirige vers une porte de l'autre côté, pendant que Prosper s'approche de l'institutrice et lui dit :)* Ne vous impatientez pas, madame, votre tour approche. Ces dames sont des parentes du sous-chef : elles viennent pour affaire de famille. *(A part, allant s'asseoir.)* Sauvons la face !

(Entre Luce.)

SCÈNE III

Les Mêmes, LUCE, puis GUILLONET.

(Même partie de la scène.)

LUCE, *s'approchant de Prosper.*

Puis-je faire passer mon nom à monsieur le ministre ?

PROSPER.

A monsieur le ministre personnellement ?

LUCE.

Oui, monsieur.

PROSPER.

Vous avez demandé une audience !

LUCE.

Oui, monsieur. Et monsieur le ministre a bien voulu me répondre lui-même.

PROSPER.

Veuillez me donner votre carte, madame, et prendre la peine de vous asseoir. *(A ce moment revient Guillonet.)* Ah ! *(Quand Guillonnet passe près de lui, bas.)* Monsieur Guillonet, cette dame a une audience de monsieur le ministre. Dois-je la laisser ici ?

GUILLONET.

Le ministre est à la Chambre. Il ne m'en a pas prévenu. *(Il lit la carte.)* Comment ? Luce Brévin... Mais, est-ce que ce n'est pas ?... *(Il se retourne, regarde Luce.)* Oh ! mais oui... *(Il va vivement à elle.)* Mais oui, c'est elle... *(A voix basse.)* Luce ?...

LUCE, *le regardant, hautaine.*

Plaît-il ?

GUILLONET.

Vous ne me reconnaissez pas ?

LUCE.

Il me semble, en effet... *(Dédaigneusement.)* Monsieur Guillonet, je crois ?...

GUILLONET.

Marcel Guillonet.

LUCE.

Je me rappelle, maintenant..., *(Un temps, après l'avoir toisé.)* Et vous avez fait bonne chasse ?

GUILLONET.

Bonne chasse ?... Je ne comprends pas.

LUCE.

La dernière fois que j'ai eu l'avantage de vous voir, il y a cinq ans, vous partiez pour la chasse... alors, je vous demande...

GUILLONET.

Ce n'est pas gentil de faire allusion à ça...
Vous m'en voulez donc toujours ?

LUCE.

Moi ? pas du tout. Je trouve qu'à un certain
degré de muflerie les hommes sont excusables.

GUILLONET.

Mais je n'ai pas été mufle avec vous !... il ne
faut pas dire ça ! J'ai refusé de vous enlever,
c'est une preuve d'estime que je vous ai donnée,
au contraire... Où en serions-nous si nous avions
fait cette folie ? Nous nous serions mariés, nous
aurions divorcé. C'était fatal. Nous étions trop
jeunes, nous ne connaissions pas la vie... Mais
tout ça c'est le passé, n'en parlons plus. Vous ne
vous imaginez pas ce que je suis content de vous
retrouver... Êtes-vous jolie ! Êtez-vous jolie !

LUCE.

Veuillez ne pas me parler ainsi. Où vous
croyez-vous ?

GUILLONET.

Chez moi.

LUCE.

Vous êtes employé au ministère ?

GUILLONET.

Je suis chef de cabinet de M. Bourdolle.

LUCE.

Je vous fais mes compliments.

GUILLONET.

Et vous ? que venez-vous faire ici ? Ah ! oui...
au fait... votre mari est professeur ; je m'en souviens... Mais je peux vous aider... Dites-moi ce
que vous désirez ?

LUCE, *froidement.*

Mon mari n'est plus professeur.

GUILLONET.

Ah ! Et qu'est-ce qu'il fait maintenant ?

LUCE.

Cette question est de la dernière inconvenance.

GUILLONET.

Pourquoi ?

LUCE.

Je suis veuve.

GUILLONET.

Oh ! j'ignorais... excusez-moi. Veuve ! Mais venez donc dans mon cabinet !... Ne restons pas ici !

LUCE.

Trop aimable. Je préfère rester.

GUILLONET.

Vous attendez le ministre ?

LUCE.

Oui. J'ai rendez-vous avec lui.

GUILLONET.

Nous l'attendrons ensemble... Vous me raconterez votre existence.

LUCE.

Elle a été bien simple. Mais je sens, à des signes qui ne me trompent pas, qu'elle va commencer à être mouvementée.

GUILLONET.

Tant mieux. Je n'ai pas besoin de vous dire que si vous avez besoin de moi pour quoi que ce soit...

LUCE.

Je vous remercie.

GUILLONET.

Vous ne voulez pas venir un instant ?

LUCE.

Non. Maintenant, laissez-moi. L'huissier nous regarde.

GUILLONET.

Il en a vu bien d'autres.

PROSPER, *à qui un de ses collègues a parlé bas, à Guillonet, s'approchant.*

Monsieur Guillonet, on téléphone de la Chambre.

GUILLONET.

Ah ! j'y vais... j'y vais... *(A Luce.)* A tout à l'heure. Je vous verrai.

(Luce se rassied sans répondre, pendant que Guillonet sort par le fond.)

SCÈNE IV

ALINE, *puis* GUILLONET.

(A gauche, cabinet du ministre.)

ALINE, *entrant, un peu émue, à l'huissier qui lui a ouvert la porte.*

Monsieur Guillonet est-il dans son bureau ?

L'HUISSIER.

Oui, madame, il est en train de téléphoner.

ALINE.

Dès qu'il aura fini, prévenez-le que je suis là... que j'ai à lui parler... le plus tôt possible.

L'HUISSIER.

Bien, madame.

(Il est resté sur le pas de la porte et s'éloigne. Aline, seule, s'assied, puis se lève, va jusqu'à la porte qui communique avec le chef de cabinet, puis, impatiente, frappe. Entre Guillonet.)

GUILLONET.

Ah !

ALINE, *rapidement tout ce dialogue.*

Eh bien, il paraît qu'on interpelle !...

GUILLONET.

C'est ce qu'on me téléphonait.

ALINE.

C'est incroyable... Il n'y avait pas d'interpellation à l'ordre du jour... Ce n'est pas sérieux.

GUILLONET.

Fouras a posé une question à monsieur Bourdolle dès son arrivée.

ALINE.

A mon mari !... Il s'agit donc de lui ?

GUILLONET.

Oui, madame... à propos d'une révocation d'instituteur. Monsieur Bourdolle a répondu de son banc... Quand on m'a téléphoné, il venait de dire quelques mots au milieu d'une agitation extraordinaire.

ALINE.

Vous n'avez pas d'autres détails ?

GUILLONET.

Non, madame.

ALINE.

Qu'est-ce que c'est que cette histoire de révocation ? Mon mari ne vous en a rien dit ?

GUILLONNET.

Rien du tout.

ALINE.

Ça ne peut pas être grave... D'ailleurs Fouras est un de nos amis.

GUILLONET.

Évidemment. Mais n'oublions pas qu'on avait prononcé son nom autrefois pour le portefeuille de l'Instruction publique.

ALINE.

Enfin ! il n'y a pas là matière à une crise ministérielle ?

GUILLONET.

Ce n'est pas ce qu'on dit dans les couloirs.

ALINE, *très agitée.*

Nous le saurions déjà, voyons... nous le saurions déjà ! Mon mari aurait téléphoné lui-même... il m'aurait fait prévenir... d'une façon quelconque. Quelle heure est-il donc ?

GUILLONET.

Trois heures et demie. *(Regardant par la fenêtre.)* Ah ! voici l'auto de M. Bourdolle... M. Bourdolle en descend.

ALINE.

Bon. C'est qu'il n'y a rien eu... Je commençais à être inquiète, figurez-vous.

GUILLONET.

Moi aussi.

(Entre Bourdolle.)

SCÈNE V

Les Mêmes, BOURDOLLE.

(Il entre précipitamment, va poser son portefeuille sur la table.)

ALINE.

Eh bien ? quoi ? *(Le regardant.)* Le cabinet ?

BOURDOLLE.

Sauvé !

ALINE.

Ah !

BOURDOLLE.

Il n'y a qu'un ministre par terre.

ALINE.

Qui ?

BOURDOLLE.

Moi !

ALINE et GUILLONET.

Toi ?... Vous ?...

BOURDOLLE.

Oui. Foudroyant. Ce que j'ai vu de plus rapide comme chute dans ma carrière politique. J'arrive dans la salle, Fouras était déjà à la tribune... Cet imbécile ! Comment un homme aussi bête que ça peut-il causer de pareils désastres !.. Je l'entends qui dit : « Voici monsieur le ministre de l'Instruction publique qui va nous répondre. » Je m'approche, j'écoute. Il s'agissait d'une révocation d'instituteur dans la Nièvre. Ç'avait été réglé en conseil des ministres. « En effet », réplique

Fouras. Et il ajoute : « Mais je voudrais savoir comment monsieur le ministre de l'Instruction publique concilie son attitude d'aujourd'hui avec les paroles qu'il a prononcées autrefois à cette même tribune. » Et il sort de je ne sais où, de l'*Officiel,* je crois, un discours de moi remontant à cinq ou six ans et où je soutenais une politique qui est juste le contraire de notre politique actuelle. Voilà où nous en sommes : on va chercher dans le passé des gens ! Heureusement, nous connaissons la manœuvre. C'est ce qu'on appelle mettre quelqu'un en contradiction avec soi-même. On nous a fait ce coup-là à tous. La Chambre n'y attache pas la moindre importance. Je hausse légèrement les épaules en souriant. « Je désire simplement, continue Fouras de son ton solennel, que monsieur Bourdolle nous dise sa véritable opinion, si c'est celle d'hier ou celle d'aujourd'hui, et je serais heureux de lui avoir fourni l'occasion de s'expliquer. » Alors, je ne sais pas ce qui me prend. Je veux en finir avec cette manie qu'on a d'exiger d'un homme politique une continuité d'opinion qu'on ne demande ni à un savant, ni à un penseur, ni à un écrivain. Je veux dire une fois pour toutes qu'il n'y a pas de politique possible si l'homme d'Etat n'a pas le droit de se transformer suivant les événements et les circonstances. Je me lève de mon banc et je crie à Fouras : « Vous voulez savoir ma véritable opinion? Je vais vous la dire. Ce n'est pas celle d'hier, ce n'est pas celle d'aujourd'hui : c'est celle de demain ! » C'était un grand mot de gouvernement. Personne ne l'a compris.

ALINE.

Alors, qu'est-ce qui s'est passé?

BOURDOLLE.

Ça a été épouvantable. Jamais je n'ai vu une Chambre dans un état pareil. On m'a montré le poing à l'extrême gauche : mes amis levaient les bras au ciel... Bilotte demande à transformer la question en interpellation. A ce moment, le Cabinet était perdu. Tout à coup, Gibacier se tourne de mon côté et me crie : « Démission ! » Et toute la Chambre se met à hurler : « Démission ! » Mes collègues me regardent. Le président du Conseil me dit à l'oreille : « Mon cher, vous venez d'avoir un mot malheureux. » C'était fini. J'étais débarqué. *(A Guillonet.)* A présent, mon petit, laissez-moi, voulez-vous ? J'ai à causer avec ma femme.

GUILLONET.

Oui, monsieur le ministre, oui...

(Il entre dans son cabinet.)

SCÈNE VI

BOURDOLLE, ALINE.

ALINE.

Et maintenant que nous sommes seuls, dis-moi ce que tu penses ?

BOURDOLLE.

D'abord, il m'a semblé que j'étais roulé par une vague. J'avais des bourdonnements d'oreille. Aplati, quoi ! démonté ! On le serait à moins ! Mais je me suis ressaisi, le ressort est revenu. Ça va mieux. Je suis même tout à fait d'aplomb, prêt à la lutte. Il me faut ma revanche. Je l'aurai.

ALINE.

Nous l'aurons, oui, mais à la condition de nous tenir tranquilles.

BOURDOLLE.

Tranquille, après le coup que j'ai reçu dans l'estomac !

ALINE.

Garde-le. N'en montre rien. Tu fais de la politique, tu ne fais pas de la boxe. Ton attitude doit être celle d'un monsieur qui n'attend pas après un portefeuille. Nous sommes riches, nous sommes même plus riches que ne le croient tes collègues : voilà ce qui compte. Tu es populaire dans ton pays, tu seras toujours réélu député. Ta situation là-bas, mon salon à Paris, nous n'avons pas besoin de nous presser.

BOURDOLLE.

Tu ne tiens pas compte de mon tempérament !

ALINE.

Et je ne veux pas en tenir compte. Avec ton tempérament, tu ne peux faire que des gaffes, en ce moment-ci. Tu es très bien tombé, tu es tombé en homme de gouvernement, tout seul. Ça a beaucoup d'élégance. J'aime mieux cette chute-là qu'une chute en paquet, avec tout le monde. L'amour-propre est sauf et la position excellente, mais à une condition, c'est que nous prenions ça très bien, en souriant. Pas de gestes, pas de colère et de la désinvolture, voilà le programme.

BOURDOLLE.

Oui, mais, entre nous, nous pouvons dire...

ALINE.

Disons-le. Et encore, ce n'est pas la peine...

chacun son tour. Aujourd'hui, tu es lâché. Demain, c'est toi qui lâchera les autres.

BOURDOLLE.

Je n'attends que l'occasion !...

ALINE.

Et moi, donc !

BOURDOLLE, l'attirant.

Viens te mettre un instant sur mes genoux...
Il me faut ça après toutes ces émotions.

ALINE, lui passant les bras autour du cou.

Voilà, mon chéri. On est gai ?

BOURDOLLE.

Très content.

ALINE, se levant.

A tout à l'heure, mon chéri... Je rentre chez
moi, parce que certainement je vais avoir beaucoup de visites.

BOURDOLLE.

Les vrais amis, ceux-là !

ALINE.

Oui, ceux qui ne te pardonnaient pas d'être au
pouvoir.

BOURDOLLE, la reconduisant vers le fond par la taille.

Moi, je vais envoyer des tas de dépêches dans
mon département. Ils ne sauraient pas quoi
penser... Mais Fouras me dégoûte bien !

ALINE.

Je vais l'inviter à dîner.

BOURDOLLE.

Tu as raison.

(Il revient à son bureau et se met à écrire.)

SCÈNE VII

LES MÊMES, GODFISH.

*(A droite, pendant que Bourdolle, à gauche, écrit dé-
pêches sur dépêches et les envoie au fur et à mesure par
Guillonet, les mêmes qu'à la scène précédente, puis va-et-
vient de personnel, puis Godfish.)*

PROSPER, *à l'huissier qui vient de lui parler à l'oreille.*

Qu'est-ce que vous me chantez là ! Le ministre
est démissionnaire !

L'HUISSIER.

Oui, monsieur Prosper.

PROSPER.

C'est une grande perte. Monsieur Bourdolle
était un des ministres les plus distingués que nous
ayons eus à l'Instruction publique et je les ai tous
connus depuis vingt-cinq ans... *(Il réfléchit, puis se
lève et va vers Luce.)* Madame, je crois qu'il est inutile
que vous attendiez davantage. Le ministre a
donné sa démission et je ne pense pas qu'il puisse
vous recevoir aujourd'hui.

LUCE.

Oh ! quel malheur ! Oh ! que je regrette !...
Vous croyez que je ferais mieux de m'en aller ?

PROSPER.

C'est mon opinion.

LUCE.

Ne pourriez-vous pas me rendre le service...
mais c'est peut-être abuser...

PROSPER.

Ne vous gênez pas, madame, si vous avez quelque chose à me demander personnellement. J'ai un certain don des physionomies et je devine que vous ne venez pas ici pour des bêtises.

LUCE.

Je vous remercie, monsieur l'huissier. Alors, vous seriez bien aimable de vouloir bien demander de ma part à monsieur Guillonet si je peux espérer être reçue cet après-midi.

PROSPER.

Je vais le lui faire demander, madame, je vous le promets.

L'INSTITUTRICE, *retenant Prosper qui passe devant elle.*

Et nous, alors?... Qu'est-ce qu'il faut faire, monsieur l'huissier? Faut-il rester?

PROSPER.

Je n'ose pas vous le conseiller, quoique vous n'attendiez que le sous-chef. Mais il est avec sa famille qui doit être en train de partager l'émotion générale. *(A ce moment passent avec agitation, se croisant et chuchotant, des employés du ministère.)* Vous voyez?

L'INSTITUTRICE.

Allons-nous-en, alors...

PROSPER.

Vous aurez plus de chance avec le prochain sous-chef. Du moins tout porte à le croire.

L'INSTITUTRICE.

Au revoir, monsieur l'huissier.

PROSPER.

Au revoir, madame. *(A un groupe de trois huissiers qui font des gestes.)* Et vous, tâchez donc d'être

calmes! Le ministre ne va pas vous entraîner
dans sa chute!

*(Il en prend un par l'épaule, lui donne un ordre à voix
basse en lui désignant Luce et revient à son siège. Entre
Godfish.)*

GODFISH, *allant à Prosper.*

Veuillez faire passer ma carte à monsieur le
ministre.

(Il lui tend sa carte.)

PROSPER.

Avez-vous une audience?

GODFISH.

Non. Regardez donc ma carte.

PROSPER, *regardant et s'inclinant.*

Ah! Mais monsieur le baron ne sait peut-être
pas qu'aujourd'hui...

GODFISH.

Je sais. C'est pour ça que je viens.

PROSPER.

Tout ce que je peux faire, monsieur le baron,
c'est de transmettre à monsieur le chef de
cabinet.

GODFISH.

Transmettez. J'attends là. *(En se retournant et pendant que Prosper donne la carte à un huissier, il aperçoit
Luce, la reconnaît et la salue.)* Heureux, madame, de
vous rencontrer...

LUCE.

Monsieur...

GODFISH.

Baron Godfish. J'ai eu le plaisir de vous être
présenté chez la comtesse.

LUCE.

Oh! monsieur, je n'ai pas oublié.

GODFISH.

Vous permettez que je m'asseye à côté de vous ?...

LUCE.

Je vous en prie.

GODFISH.

Vous attendez le ministre ?

LUCE.

Oui, monsieur.

PROSPER, *l'huissier étant revenu à Godfish.*

Si monsieur veut se donner la peine.

GODFISH, *à Luce, galamment.*

Je regrette de passer avant vous...

LUCE.

C'est tout naturel, monsieur le baron. Mais j'ai de la patience...

GODFISH, *à Prosper.*

Vous voyez, jeune homme...

(Il sort par le fond.)

PROSPER, *à l'huissier.*

Ce monsieur est un insolent. Mais il y a des gens dont on doit savoir supporter les insolences. Il n'y en a pas beaucoup, mais il y en a.

LUCE, *à part.*

Évidemment... il faut de la patience !

PROSPER.

Voulez-vous me permettre, madame, de vous offrir le journal ?

LUCE.

Oh ! trop aimable, monsieur l'huissier...

(Elle le prend.)

SCÈNE VIII

BOURDOLLE, *puis* GUILLONET, *puis* GODFISH.

(A gauche.)

BOURDOLLE, *après avoir terminé une lettre, se lève, fait un geste de colère et murmure.*

C'est raide tout de même!

(Entre Guillonet.)

GUILLONET.

Le baron Godfish est dans mon cabinet. Il a un mot à vous dire. Le recevez-vous?

BOURDOLLE.

Le baron Godfish! Certainement, je vais le recevoir.

GUILLONET.

A propos, il y a aussi une dame... Madame Brévin, à qui vous avez fixé...

BOURDOLLE.

En effet. C'est une petite protégée de la comtesse.

GUILLONET.

Elle peut attendre?

BOURDOLLE.

Certainement. Je la recevrai tout à l'heure, quand j'appellerai.

GUILLONNET.

Je vais la faire attendre chez moi.

(Il introduit Godfish, referme la porte, puis va chercher Luce et l'emmène dans son cabinet.)

SCÈNE IX

BOURDOLLE, GODFISH.

(Même partie.)

GODFISH.

Mon cher ministre...

BOURDOLLE.

Mon cher baron, qui me vaut l'avantage de cette visite?

GODFISH.

Mon indignation, mon cher ministre... Je suis véritablement indigné... Se priver du concours d'un homme comme vous! Ils sont fous, ma parole, ils sont fous!

BOURDOLLE, *riant.*

Vous savez déjà?

GODFISH.

La nouvelle a fait le tour de Paris. Je ne m'étends pas sur les commentaires qu'elle suscite de toutes parts... Je suis Anglais, ça ne me regarde pas. Seulement, en apprenant le résultat de la séance, j'ai eu tout à coup une idée... Je la crois admirable. Et je n'ai fait qu'un bond jusqu'au ministère!...

BOURDOLLE.

J'écoute, baron, j'écoute avec le plus vif intérêt... Tout ce qui vient d'un homme comme vous...

GODFISH.

Voici. Nous fondons avec quelques amis, dont un ami intime à vous, Branchin, nous fondons un journal. Vous l'avez entendu dire chez la comtesse, n'est-ce pas? Ce journal paraîtra bientôt, précédé d'une publicité comme on n'en aura jamais vu, quoiqu'on ait vu des choses assez gentilles dans cet ordre d'idées... Vous comprenez, mon cher, que du moment que des capitalistes comme moi, comme Villerbois et Branchin se mêlent d'une affaire, il faut qu'elle soit grandiose... Grandiose elle sera! Or, l'idée qui m'est venue est grandiose aussi... A ce journal, il faut un directeur de premier ordre, un nom! Ce nom, mon cher ministre, c'est le vôtre.

BOURDOLLE.

Le mien!

GODFISH.

Oui! Un ancien ministre de l'Instruction publique à la tête d'un grand journal parisien, quoi de plus beau! Et ne cherchez pas d'objections. Il n'y en a pas. Traitement superbe, liberté absolue! Notre journal aura les opinions que vous voudrez. Et il en changera quand vous voudrez! Quel bruit, demain, dans Paris, quand on apprendra la nouvelle! Car il faut qu'on l'apprenne demain!

BOURDOLLE.

Mon cher baron, votre offre est magnifique, elle est tentante... elle me flatte... mais laissez-moi le temps de la réflexion.

GODFISH.

Réfléchissez. Je vais fumer une cigarette pendant ce temps-là. A propos, vous savez le titre de notre journal?

BOURDOLLE.

Non.

GODFISH.

C'est moi qui l'ai trouvé : *Ciel et Terre*. Ça dit tout !

BOURDOLLE.

Je croyais que le rédacteur en chef devait être monsieur Maugraine ?

GODFISH.

En effet, je le lui avais promis. Mais je lui manque de parole, ce que je ne fais que dans des cas tout à fait exceptionnels, comme celui de ce polisson !

BOURDOLLE, *étonné*.

Ah ?

GODFISH.

Oui, c'est un garçon sans mœurs. Mais ne parlons plus de ce petit drôle... Écoutez, Bourdolle... Je ne peux pas vous offrir un ministère, du moins en France... Mais je vous offre mieux, je vous offre le pouvoir.

BOURDOLLE, *qui a fait quelques pas avec agitation, revenant en face de Godfish*.

Mon cher baron, je vais jouer carte sur table. Serai-je maître absolu de la ligne politique du journal ?

GODFISH.

Absolu. Vous pourrez éreinter qui vous voudrez.

BOURDOLLE, *lui tendant la main*.

J'accepte.

GODFISH.

Bien. Vous faites une chose qui n'est pas bête.

(Entre un huissier.)

L'HUISSIER.

Madame fait demander si elle ne dérange pas monsieur le ministre ?

BOURDOLLE.

Du tout. *(A Godfish.)* Je vais vous présenter à ma femme. *(A Aline qui entre.)* Ma chère amie, le baron Godfish.

ALINE.

Très heureuse, monsieur...

(Elle lui tend la main.)

GODFISH.

Madame, mes hommages. *(A Bourdolle.)* Cher ami, à bientôt. *(Faisant un geste et à voix basse, en sortant.)* Ciel et Terre !

SCÈNE X

BOURDOLLE, ALINE.

BOURDOLLE.

Ah ! ce Fouras ! En voilà un à qui je dirai deux mots dans quelque temps !

ALINE.

Ne recommence donc pas à t'exciter.

BOURDOLLE.

Je ne m'excite pas. Je suis en plein calme. Ecoute, il m'arrive la grosse chance, le gros lot...

ALINE.

Quoi ?

BOURDOLLE.

Tu sais qui est le baron Godfish ? C'est l'Argent, avec un grand A. C'est le plus gros sac de l'Europe. Il s'est mis en tête de fonder un journal avec Villerbois et Branchin. Trois bonshommes !

Eh bien, Godfish vient à l'instant de m'offrir la direction de ce journal, sans réserves. Je serai le maître. Tu vois d'ici mes collègues quand ils apprendront ça !

ALINE.

Tu as donc accepté ?

BOURDOLLE.

Tout de suite.

ALINE.

Comment ! tu as pris une résolution aussi grave sans réfléchir, sans me consulter !

BOURDOLLE.

On ne pouvait pas laisser échapper cette occasion. Je l'ai saisie. Moi, je suis un homme de premier mouvement. Je suis de mon pays : il faut me prendre avec mes qualités et mes défauts. Et puis, il y a une chose qui domine tout. Je veux montrer à tous ces gaillards-là que je ne suis pas un petit garçon qu'on envoie se coucher après dîner !...

ALINE.

Et c'est pour ça que tu vas compromettre ta situation politique pour te lancer dans des aventures !

BOURDOLLE.

Je ne compromets pas ma situation : je la consolide. Ce qui me manquait jusqu'à présent, veux-tu que je te le dise ? Je n'étais pas un Parisien, un grand Parisien, de ceux qu'on ne se permet pas de blaguer ! Je n'étais qu'un homme politique.

ALINE.

Tu ne trouves donc pas ça suffisant ? Mais oui, tu n'es qu'un homme politique. Est-ce que tu vas

en rougir, maintenant? Oui... oui... tout en toi
est d'un homme politique, la voix, le geste,
l'éducation et ta femme! Tu es un provincial,
un grand provincial, si tu veux! Tu ne seras
jamais un Parisien!

BOURDOLLE.

Comment peux-tu avoir de pareils préjugés?
Est-ce que... ?

ALINE.

Et surtout, tu ne seras jamais directeur d'un
journal parisien... Tu n'as pas les reins de ça!

BOURDOLLE, *vexé.*

Je n'ai pas les reins !...

ALINE.

Mais non... tu verras bien. N'en parlons plus.
Tu veux changer de carrière : il paraît que ça ne
me regarde pas et que jusqu'à présent je t'ai
donné des mauvais conseils...

BOURDOLLE.

Tu m'en as donné d'admirables!... Mais il y a
des heures où tu ne tiens pas assez compte de
mon caractère.

ALINE.

Il fallait me dire que tu en avais un!

BOURDOLLE.

Tu peux le voir... Voyons, ma petite Aline, ne
sois pas fâchée...

ALINE, *froidement.*

Non, c'est fini. Fais-toi directeur de journal.
Mais je te préviens que notre salon étant un salon

politique et sérieux je n'y recevrai jamais
d'actrices ni de femmes de lettres.

(Elle sort.)

BOURDOLLE, *va à la porte de Guillonet et lui dit.*

Vous pouvez faire entrer cette dame. *(Puis, seul.)*
Il y a des choses que les femmes ne comprennent
pas, décidément.

(Entre Luce.)

SCÈNE XI

BOURDOLLE, LUCE.

BOURDOLLE.

Donnez-vous la peine d'entrer, madame, et
excusez-moi de vous avoir fait attendre. J'ai été
fort occupé.

LUCE.

Je ne vous en suis que plus reconnaissante
d'avoir bien voulu me recevoir dans les circonstances actuelles, monsieur le ministre.

BOURDOLLE.

Je ne suis plus ministre.

LUCE.

Je le sais, monsieur le ministre, je le sais...

BOURDOLLE.

Voyons, de quoi s'agit-il? Ah! je me rappelle...
d'un livre d'éducation et de manuels, n'est-ce
pas? de petits manuels.

LUCE.

Non... pas des manuels... un livre seulement.

BOURDOLLE.

Pour les jeunes filles...

LUCE.

C'est ça.

BOURDOLLE.

J'y suis. Et je vous avais promis de le lire, de faire faire un rapport... Mais, puisque je ne peux pas tenir cette promesse, je vous recommanderai à mon successeur qui sera certainement un homme éminent.

LUCE.

Oh ! ça !...

BOURDOLLE.

Vous ne croyez pas que ce sera un homme éminent ?

LUCE.

Il n'y en a jamais deux de suite dans un ministère, ce serait trop beau !

BOURDOLLE.

Madame...

LUCE.

Ce n'est pas une flatterie, monsieur le ministre... D'ailleurs, une flatterie de ma part serait bien déplacée. Je voulais dire que je ne me faisais pas d'illusions. J'ai eu la chance inespérée d'être reçue par vous... Je n'aurai pas la même avec votre successeur. Qu'est-ce que ça pourrait lui faire à votre successeur l'éducation des jeunes filles ?

BOURDOLLE, *riant.*

Permettez... permettez...

LUCE.

Ce qu'il y a de plus simple, c'est de prendre
mon manuscrit et de le brûler en rentrant chez
moi !

BOURDOLLE.

Vous allez brûler vos manuscrits !

LUCE, *nerveuse.*

Oh ! oui... j'en ai assez... j'en ai assez !

BOURDOLLE, *riant.*

Mais j'espère bien que votre amoureux vous
empêchera de commettre ce sacrilège !

LUCE, *indignée.*

Mon amoureux !

BOURDOLLE.

Dame ! je suppose...

LUCE.

Mais je n'ai pas d'amoureux, monsieur le
ministre !... Ah ! oui, vous m'avez rencontrée
dans un milieu de femmes très élégantes et très
lancées et vous vous imaginez... Mon Dieu ! je
ne dis pas que je ne ferai pas un jour comme
elles, on ne peut répondre de rien dans la vie.
Mais, pour l'instant, ce n'est pas ça. Je suis seule.
Comme c'est bizarre, tout de même, qu'on ne
puisse pas voir une femme sans supposer !..

BOURDOLLE.

Je vous demande pardon... ne vous fâchez pas.

LUCE.

Oh ! monsieur le ministre, c'est moi qui suis
honteuse. Je vous fais perdre votre temps à
bavarder avec une petite femme. Je me retire
donc...

BOURDOLLE.

Nous nous retrouverons, madame, et je m'occuperai de vous.

LUCE, *avec ironie.*

Non !

BOURDOLLE.

Comment? non ! vous en doutez?

LUCE.

Un peu. Mais ça ne fait rien. Je n'en suis pas
moins touchée de votre accueil.

BOURDOLLE.

Et pourquoi en doutez-vous? Parce que je vous
ai parlé tout à l'heure en badinant? Ça ne m'a
pas empêché de m'apercevoir que vous étiez une
femme très intelligente.

LUCE.

Oh ! monsieur le ministre...

BOURDOLLE.

Très originale, pas quelconque ! Et je m'en
étais déjà aperçu l'autre jour chez la comtesse,
qui a beaucoup d'estime pour vous, entre paren-
thèses. Elle m'a un peu raconté votre existence...
votre mérite... car vous avez du mérite. Maintenant, je me rappelle. Vous travaillez, vous
écrivez... c'est très bien, c'est très bien. Et, par-
dessus le marché, vous me dites que vous êtes
toute seule. C'est encore mieux... Les questions
féminines m'intéressent beaucoup plus que vous
ne pensez.

LUCE.

Est-ce possible ?

BOURDOLLE.

Elles me passionnent et j'ai quelques idées là-
dessus que je serai peut-être à même de réaliser

6

bientôt. On ne s'imagine pas comme il y en a aujourd'hui de jeunes femmes pleines de talent qui cherchent à se créer une situation indépendante.

LUCE.

Oui... oui... Ah! voilà! voilà!

BOURDOLLE.

Et on ne fait rien pour elles! On ne les utilise pas! Elles végètent dans leur coin! Ce sont des forces perdues!

LUCE.

Des forces perdues!... Oui, c'est le mot... parce qu'elles ne rencontrent jamais l'homme supérieur qui saurait s'en servir... Que c'est bien ce que vous dites-là, monsieur le ministre, que c'est bien! Et quand on pense que vous venez d'être renversé du pouvoir par des imbéciles et qu'au lieu de vous mettre en colère, vous êtes là à causer gentiment, comme si rien ne s'était passé, avec une femme que vous avez vue à peine une fois! Oh! oui... c'est beau! c'est magnifique!

BOURDOLLE.

Voyons, madame... voyons!

LUCE.

Ça prouve que vous êtes vraiment fort! Car c'est à ce moment-là qu'on juge les hommes, quand ils ont été victimes d'une injustice et qu'ils la supportent chiquement!

BOURDOLLE, *tout à coup.*

Ça me fait plaisir d'entendre ces choses-là! Et dites avec cette crânerie. Et puis on sent que vous le pensez.

LUCE.

Si je le pense! J'ai pour vous une admiration profonde... Oh! ne croyez pas que je me jette à votre tête. Je trouve ça répugnant de la part d'une femme... tandis que l'admiration est un sentiment avouable.

BOURDOLLE.

Je crois bien... je crois bien!

LUCE.

Maintenant, je me retire et je garderai de votre accueil un souvenir ineffaçable.

BOURDOLLE.

Pardon... pardon. Il y a une question que nous n'avons pas réglée... c'est celle de votre manuscrit. Probablement ce petit rouleau que vous avez à la main?

LUCE.

En effet... en effet.

BOURDOLLE.

Je ne le prends pas aujourd'hui... parce que je ne pourrais pas le lire tout de suite. Mais vous me l'apporterez chez moi, je veux que vous me l'apportiez chez moi... dès que j'aurai quitté cet immeuble. Nous le parcourerons ensemble, votre manuscrit. Je vous promets que je m'occuperai de lui et de vous... Et comme je ne suis plus ministre, ce n'est pas une promesse en l'air.

LUCE.

Je ne sais comment vous exprimer...

BOURDOLLE, *l'interrompant*.

Non! non! c'est inutile, c'est inutile... C'est

moi, au contraire, qui devrais vous être reconnaissant.

LUCE.

Oh! oh!

BOURDOLLE.

Mais si! Je n'oublierai pas que le jour de ma chute une jeune et jolie femme est venue me témoigner son admiration... Ce n'est généralement pas ce jour-là que l'on choisit.

LUCE.

Ne vous moquez pas de moi, monsieur Bourdolle.

BOURDOLLE.

Me moquer de vous! N'allez pas vous imaginer ça. Vous avez été délicieuse. Vous m'avez dit les paroles que j'avais besoin d'entendre... Et si, dans l'avenir, je ne faisais pas beaucoup pour vous, je serais un ingrat. Et je ferai plus que vous ne croyez. Voyons, ça vous serait-il agréable d'écrire dans un journal?

LUCE.

Dans un journal!

BOURDOLLE.

Dans un grand journal qui va se fonder.

LUCE, *joignant les mains.*

Oh! monsieur Bourdolle... monsieur Bourdolle! Mais c'est mon rêve!... Je n'aspire qu'à ça... J'ai déjà envoyé des articles à tous les journaux de Paris!

BOURDOLLE.

Et aucun ne les a insérés?

LUCE.

Jamais! Et c'est bête à dire... on ne devrait pas dire ça de soi... J'ai du talent... Je vous jure, monsieur Bourdolle, que j'ai du talent.

BOURDOLLE.

Mais j'en suis sûr... j'en suis sûr... Eh bien, c'est entendu, je vous prends avec moi... Car c'est moi qui vais être directeur de ce journal.

LUCE, *avec enthousiasme.*

Vous, monsieur Bourdolle!

BOURDOLLE.

Moi!

LUCE.

Oh! c'est merveilleux!... Ça, c'est un coup de maître!

BOURDOLLE.

N'est-ce pas? Alors, vous êtes contente?

LUCE.

Je suis affolée... il n'y a pas d'autre mot, affolée! *(Allant naïvement à Bourdolle et lui prenant la main.)* Oh! monsieur Bourdolle, vous ne savez pas ce que je vous devrai... Naturellement, je ne pourrai jamais rien faire pour vous, moi, je suis trop loin de vous... Mais on ne sait pas... En tout cas, vous pourriez me demander ce que vous voudriez!

BOURDOLLE, *riant.*

Tout ce que je voudrais?

LUCE.

Oui... tout... sauf, bien entendu... C'est vrai... Je n'y songeais pas... Ma parole, il y a des moments où j'oublie que je suis une femme!

BOURDOLLE.

Et une délicieuse femme!

LUCE.

Non, mais enfin...

BOURDOLLE, gaiement.

Et si je vous le demandais, pourtant, ça, un jour? Si je vous le demandais? Qu'est-ce que vous me répondriez?

LUCE.

Je cherche...

BOURDOLLE.

Vous me le refuseriez?

LUCE, grave.

Oui, monsieur Bourdolle, je vous le refuserais. Mais j'aurais un rude chagrin!

BOURDOLLE, s'avançant vers elle.

Je ne vous plais pas, alors?

LUCE, le repoussant légèrement.

Non... non... tenez-vous... laissez-moi partir... Je ne vous répondrai pas... Aujourd'hui, je suis trop heureuse pour parler sérieusement.

(Elle est près de la porte.)

BOURDOLLE.

Mais demain?

LUCE.

Demain? Vous m'aurez rendu un trop grand service pour que je vous accorde quoi que ce soit!

BOURDOLLE.

Et après-demain?

LUCE.

Vous ne penserez plus à moi.

BOURDOLLE.

Luce!

LUCE, *ouvrant la porte et s'inclinant.*

Monsieur le ministre...

(Elle sort.)

BOURDOLLE, *seul, il passe la main sur son front.*

J'ai une migraine!...

SCÈNE XII

A droite, TROIS HUISSIERS *et* PROSPER, *trois journaux
différents.*

PROSPER, *regardant le journal.*

Fouras! On parle de Fouras pour l'Instruction publique! Pauvre France!

ACTÉ III

Le bureau de Bourdolle au journal *Ciel et Terre*. Au fond, une baie vitrée, et, au delà de la baie faisant partie de la scène, un couloir. Une banquette dans ce couloir. Au lever du rideau, la baie est largement ouverte. Prosper pose sur le bureau des dépêches et des lettres. Sur la banquette du couloir, Lahure est assis entre les deux petites femmes qu'on a vues au deuxième acte.

SCÈNE PREMIÈRE

LAHURE, JULIETTE, SOLANGE, PROSPER, *puis* MONSIEUR *et* MADAME VILLERBOIS, *puis* DE JERSOT, *puis* GUILLONET, *puis successivement* BOURDOLLE, GODFISH *et* JEANNINE, *puis* MAUGRAINE.

SOLANGE.

Oui, monsieur Lahure, oui, c'est vous le plus gentil de tout le journal.

JULIETTE.

Certainement que vous êtes le plus gentil, monsieur Lahure.

LAHURE, *leur tapotant les joues.*

Je fais ce que je peux, mes enfants.

SOLANGE.

Et pourquoi n'êtes-vous pas à la répétition générale des *Fantaisies,* comme tout le monde?

LAHURE.

Je ne m'occupe pas des choses de théâtre. Je suis chargé de la politique étrangère.

SOLANGE.

C'est beau !

LAHURE.

Mais, c'est vous qui devriez y être, à cette répétition générale... Vous êtes des artistes.

SOLANGE.

Evidemment, nous devrions y être, ce serait notre place. Seulement, on ne nous a pas invitées.

JULIETTE.

Nous n'en valons pas la peine.

SOLANGE.

D'ailleurs, il n'y a pas à le regretter. Nous avons des renseignements sur la pièce par des camarades qui jouent dedans. Il paraît que c'est la boue !

LAHURE.

La boue ?

SOLANGE.

Oui, monsieur Lahure. C'est une expression du Conservatoire. Quand quelque chose vous dégoûte ou qu'il vous arrive une déception, on dit : « la boue ! »

JULIETTE.

La boue !

LAHURE.

Ah ! parfaitement.

JULIETTE.

Oui, ça soulage.

SOLANGE.

Et, dans la vie de théâtre, ce n'est pas les occasions qui manquent.

LAHURE, à part.

Si Blanca me voyait! (Haut.) Maintenant, mes petites amies, laissez-moi aller travailler.

JULIETTE.

Restez encore un peu avec nous, monsieur Lahure.

PROSPER, qui a fini de ranger, se retourne, aperçoit ce spectacle et manifeste de la mauvaise humeur.

Oh! oh! mesdemoiselles, vous seriez peut-être mieux dans le cabinet de monsieur le courriériste des théâtres.

SOLANGE.

Il n'est pas arrivé... Il n'y a personne au journal. Ils sont tous à la répétition...

(Sur un geste de Lahure, elles se sont levées toutes les deux et se retirent à droite, dans le couloir. Paraissent monsieur et madame Villerbois.)

MADAME VILLERBOIS (VALÉRIE).

Prosper, monsieur de Jersot est-il au journal?

PROSPER.

Oui, madame, il vient d'arriver.

VALÉRIE.

Ah! je l'aperçois... Monsieur de Jersot!

DE JERSOT.

Madame... Cher monsieur Villerbois...

VALÉRIE.

Dites-moi... Etiez-vous à l'ambassade d'Angleterre?

DE JERSOT.

J'y ai passé un instant... Et vous, madame?

VALÉRIE.

Nous en venons, mon mari et moi.

VILLERBOIS, *étonné.*

Comment?

VALÉRIE, *avec autorité.*

Nous en venons, mon mari et moi. Faites-vous un écho sur la soirée?

DE JERSOT.

Oh! certainement... Vous me permettez de citer vos noms?

(Il s'éloigne sur un signe de Valérie.)

VALÉRIE, *à son mari.*

Oh! pas d'observations, je vous en prie!... Je sais ce que vous allez me dire... Nous n'étions pas, ce soir, à l'ambassade, mais nous aurions dû y être, si vous aviez fait votre devoir! Et je tiens à ce que mon nom soit cité pour que votre belle-sœur ait le plaisir de le lire demain matin.

VILLERBOIS.

Ça peut nous attirer...

VALÉRIE, *l'interrompant.*

C'est comme pour madame Bourdolle... Quand on pense que vous ne m'avez pas encore présentée à elle... avec votre situation au journal!...

VILLERBOIS.

L'occasion ne s'en est pas trouvée.

VALÉRIE.

On la fait naître, l'occasion... C'est inouï, maintenant que je suis votre femme j'ai moins de relations que quand j'étais votre maîtresse... Venez, allons surveiller cet écho.

GUILLONET.

Le patron n'est pas de retour, Prosper?

PROSPER.

Non, monsieur Guillonet, mais vous trouverez
là son courrier.

GUILLONET.

Eh bien, Prosper, vous habituez-vous à votre
nouvelle situation?

PROSPER.

Très bien, monsieur Guillonet. Dans les commencements, ça a été un peu dur, parce qu'il
fallait se coucher à trois heures du matin, mais je
m'y suis fait; et puis, monsieur Bourdolle est un de
ces hommes qu'on n'abandonne pas. Quand il m'a
offert de le suivre, j'ai accepté avec reconnaissance.

GUILLONET, *riant*.

Comme moi!

PROSPER.

D'ailleurs, j'étais dégoûté de la politique, elle
n'avait plus de mystère pour moi, je devinais
tout.

GUILLONET.

Et, maintenant, Prosper, vous connaissez le
journalisme.

PROSPER.

Je peux mourir.

(*Guillonet va prendre quelques lettres sur le bureau de
Bourdolle, en laisse d'autres. Il jette un coup d'œil du
côté du couloir, aperçoit Lahure et lui envoie un petit
bonjour de la main.*)

GUILLONET.

Bonsoir, Lahure.

LAHURE, *sur le pas de la porte du cabinet*.

Bonsoir, Guillonet... monsieur Bourdolle vient-
il au journal, ce soir?

GUILLONET.

Comme tous les soirs. Il est minuit, il ne tardera même pas. Je crois qu'il est allé au théâtre.

LUCE, *passant dans le couloir, très élégante, tenue de soirée. Elle se retourne vers le cabinet de Bourdolle, aperçoit Lahure et Guillonet et leur dit en souriant.*

Bonsoir, monsieur Lahure... Bonsoir, Guillonet.
Et elle disparaît.

GUILLONET.

Mais, venez donc un peu avec nous, voyons... Qu'est-ce que c'est que ces manières ?

LUCE, *réapparaissant.*

Je n'ai pas le temps... Il faut que j'aille corriger mes épreuves.

(Elle serre la main de Lahure.)

LAHURE.

Vous avez un article, ce soir, madame ?

LUCE.

Oui, monsieur Lahure. La suite de cette petite série dont vous avez bien voulu me faire des compliments.

GUILLONET.

Moi aussi, je vous en fais, des compliments, et vous ne m'en savez aucun gré...

LUCE.

Pardon... Mais vous ne m'en voudrez pas d'attacher plus d'importance à ceux de monsieur Lahure qui est un esprit sérieux, tandis que vous, vous êtes un jeune homme de la dernière frivolité.

GUILLONET.

Ça ne m'empêche pas de vous dire que vos articles sur « les femmes d'aujourd'hui » sont de petits bijoux.

LAHURE.

Et ils ont en même temps de la profondeur.

GUILLONET.

Et une grande portée.

LUCE, à *Lahure*.

Alors, celui de ce matin ne vous a pas déplu ?

LAHURE.

C'est un des meilleurs de la série, peut-être
le meilleur... Vous y traitez avec infiniment de
délicatesse un sujet qui, sous une autre plume
que la vôtre, aurait pu être scabreux : l'évolution
de la pudeur chez la femme...

LUCE, *lui serrant la main*.

Merci, monsieur Lahure, merci... Mais, vous
me faites rester dans le cabinet de monsieur Bourdolle... Qu'est-ce qu'il dirait de nous voir tous
les trois chez lui, sans sa permission ?

GUILLONET.

Il nous donnerait la permission, voilà tout.

LUCE, *sortant, à Prosper*.

Si monsieur le directeur a quelque chose à me
dire, je reste au journal.

(*Quand elle sort dans le couloir, Solange et Juliette se
précipitent à sa rencontre.*)

SOLANGE.

Bonsoir, madame...

JULIETTE.

Bonsoir, madame... Vous venez du théâtre ?

LUCE.

Oui, mesdemoiselles.

JULIETTE.

Racontez-nous...

(Elles disparaissent toutes les trois.)

GUILLONET.

Moi, je vais dans mon cabinet.

LAHURE.

Et moi, je vais attendre encore un instant.
(Sortant du cabinet.) Ah ! voici le patron.

*(Bourdolle entre, donne son pardessus à Prosper. Il est
en tenue de soirée.)*

BOURDOLLE, *lui serrant la main.*

Mon cher Lahure...

LAHURE.

Pourrais-je vous dire un mot, monsieur Bourdolle ?

BOURDOLLE.

Certainement, Lahure... Tout à l'heure, je vous
ferai appeler... *(A Godfish et à Jeannine qui le suivent.)*
Venez par ici, vous êtes chez vous...

GODFISH, *apercevant Lahure.*

Oh ! le tapeur !

(Il lui tourne le dos.)

LAHURE, *à part.*

Parce qu'il m'a prêté quelques misérables
louis, celui-là !

JEANNINE.

Branchin et Marguerite nous suivent avec la
comtesse.

BOURDOLLE.

Prosper, vous ferez entrer dans mon cabinet.

PROSPER.

Bien, monsieur Bourdolle.

BOURDOLLE, à *Jeannine et à Godfish.*

Asseyez-vous... Je vous demande simplement la permission de vous laissez un instant. Mon courrier Guillonet.

GUILLONET.

Voici, patron.

(Bourdolle s'en va avec Guillonet dans le cabinet de celui-ci.)

GODFISH, *appelant Maugraine qui passe.*

Vous soupez ce soir avec nous, jeune homme ?

MAUGRAINE.

Avec plaisir, baron.

GODFISH.

Nous nous retrouverons à la rédaction.

(Prosper et Maugraine sortent.)

SCÈNE II

GODFISH, JEANNINE, *puis* BRANCHIN, MARGUERITE, LA COMTESSE, *puis* BOURDOLLE.

GODFISH.

Je vais aller téléphoner avec Londres, et puis, ma chère, si vous voulez, nous irons souper. Mais, le voulez-vous ?

JEANNINE.

Pourquoi me demandez-vous cela, puisque c'est convenu ?

GODFISH.

Je vous le demande, parce que vous semblez de mauvaise humeur... Et de là à avoir la migraine, il n'y a qu'un pas...

JEANNINE, — *un temps.*

Êtes-vous assez hypocrite !

GODFISH.

Moi, je suis hypocrite !... On a tout dit de moi, ma chère, mais on n'avait pas dit ça... Et en quoi suis-je hypocrite, je vous prie ?

JEANNINE.

Quand je pense que vous traitez monsieur Maugraine comme un ami, que vous l'invitez dans notre loge, et que vous avez brisé sa carrière !

GODFISH.

J'ai brisé, moi !

JEANNINE.

Non seulement vous ne l'avez pas nommé rédacteur en chef de *Ciel et Terre* comme vous le lui aviez promis...

GODFISH.

Bourdolle valait mieux.

JEANNINE.

Soit ! Mais vous auriez pu au moins lui faire commander des articles par monsieur Bourdolle... depuis trois mois que le journal est fondé...

GODFISH.

Avec un immense succès !

JEANNINE.

Raison de plus pour en ouvrir les portes à un jeune écrivain de talent... que j'ai connu à ses débuts et à qui je m'intéresse... J'aurais compris votre hostilité quand vous le croyiez mon amant... *(Mine glacée de Godfish.)* mais je vous ai donné des preuves qu'il ne l'était pas... *(Même jeu.)* et qu'il ne l'avait jamais été ! *(Même jeu.)* Je vous ai

7

montré des lettres qui ne laissent aucun doute...
(Même jeu.) Alors, votre conduite à son égard est
incompréhensible, pour ne pas dire barbare ! Oui,
elle est barbare, c'est le mot !

GODFISH.

Ne vous emballez pas... Je vais vous expliquer.
J'aime beaucoup monsieur Maugraine, c'est un
charmant compagnon, il m'est agréable de l'avoir
à ma table... mais je trouve que, comme écrivain
il n'a aucun talent.

JEANNINE, *suffoquée.*

Vous dites !...

GODFISH, *très froidement.*

Il n'a aucune espèce de talent ! On peut avoir
de l'esprit, de bonnes manières, de la distinction,
ne pas tromper ses amis, s'habiller bien et n'avoir
tout de même aucun talent.

JEANNINE.

Mais vous êtes le seul à Paris qui disiez ça...
Maugraine est un des espoirs de la jeune génération littéraire.

GODFISH.

Dans ce cas, c'est une génération sacrifiée.

JEANNINE.

Et alors, à qui trouvez-vous du talent, au journal. Ah ! oui, au fait... je sais... à Lucinde ! à la
petite Luce Brévin... « Femmes d'aujourd'hui ! »
C'est ça que vous trouvez bien ?

GODFISH.

Ça, entre autres choses. Mais ça, surtout. C'est
très bien. Cela me plaît énormément.

JEANNINE.

Mais, mon pauvre ami, c'est du faux, c'est du

toc!... Ça n'a pas de style... C'est l'A B C du féminisme... On n'écrit plus ces choses-là dans un
journal parisien... C'est réglé, nous le savons,
n'en parlons plus.

GODFISH.

Je connais donc l'opinion de monsieur Maugraine
sur les articles de Lucinde. Ce n'est pas la mienne.

JEANNINE, à *Marguerite qui entre, suivie de Branchin
et de la comtesse.*

Ma chère, c'est ce que nous disions dans l'entr'acte. Qu'est-ce qu'il y a de mieux dans *Ciel et
Terre*, d'après ces messieurs?

MARGUERITE.

Les articles de Lucinde... C'est également
l'avis de monsieur Branchin.

JEANNINE, à *la comtesse.*

Et vous, comtesse? Je sais que madame Brévin
est votre amie... Mais, avant tout, vous avez du
goût... Est-ce que vous lui trouvez tant de talent
que ça, là, franchement?

LA COMTESSE.

Ma chère amie, demandez-moi si elle est jolie,
si elle est spirituelle, si elle a du charme et si elle
sait s'habiller, je serai capable de vous répondre...
Mais, du talent?... je ne sais pas ce que c'est.

MARGUERITE.

Qu'elle en ait ou non, je m'en moque. Qu'elle
soit la maîtresse de celui-ci ou de celui-là, ça
m'est complètement égal. Mais, ce qui...

LA COMTESSE.

Pardon... pardon... là, je vous arrête. Elle
n'est la maîtresse de personne, je vous le garantis.
Je lui en faisais même l'observation l'autre

jour et elle m'a répondu d'une façon qui no peut
pas me tromper... Tenez, moi, ce que je lui repro-
cherais, parce qu'enfin il faut bien lui reprocher
quelque chose, ce serait plutôt du maniérisme
et de l'affectation, avec des lacunes dans l'intelligence, un regard dur qui a l'air de vous menacer
et des gestes de petit singe. Elle doit être très
forte en gymnastique, De mon temps, on aurait
dit : « Elle manque de hanches ! »

GODFISH.

Elle est très moderne.

MARGUERITE.

Tout ça, je le répète, ça m'est égal, et en voilà
assez sur cette personne. Ce n'est pas pour ça
que je suis venue ici, ce soir. Je suis venue pour
savoir si, oui ou non, dans ce journal que nous
avons fondé, on daignera enfin s'occuper un peu
de nous !

JEANNINE.

Oui !

MARGUERITE, à Branchin.

Car c'est fantastique ! Vous y avez mis un million et je ne peux pas arriver à faire passer une
note dans le courrier des théâtres !

BRANCHIN.

C'est qu'aussi, ma chère, vous y envoyez des
notes conçues dans des termes...

MARGUERITE.

Je ne veux pas qu'on y retranche un mot...
(A la comtesse et à Godfish.) Savez-vous ce qu'ils m'ont
fait, la dernière fois ? Ils m'ont appelée « la charmante artiste » quand on traite n'importe qui de
grande tragédienne !... J'entends que cela ne se
renouvelle plus... et que vous en fassiez l'observation à monsieur Bourdolle...

BOURDOLLE, *entrant, à la comtesse.*

Eh ! chère comtesse, c'est gentil à vous d'être venue nous voir... Vous êtes rare, rare !

LA COMTESSE.

Trop aimable... Est-ce que je peux serrer la main de mon ami Lahure ?

BOURDOLLE.

Prosper va vous conduire.

BRANCHIN, *à Bourdolle, sous le regard de Marguerite.*

Avez-vous cinq minutes d'entretien à m'accorder, cher ami ?

BOURDOLLE.

Comment donc ! mais tout de suite.

GODFISH, *à Bourdolle.*

Très drôle, l'écho sur Fouras, ce matin...

BOURDOLLE.

N'est-ce pas ? Ce n'est pas méchant... et ça a dû lui être horriblement désagréable...

GODFISH.

D'ailleurs, le cabinet m'a l'air en mauvaise posture.

BOURDOLLE, *riant.*

Très mauvaise...

GODFISH.

Et, encore une fois, Bourdolle, mes compliments... Vous avez fait de *Ciel et Terre* le journal parisien par excellence. (*Regardant Jeannine.*) Vous n'y accueillez que des gens de talent... Vous êtes le vrai directeur, le directeur type !

BOURDOLLE.

Cher baron...

(Il lui tend la main.)

GODFISH.

Allons, je vais téléphoner à Londres.

JEANNINE, *avec aigreur.*

C'est ce que vous venez de dire à mo. ieur Bourdolle, que vous allez téléphoner?

GODFISH.

Entre autres choses, chère amie, entre autres choses.

(*Sortent d'abord la comtesse et Marguerite, puis Jeannine et Godfish.*)

SCÈNE III

BOURDOLLE, BRANCHIN.

BRANCHIN.

Cher ami, je suis chargé de faire auprès de vous une démarche qui m'assomme !... Ah ! ce qu'elle m'assomme ! Enfin ! allons-y...

BOURDOLLE.

Une démarche ?... et de la part de qui ?

BRANCHIN.

De Marguerite. Elle n'ose pas vous dire ça ellemême... et elle m'a prié de le faire... Mais, ce que c'est assommant !

BOURDOLLE, *riant.*

Eh ! allez donc... voyons, avec moi...

BRANCHIN.

Eh bien, Marguerite n'est pas contente... Elle trouve — dire que j'en suis à m'occuper de ça,

moi ! c'est idiot ! — elle trouve que le courriériste des théâtres n'est pas gentil avec elle...
elle lui envoie à chaque instant des notes qu'il
ne fait pas passer... Je vous répète ce qu'elle dit,
parce que, moi, encore une fois, ce que ça m'est
égal !...

BOURDOLLE.

Cher ami, vous avez bien raison de me mettre
au courant... J'aviserai, je vous le promets... Le
journal est à votre disposition à tous les deux.

BRANCHIN.

Je ne m'adresse pas à vous comme commanditaire, mais comme ami... Si j'avais su à quoi je
m'exposais en mettant de l'argent dans un journal ! Je suis tiraillé de tous les côtés... Marguerite me reproche de ne pas m'occuper de son
avenir d'artiste... Elle croit que je l'aime parce
qu'elle est une artiste... C'est admirable ! Et puis,
d'autre part, il y a ma femme, dont le caractère
a changé, vous ne pouvez pas vous imaginer dans
quelles proportions !...

BOURDOLLE.

Jamais Mme Branchin ne m'a paru de meilleure
humeur, au contraire... plus aimable... Dites-
moi ? Elle ignore toujours ?

BRANCHIN.

Ma liaison avec Marguerite ?... Eh non, mon
ami, elle ne l'ignore pas, voilà le terrible. Elle
la connaît depuis quelque temps déjà, j'en suis
sûr... Et, savez-vous ce qu'elle a fait ?

BOURDOLLE.

Mon pauvre Branchin, je suis navré ! Et,
qu'est-ce qu'elle a fait ?

BRANCHIN.

Rien.

BOURDOLLE.

Rien ?

BRANCHIN.

Pas une récrimination, pas une allusion, pas
un reproche.

BOURDOLLE.

Alors, de quoi vous plaignez-vous ?

BRANCHIN.

Attendez... Vous savez comme elle était jalouse,
autrefois ? Je ne pouvais pas sortir, je ne pouvais
pas faire un pas hors de la maison... Eh bien,
mon ami, depuis qu'elle a la certitude que je la
trompe, ça lui est devenu complètement indifférent ! Je suis libre, je peux aller où il me plaît...
Jamais une question ! Toujours le sourire ! la
bonne humeur ! Et, alors, je ne me sens plus
surveillé, je suis livré à moi-même... Je n'ai
plus de contre-poids. Ma vie a perdu toute espèce
d'intérêt...

BOURDOLLE.

Mon pauvre ami... j'ignorais ce drame.

BRANCHIN.

Ah ! mon cher, profitez de mon expérience et
ne vous mettez jamais dans une situation pareille !

BOURDOLLE.

Je n'y songe pas, soyez tranquille. *(On frappé.)*
Entrez !

(Entre Prosper.)

PROSPER.

Mme Brévin demande si monsieur le directeur
a quelque chose à lui dire... Elle va partir.

BOURDOLLE.

Non... je n'ai rien... Ah ! si ! au fait... Priez-la de venir un instant.

(Sort Prosper.)

BRANCHIN.

Merci encore, cher ami... et je vais promettre à Marguerite...

BOURDOLLE.

Vous pouvez le lui promettre de ma part.

(Entre Luce.)

BRANCHIN, *la saluant.*

Chère madame...

(Il lui tend la main.)

LUCE.

Bonsoir, monsieur Branchin... Voulez-vous être assez aimable pour faire mes amitiés à Mme Howard que je n'ai fait qu'apercevoir au théâtre ?

BRANCHIN.

Je n'y manquerai pas, madame.

(Il serre la main de Bourdolle et sort.)

SCÈNE IV

BOURDOLLE, LUCE, un *instant* PROSPER.

BOURDOLLE *allant à elle.*

Ma chérie !... Je t'ai à peine vue de la journée...

LUCE.

Non... non... ne m'embrasse pas... Jamais dans ton cabinet, jamais... C'est convenu. Quand

je suis avec toi, au journal, il faut qu'on puisse
entrer à toute minute, comme si tu étais avec
n'importe quel rédacteur.

BOURDOLLE.

J'ai une envie folle de t'embrasser, pourtant !

LUCE.

Mon ami, j'en ai une aussi folle... Je t'aime...
je t'aime !... N'avance pas, Prosper peut entrer.

BOURDOLLE, *désignant la droite.*

Viens une minute dans le cabinet de Guillonet, alors... une minute !...

LUCE.

Guillonet peut entrer.

BOURDOLLE.

On l'éloigne, Guillonet, on l'éloigne... On l'envoie corriger des épreuves,.. Fais le tour par la
rédaction, je vais te rejoindre par ici. Viens !
viens !

LUCE.

Non...non... c'est trop imprudent. Nous l'avons
fait deux ou trois fois... il ne faut plus. Gardons
cette combinaison pour les circonstances excep-
tionnelles. Là ! Assieds-toi à ton bureau et moi
je vais m'asseoir de l'autre côté.

BOURDOLLE.

Etais-tu jolie, ce soir, à cette répétition... Tu
étais la plus élégante de toute la salle.

LUCE.

Pas la plus élégante, mais, enfin, je n'étais pas
mal.

BOURDOLLE, *se penchant pour l'embrasser.*

Je t'adore...

(On frappe.)

LUCE, *vivement.*

Dis : « Entrez ! » dépêche-toi !

BOURDOLLE.

Entrez ! *(Entre Prosper avec une carte. Bourdolle lisant.)*
Madame de Crémone ? Que veut cette dame ?

PROSPER.

Elle demande si monsieur le directeur peut la
recevoir.

BOURDOLLE.

Impossible !

PROSPER.

Que dois-je répondre si elle insiste ? Voilà
plusieurs fois qu'elle vient au journal et elle
insiste toujours.

BOURDOLLE.

Eh bien, renvoyez-la à M. Lahure. C'est lui
que ça regarde.

PROSPER.

Bien, monsieur le directeur.

LUCE.

Désirez-vous que je vous laisse, monsieur le
directeur ?

BOURDOLLE, *négligeamment, prenant un papier.*

Terminons d'abord cette lecture.

LUCE, *lisant.*

Le féminisme... *(Sort Prosper. Riant.)* Voilà la
vraie tenue ! comme ça, c'est parfait !

BOURDOLLE.

Seulement, tu te rends compte qu'après de

pareils efforts, j'aurai besoin, tout à l'heure, d'un peu de détente.

LUCE.

Tu l'auras, la détente, tu l'auras...

BOURDOLLE.

A la sortie du journal ?

LUCE.

Oui... oui...

BOURDOLLE.

Chez toi ?

LUCE.

Chez moi... mais pas longtemps, il est trop tard. C'est de cette façon seulement que notre liaison restera ce qu'elle est : délicieuse, excitante, unique !

BOURDOLLE.

Oui ! oui ! oui !

LUCE.

Jamais personne ne saura que je suis ta maîtresse !... jamais ! Et, d'abord, je ne suis pas ta maîtresse... je suis mieux que ça.

BOURDOLLE.

Il n'y a pas de mot pour dire ce que tu es, il n'y en a pas.

LUCE.

Si ! tiens... Je suis ta favorite, ta petite favorite secrète, celle pour qui tu as tout fait et qui ne t'a rien demandé... Celle dont on ne soupçonne pas les caresses ni l'influence... C'est ça qui est exquis, vois-tu !... C'est ça qui est passionnant !

BOURDOLLE.

Et, ce qu'il y a de plus beau, c'est que tu n'en abuses pas !... Tu me donnes des conseils admirables et tu me laisses libre de les suivre ou de

ne pas les suivre... Aussi, je les suis toujours...
Qu'est-ce que tu veux ? Qu'est-ce que tu exiges ?
Je vais le faire tout de suite ! Veux-tu que je
bouleverse le journal ! Veux-tu que je mette
Lahure au courrier des théâtres et Prosper à la
politique étrangère ? Tu n'as qu'un signe à faire !

LUCE.

Tais-toi ! tais-toi ! Je t'aime ! *(Changeant de ton.)*
Tu ne me dis pas comment tu as trouvé mon
article de ce matin !

BOURDOLLE.

Merveilleux, ma chérie... Tu as un énorme
talent... et tes articles ont un succès fou.

LUCE.

Tu crois ?... là, vraiment ?

BOURDOLLE.

J'en ai entendu parler dans tous les milieux...
A la Chambre, il y a dix de mes collègues qui
m'ont demandé qui signait Lucinde... On veut
avoir des détails sur toi, sur ta vie... Je réponds
que je ne sais rien... Tout le monde est intrigué :
c'est la célébrité qui commence.

LUCE.

Oui... ça, je le sens moi-même... Ce soir, au
théâtre, il y avait des gens qui me regardaient,
tu sais ?

BOURDOLLE.

Tu es heureuse, dis ?

LUCE.

C'était mon rêve !... Ah ! mon chéri... avoir la
gloire, se détacher en beauté de la troupe vulgaire des autres femmes ! Faire murmurer les

gens quand on passe! Etre détestée et aimée...
Et, un jour, posséder Paris à nous deux!

BOURDOLLE.

La moitié chacun...

LUCE.

Ne plaisante pas... L'amour et l'ambition, c'est
pour moi la même chose! Au fait, tu ne sais pas
ce qu'on me propose?

BOURDOLLE.

Non.

LUCE.

Arnold est venu chez moi cet après-midi.

BOURDOLLE.

Qu'est-ce que c'est que ça, Arnold?

LUCE.

Tu ne connais pas Arnold? Celui qui organise
ces conférences!

BOURDOLLE.

Ah! bon... oui, ah! oui...

LUCE.

Il est venu me proposer d'en faire une.

BOURDOLLE.

Une conférence, toi!

LUCE.

Oui. Il m'a dit qu'une conférence de moi, en
ce moment-ci, à la salle Arnold, l'endroit le plus
élégant de Paris, ça aurait un grand retentis-
sement.

BOURDOLLE.

Tu as accepté, j'espère?

LUCE.

Immédiatement.

BOURDOLLE.

Ça peut être pour toi le lancement définitif ! le triomphe !

LUCE.

C'est l'avis d'Arnold.

BOURDOLLE.

Et nous en ferons une réclame !... Si on donnait la nouvelle dans le numéro de demain matin ?

LUCE.

Oui... il faut se dépêcher.

BOURDOLLE.

Je vais rédiger la note moi-même... et elle sera bien rédigée, je t'en réponds !

LUCE.

Alors, toi aussi, tu es heureux de ce qui m'arrive ?

BOURDOLLE.

Je suis tellement heureux que je n'ai pas de remords.

LUCE.

Pourquoi en aurais-tu ? Parce que tu m'aimes ? Dis-toi qu'autrefois tu faisais le bonheur d'une seule femme et qu'aujourd'hui tu fais le bonheur de deux ; et que, par conséquent, ta personnalité s'agrandit.

BOURDOLLE.

C'est effrayant d'immoralité ce que nous disons...

LUCE.

Remarques-tu ? dès qu'on se place à un point de vue un peu élevé, on devient tout de suite immoral !

BOURDOLLE, *se levant brusquement.*

Tu dis des horreurs! Il faut que je te ferme la bouche!

LUCE, *riant.*

Non! non! j'appelle!...
(Elle appuie sur un timbre.)

BOURDOLLE, *s'arrêtant.*

Tu me paieras ça ce soir!...

LUCE.

Avec plaisir... *(On frappe à la porte.)* Eh bien, réponds...

BOURDOLLE.

Entrez! *(Entre Prosper. A Prosper.)* Hein! qu'est-ce que c'est?...

PROSPER.

Monsieur le directeur a sonné... du moins j'ai cru entendre.

BOURDOLLE.

Ah! oui... en effet. Je désirais voir Monsieur Lahure.

PROSPER.

Monsieur Lahure me priait justement de l'annoncer.

BOURDOLLE.

Qu'il entre!
(Prosper sort un instant et introduit Lahure.)

LUCE.

C'est moi qui étais avec notre directeur, cher monsieur Lahure... Excusez-moi si j'ai passé avant vous.

LAHURE, *galamment.*

Rien de plus naturel, madame...

LUCE.

Et pour la petite note, monsieur Bourdolle, je me permets de vous la rappeler.

BOURDOLLE.

Soyez tranquille, madame, je vais la rédiger tout de suite. D'ailleurs, je vous la montrerai... Vous ne quittez pas le journal?

LUCE.

Je vais attendre à la rédaction.

(Elle sort.)

SCÈNE V

BOURDOLLE, LAHURE.

BOURDOLLE.

Asseyez-vous, Lahure... Vous permettez que j'écrive quelques lignes? C'est pressé, et comme il est tard...

LAHURE.

Je vous en prie... je vous en prie... d'autant plus que ce que j'ai à vous dire... n'est pas d'une gravité... telle...

BOURDOLLE, *écrivant très vite.*

Dites... dites! Je vous écoute.

LAHURE, *hésitant.*

Monsieur Bourdolle... Voici... Vous avez toujours été très gentil pour moi et je dois déjà une assez grosse somme à la caisse... Cependant, il se présente une circonstance exceptionnelle qui me force à avoir recours de nouveau à vous... Je me bats demain... oui... j'ai un duel.

BOURDOLLE, *cessant d'écrire et le regardant.*

Ecoutez, Lahure. Avant que nous causions de ce duel il faut que je vous prévienne. Quelqu'un m'a fait des observations tantôt au Conseil au sujet de vos avances.

LAHURE.

Est-il indiscret de vous demander qui?

BOURDOLLE.

Le baron Godfish.

LAHURE, *avec rage.*

Toujours lui! Ah! il y met de l'archarnement, celui-là.

BOURDOLLE.

Je ne peux pas aller plus loin,,, Si vous avez besoin de dix louis pour un duel, je les tiens personnellement à votre disposition. Et à propos de quoi ce duel? d'un article?

LAHURE.

Non. . non... il s'agit d'une affaire privée.

BOURDOLLE.

Bien... bien... Je ne tiens pas à savoir. Voilà.
(*Il lui donne deux billets de banque.*)

LAHURE.

Je vous remercie, monsieur Bourdolle. Mais c'est que demain... je n'ai pas qu'un duel...

BOURDOLLE.

Vous avez deux duels!

LAHURE.

Non... non... je veux dire que demain je n'ai pas seulement un duel!... j'ai aussi... le terme.

BOURDOLLE.

Oh! oh!

LAHURE.

Et me battre un jour où je n'aurais pas payé

mon terme... vous comprenez, monsieur Bourdolle...

BOURDOLLE.

Je comprends... attendez que j'aie fini. (*Il continue quelques mots.*) Là ! Vous disiez que vous ne pouviez pas vous battre en duel sans payer votre terme ?

LAHURE.

Oui, monsieur Bourdolle... Ce n'est pas l'usage.

BOURDOLLE.

Lahure, vous êtes extraordinaire... Vous avez une situation superbe au journal... et vous la méritez. Vous avez beaucoup de talent... Si ! si ! Je n'avais pas lu vos livres étant ministre, Je les ai lus depuis, ils sont très remarquables. Ils m'ont appris des choses que j'ignorais.

LAHURE, *modeste.*

Oh !

BOURDOLLE.

Mon Dieu ! je ne sais pas tout... votre situation à *Ciel et Terre* ne peut donc que grandir, et je m'y emploierai de mon mieux... Mais sapristi, Lahure ! c'est mon intérêt pour vous qui me fait vous parler ainsi, quoique je n'aime pas à me mêler de la vie privée de mes rédacteurs. Cependant, si vous ne vous conduisiez pas d'une façon un peu excentrique, certaines choses n'arriveraient pas... Par exemple, il vient ici une femme — vous saisissez, mon bon Lahure, le sentiment qui m'inspire ces paroles tout amicales — une femme, certes, respectable, mais qui a des allures, vraiment !...

LAHURE, *tristement.*

C'est Bianca !

BOURDOLLE.

Je sais bien que c'est Bianca. La comtesse m'en a parlé. Comment diable vous êtes-vous laissé prendre?... vous, un vieux Parisien?... Vous l'aimez donc?

LAHURE.

Non, mais je l'ai aimée... Et elle, elle m'aime encore.

BOURDOLLE.

Ah! ah!

LAHURE.

C'est pour cela qu'elle a voulu revenir de Constantinople.

BOURDOLLE, *haussant les épaules.*

Laissez donc... Je connais cette histoire-là... Elle ne vous aime pas du tout.

LAHURE.

C'est possible.

BOURDOLLE.

Si vous la quittiez, elle se tirerait bien d'affaire toute seule.

LAHURE.

Si je la quittais, ce serait effrayant!

BOURDOLLE.

Elle se tuerait?

LAHURE.

Non, mais elle me tuerait, moi.

BOURDOLLE.

Vous êtes ridicule, Lahure! En voilà assez sur ce sujet!

LAHURE.

Bien, monsieur le directeur. Je n'insiste pas.

BOURDOLLE.

A propos, vous avez reçu madame de Crémone?

LAHURE, *désorienté*.

Ah! au fait... Je l'ai fait entrer dans le petit salon. Elle désire vivement causer avec vous. Elle a, paraît-il, des renseignements à vous communiquer... d'une nature un peu délicate.

BOURDOLLE.

Ils sont toujours faux, ses renseignements... *(Se levant.)* Je vais le lui dire une fois pour toutes... Elle veut se faire passer pour espionne afin d'avoir une situation à Paris, mais en réalité, elle ne sait rien! Venez.

(Il sort avec Lahure.)

SCÈNE VI

(La scène reste vide une seconde pendant que Lahure et Bourdolle filent par le couloir à droite. Prosper alors reparaît à gauche et dit :)

PROSPER.

Si ces dames veulent se donner la peine d'entrer...

(Il introduit Aline et madame Branchin.)

ALINE, *entrant la première*.

C'est le cabinet de mon mari?

PROSPER.

Oui, madame. Monsieur le directeur est en train de recevoir, mais si madame le désire, je vais le prévenir.

ALINE.

Du tout... du tout, Prosper... ne le dérangez pas.

PROSPER.

Oh! Monsieur le directeur ne serait pas fâché qu'on le dérangeât, au contraire.

ALINE.

Ce n'est pas la peine, nous attendrons ici.

MADAME BRANCHIN.

Et monsieur Branchin?... vous l'avez vu ce soir, Prosper?

PROSPER.

Monsieur Branchin a passé au journal... à quelle heure, je l'ignore. Peut-être est-il encore ici, je vais m'informer... *(Sortant, à part.)* Les femmes légitimes dans un journal, je n'aime pas beaucoup ça!

SCÈNE VII

ALINE et MADAME BRANCHIN.

MADAME BRANCHIN.

Vous avez bien fait de venir... Trois mois de bouderie, ça suffisait!

ALINE.

Ce n'est pas mon mari que je boudais... C'était ce maudit journal!... Que voulez-vous? Je trouvais cette idée absurde de devenir directeur de journal avec sa situation politique... Je me trompais, puisqu'elle a réussi... C'était lui qui avait raison.

MADAME BRANCHIN.

Et ça l'a encore grandi... Député, ancien ministre, et aujourd'hui rédacteur en chef de *Ciel et Terre!*

ALINE, *riant.*

Ma chère, je vais vous faire un aveu : je ne l'en croyais pas capable!

MADAME BRANCHIN.

Faites-lui vos excuses.

ALINE.

Je n'attends que l'occasion.

(Entrent Bourdolle et Branchin.)

SCÈNE VIII

Les Mêmes, BOURDOLLE, BRANCHIN,
puis MONSIEUR *et* MADAME VILLERBOIS.

BOURDOLLE, *très jovial, très heureux.*

Mais quelle charmante surprise!...

(Il baisse la main de sa femme et de madame Branchin.)

BRANCHIN, *à sa femme.*

Chère amie... c'est une bonne idée que vous
avez eue là... Ça, c'est gentil!

MADAME BRANCHIN.

N'est-ce pas?

BOURDOLLE.

Vous venez de l'ambassade?

ALINE.

Oui. Et comme il y avait longtemps que je
voulais te surprendre... dans l'exercice de tes
fonctions...

BOURDOLLE.

Eh bien, tu m'as surpris!... Mais tu vas être
punie de ta curiosité.

ALINE.

Bah!

BOURDOLLE.

Les Villerbois sont au journal. Ils t'ont vue entrer... Et Villerbois vient de me demander la permission de te présenter sa femme ! C'est très difficile à refuser !

ALINE.

Pourquoi refuser ?

BOURDOLLE.

Ai-je besoin de te rappeler qui est madame Villerbois ?

ALINE.

Une ancienne cocotte. Mais du moment qu'elle est mariée, elle n'est plus une ancienne cocotte que pour son mari.

BOURDOLLE.

Alors, tu consens ?

ALINE.

Si je ne me décidais pas à voir un monde un peu mêlé, je ne pourrais plus t'accompagner nulle part !

(Sort Bourdolle.)

BRANCHIN, *à sa femme.*

Et vous aussi, ma chère, vous consentez ?

MADAME BRANCHIN.

Comment donc... cher ami... comment donc !

(Entre Bourdolle introduisant monsieur et madame Villerbois.)

VILLERBOIS, *allant à Aline qui lui tend la main.*

Madame, voulez-vous me permettre?...

ALINE, *tendant la main à Valérie.*

De me présenter madame Villerbois ! Mais je suis ravie.

VALÉRIE.

Oh! madame, quel honneur!

ALINE.

Et il y a longtemps, monsieur Villerbois, que vous auriez dû le faire.

VILLERBOIS, à madame Branchin.

Madame, permettez-moi aussi...

MADAME BRANCHIN, serrant très gracieusement la main de Valérie.

Madame,,,

VALÉRIE, à Aline.

J'espérais, madame, avoir l'avantage de vous rencontrer ce soir à l'ambassade, mais nous n'y avons fait qu'une courte apparition, mon mari et moi..

ALINE.

Ce n'était que partie remise, comme vous voyez.

BOURDOLLE.

Maintenant, je vais vous demander la permission d'aller et venir et de pas trop m'occuper de vous.

VILLERBOIS.

Nous allons d'ailleurs nous retirer.

VALÉRIE, se levant.

En effet... il est bien tard... Madame... Madame...

ALINE.

Je reçois le jeudi, madame.

VALÉRIE

Oh! madame... je crois bien... ce sera avec joie.

ALINE, lui tendant la main.

A un de ces prochains jeudis, alors, chère madame Villerbois.

VILLERBOIS, à *Branchin et à Bourdolle.*

Chers amis...

VALÉRIE, *en sortant, à son mari.*

J'espère que vous raconterez ça à votre belle-sœur.

ALINE, à *Bourdolle.*

Tu vois comme c'était facile !... Et nous, est-ce que nous rentrons ensemble ?

BOURDOLLE.

Je veux bien... mais je n'ai pas fini... j'en ai pour jusqu'à deux heures du matin. C'est effrayant ce qu'il y a à faire dans un journal à cette heure-ci !

ALINE.

Tu ne veux pas que je t'attende ?

BOURDOLLE.

Mais si ! si ! au contraire...

MADAME BRANCHIN, à *son mari.*

Et vous, cher ami, vous rentrez avec moi ?

BRANCHIN.

Si vous le permettez.

ALINE.

Je vais rester avec Hélène. Va ! Va ! on ne s'ennuiera pas... D'ailleurs, il a l'air très gai, votre journal ? très animé... On entend même, en arrivant, une musique lointaine... Vous avez donc des tziganes ?

BOURDOLLE.

Non ! non ! un piano... un simple piano dans la salle de rédaction.

MADAME BRANCHIN, *froidement en regardant son mari.*

Les actrices jouent très bien du piano !

BRANCHIN, *froissé.*

Ce n'est justement pas une actrice qui joue...
C'est un rédacteur. Il est vrai que ce rédacteur est
une femme.

ALINE.

Une femme?... Et qui?

BRANCHIN.

Madame Brévin, celle qui signe Lucinde.

ALINE.

Ah! oui... le collaborateur masqué.

BRANCHIN.

Il n'est pas masqué, ce serait dommage.

ALINE, *à Bourdolle.*

Tu m'avais dit que personne ne savait qui était
Lucinde...

BOURDOLLE, *très gai.*

Je te l'avais dit dans les commencements et
c'était vrai... Mais, dès que les articles ont eu
du succès, la vanité féminine a reparu...

ALINE.

C'est très naturel. (*A Branchin.*) Et elle est jolie?

BRANCHIN.

Charmante.

ALINE, *très simplement, à Bourdolle.*

Puisque c'est une soirée où je fais des relations,
pourquoi ne me la présentes-tu pas aussi! C'est
une femme convenable?

BOURDOLLE, *sans aucune gêne.*

Tout ce qu'il y a de plus convenable. Et elle
sera très flattée de te connaître... Veux-tu que je te
la présente tout de suite?

ALINE.

Ma foi ! j'allais te le demander.

BOURDOLLE *sonne, entre Prosper.*

Prosper, voyez si madame Brévin est encore au journal.

PROSPER.

Elle y est encore, oui, monsieur.

BOURDOLLE.

Alors, priez-la de venir. *(Sort Prosper laissant la porte ouverte. Bourdolle à Aline.)* Oui, figure-toi, au début du journal, je recevais des articles par la poste... J'en ai trouvé un ou deux assez piquants. Je les ai insérés.

ALINE.

Je les ai lus. Ils n'étaient pas mal du tout.

BOURDOLLE.

Et un jour j'ai vu arriver dans mon cabinet une petite dame qui m'a dit être veuve d'un professeur... *(Entre Luce.)* Et mon Dieu, la voici,

SCÈNE IX

Les Mêmes, LUCE.

BOURDOLLE, à *Luce.*

Je racontais, chère madame, la manière dont vous étiez entrée au journal... Permettez-moi de vous présenter à madame Bourdolle... et à madame Branchin.

LUCE.

Oh ! mesdames... trop honorée...

ALINE.

Je faisais à mon mari des compliments sur vos articles... mais puisque l'occasion se présente de vous les faire moi-même...

LUCE.

J'en suis infiniment touchée, madame.

ALINE.

C'est votre début ?... Asseyez-vous, je vous prie.

LUCE, *s'asseyant.*

Merci, madame... Oui, ce sont mes débuts... et je n'oublierai jamais que j'en dois l'occasion à monsieur Bourdolle.

BOURDOLLE.

J'ai fait mon devoir de directeur.

LUCE, à *Aline.*

Il y a tant de femmes de lettres, aujourd'hui, n'est-ce pas, madame ? qu'on commence à se méfier un peu.

ALINE.

Est-ce que vous nous préparez un ouvrage plus important ?

LUCE, *souriant.*

Hum ! j'ose à peine l'avouer. J'ai écrit un livre... un livre sérieux qui va paraître bientôt

ALINE.

Un livre sérieux... et sur quoi ?

LUCE.

Sur l'éducation des jeunes filles.

ALINE.

Vous avez des enfants ?

LUCE.

Non, madame, non...

ALINE.

Ah !

(Un instant de silence.)

LUCE.

Est-ce que vous étiez, madame, à la répétition générale de ce soir ?

ALINE.

Non, je n'avais pas pu accompagner mon mari. Et vous ?

LUCE.

J'y suis allée un instant.

ALINE.

Qu'est-ce que c'est que la pièce ?

LUCE.

Oh ! c'est une de ces pièces qui vous montrent les choses que l'on voit tous les jours, où les acteurs expriment des sentiments naturels et qui ont la prétention de nous amuser. J'ai horreur de ce genre-là.

ALINE.

Et quel genre préférez-vous ?

LUCE.

Je vous avoue, madame, que je préfère les œuvres douloureuses, poignantes, atroces même, celles qui nous font dire : « Si la vie était comme ça, il vaudrait mieux se jeter à l'eau tout de suite. » Alors, je passe une bonne soirée, et quand je rentre chez moi et que je songe aux horreurs que je viens de voir, je trouve tout le monde charmant. Ce n'est pas votre avis, madame ?

ALINE.

Oh! moi, une certaine ressemblance avec la vie réelle ne me déplait pas dans une pièce de théâtre.

LUCE.

Oh! mon Dieu! c'est une théorie qui peut encore se soutenir.

ALINE.

Charmée, madame, d'avoir causé quelques instants avec vous.

LUCE, *se levant.*

Je suis confuse, madame, de votre bienveillance.

ALINE, *lui tendant la main.*

Au revoir, madame.

MADAME BRANCHIN, *lui tendant également la main.*

Au revoir, madame.

LUCE, *à Bourdolle.*

Si vous n'avez plus rien à me dire pour le journal, monsieur Bourdolle, je vais me retirer.

BOURDOLLE.

Je ne vois plus rien... Ah! n'oubliez pas... remettez vos épreuves à Guillonet... à Guillonet.

(Il la regarde.)

LUCE.

Oui, monsieur Bourdolle.

BOURDOLLE.

Au revoir, chèr. madame. A demain, peut-être...

LUCE.

Probablement.

(Elle salue encore et sort.)

SCÈNE X

LES MÊMES, *moins* LUCE.

ALINE, *riant.*

Ses idées sont un peu bébêtes... mais elle a des excuses : ce ne sont pas les siennes... En tout cas, elle a l'air très bien élevée. Il n'y a rien à dire de ce côté-là.

MADAME BRANCHIN.

Oh ! parfaitement... très bonne tenue.

BOURDOLLE.

N'est-ce pas ? *(Regardant l'heure.)* Diable ! il est tard et j'ai encore deux ou trois petites choses à faire.

ALINE.

Va ! va !

BOURDOLLE.

Je vous retrouve ici dans cinq minutes... Vous restez, Branchin ?

BRANCHIN.

Je vais prévenir Godfish que je ne sors pas avec lui.

BOURDOLLE, *entr'ouvrant la porte.*

Prosper ! allez me chercher les épreuves, si elles sont prêtes, et apportez-les-moi ici... Je reviens.

(Il sort en souriant à sa femme.)

SCÈNE XI

ALINE, MADAME BRANCHIN, *puis* BOURDOLLE,
puis PROSPER.

ALINE, *riant.*

Si je vous disais que tout à l'heure, quand votre
mari a prononcé le nom de cette femme j'ai eu la
gorge serrée !

MADAME BRANCHIN.

Je m'en suis bien aperçue !

ALINE.

J'ai éprouvé le besoin immédiat, impérieux, de
les voir tous les deux là, ensemble ! Maintenant,
je suis tranquille.

MADAME BRANCHIN.

Il n'y a pas l'ombre d'un doute.

ALINE.

Mais j'ai eu peur ! Car je m'étais déjà demandé
depuis quelque temps s'il n'y avait pas, sous
cette attitude nouvelle de mon mari vis-à-vis de
moi... *(Geste de madame Branchin.)* Oh ! je n'ai rien à
lui reprocher, remarquez, mais il a une désinvolture, une indépendance... il me semble que je
ne le tiens plus comme autrefois. Alors, je me
demandais s'il n'y avait pas là-dessous une
influence de femme.

MADAME BRANCHIN.

Allons donc ! Je m'y connais... Votre mari est
incapable, vous entendez, incapable de vous

9

tromper! Il vous adore, ma chère... C'est une
question qui ne se pose même pas entre vous.
Vous seriez folle de vous inquiéter.

ALINE.

Non... il n'est pas incapable de me tromper...
Il ne faut jamais dire ça... Mais je le crois incapable
de me tromper avec la perfidie et la rouerie
terribles de certains hommes... Il me tromperait
en mari et non en amant, vous comprenez? avec
bonhomie, avec naïveté, et alors, il se troublerait
à chaque allusion. C'est un menteur, ce n'est
pas un cynique. Tenez! dans la conversation de
tout à l'heure, s'il avait été l'amant de cette
femme, comme je l'ai cru un instant, je ne m'en
cache pas, eh bien, il lui aurait été impossible
de conserver son sang-froid... Aussi, je le surveillais.

MADAME BRANCHIN.

Voulez-vous que je vous dise? Et moi aussi, je
le surveillais!

ALINE, riant.

Son affaire était bonne!

(Revient Bourdolle avec un paquet d'épreuves à la main.)

BOURDOLLE.

Un dernier coup d'œil là-dessus et je suis à
vous... (Il s'assied et fait quelques corrections à une feuille
d'épreuve. Tout en écrivant.) Vous ne vous êtes pas trop
ennuyées?

MADAME BRANCHIN.

Pas du tout.

BOURDOLLE.

Là, j'ai fini!... (Il appelle, entre Prosper et lui remet les
épreuves.) Vous allez prendre ces épreuves et les
porter à la composition... Donnez-moi mon par-
dessus. Mesdames, passez devant, je vous suis...

le temps de dire un mot à mon secrétaire...
Prosper va vous montrer le chemin.

MADAME BRANCHIN.

Dites donc... amenez mon mari...

BOURDOLLE, *riant.*

Nous vous rejoignons.

*(Les dames sont sur le seuil de la porte entr'ouverte,
presque dans le couloir. — Bourdolle entre chez Guillohel.
— Prosper, après avoir remis le pardessus à Bourdolle, a
pris les épreuves et passe devant ces dames.)*

ALINE, *montrant les épreuves.*

Alors, ça, c'est ce que nous lirons demain dans
le journal?

PROSPER.

Oui, madame. Ils appellent ça des épreuves.

ALINE.

Je sais, Prosper, je sais. *(Regardant machinalement.)*
« Conférence sensationnelle ». Tiens! c'est une
conférence de madame Brévin qu'on annonce! On
peut lire?

PROSPER, *lui remettant l'épreuve.*

Si ça peut faire plaisir à madame. Il n'y a aucune
indiscrétion. Je porte le reste du paquet à la composition!... Madame n'aura qu'à remettre cette
feuille sur le bureau... Je la reprendrai.

(Il sort.)

SCÈNE XII

ALINE, MADAME BRANCHIN.

ALINE, *revenant en scène et lisant.*

Eh bien! on ne la traite pas mal, la petite
dame! « Le délicieux talent... » on a même

effacé « talent » et on a mis « génie » à la place ..
« Le délicieux génie de cette femme... » *(Regardant
de plus près.)* Mais c'est l'écriture de mon mari !
(Regardant encore.) Oui... c'est lui qui a effacé
« talent » et qui a mis « génie » à la place.
(Allant à madame Branchin.) Voyez, voyez donc...

MADAME BRANCHIN.

Oui... peut-être... Qu'est-ce que ça prouve ?

ALINE.

Ça prouve qu'il lui trouve du génie, voilà tout !

MADAME BRANCHIN, *riant*

Mais non... mais non... on écrit ça...

ALINE.

Vous ne le connaissez pas, il est très sincère !...
C'est un homme qui a besoin d'admirer une
femme... A moi aussi, il m'en a trouvé autrefois
du génie... le génie de la politique. Il me le
disait tout le temps : « Tu as le génie de la politique... » Il ne me le dit plus... voilà tout... C'est
à elle !

MADAME BRANCHIN.

Chère amie, ne vous énervez pas pour un mot !...

ALINE.

Admirer cette petite femme ! C'est que je sais où
ça le conduit, l'admiration ! *(Enervée.)* Ah çà ! il se
moque du monde de nous faire attendre ici à deux
heures du matin. *(Elle va à la porte par où est sorti à
l'instant Bourdolle, comme pour le chercher, en murmurant :)*
Ah ! elle a du génie ? *(Alors, elle entr'ouvre la porte.
regarde et la referme vicement en étouffant un petit cri.)* Oh !

MADAME BRANCHIN.

Eh bien ! quoi ?

ALINE.

Ils sont là tous les deux ! Et ils s'embrassent, ma chère... et ils s'embrassent !... Ils ne m'ont même pas vue !... Oh !

MADAME BRANCHIN, *ahurie.*

Par exemple !

ALINE.

Et tout à l'heure... ce sang-froid imperturbable, cet air naturel... quel cynisme ! Et moi qui croyais !... Peut-on se tromper à ce point sur le caractère d'un homme !

MADAME BRANCHIN.

Êtes-vous sûre ? Est-ce qu'une explication avec votre mari !...

ALINE.

Une explication après ce que je viens de voir ! Vous ne me connaissez pas !... Non, ma chère, je ne suis pas de l'école de l'explication, moi ! Je suis de l'école de l'action...

(Elle va au bureau de Bourdolle et écrit.)

MADAME BRANCHIN.

Qu'est-ce que vous faites ?

ALINE.

J'écris à mon mari.

(Entre Branchin.)

BRANCHIN.

A vos ordres, mesdames...

ALINE.

Merci. On n'a plus besoin de vous... Attendez votre ami et dites-lui que je lui ai laissé une lettre, que voici... Qu'il la lise bien... Elle n'est pas longue.

BRANCHIN, *stupéfait.*

Mais...

MADAME BRANCHIN.

On vous dit de rester ici, restez ici !

ALINE.

Au revoir !... Sur le bureau... n'oubliez pas...
sur le bureau, pour mon mari ! Et lisez-la aussi
si vous voulez !

(Elles sortent toutes les deux.)

SCÈNE XIII

BRANCHIN, *puis* BOURDOLLE.

*(Branchin va machinalement au bureau, prend la
lettre et murmure.)*

BRANCHIN.

« Monsieur Bourdolle, directeur de *Ciel et
Terre.* »

(Entre Bourdolle, très gai, fredonnant.)

BOURDOLLE.

Encore là ! Et ces dames ?

BRANCHIN.

Parties.

BOURDOLLE.

Sans vous ?

BRANCHIN.

Sans moi. Madame Bourdolle vous a laissé une
lettre.

BOURDOLLE, *stupéfait.*

Une lettre !

BRANCHIN.

Tenez.

BOURDOLLE, *regarde, décachète et lit à mi-voix pendant que Branchin lui tourne le dos.*

Je viens de te voir. Inutile de rentrer. Tu peux rester avec elle. — Aline. (Ahuri.) Mais qu'est-ce qui s'est passé ? Qu'est-ce qui s'est passé ?

BRANCHIN.

Cette lettre doit vous le dire.

BOURDOLLE.

Alors elle aurait ouvert la porte pendant que...? Je l'aurais entendue, pourtant... C'est inouï. Enfin ! on ne s'en va pas comme ça ! Tenez ! lisez !

(Il lui tend la lettre.)

BRANCHIN, *après avoir lu.*

Ah ! ah ! Eh bien ! mon ami, dans cette situation-là, il n'y a pas de solution... Voilà dix ans que j'en cherche une, je n'en ai pas encore trouvé.

BOURDOLLE.

Si ! il y en a une. C'est celle de l'énergie ! Mon cher, je ne me laisserai pas traiter en collégien que l'on consigne à la porte ! sans explication ! sans preuve ! sans preuve suffisante ! Non, non, ce qu'elle a pu voir n'était pas suffisant pour m'écrire une pareille lettre ! à moi qui la trompe pour la première fois ! Oui, mon cher, pour la première fois ! Ah ! elle me renvoie chez ma maîtresse ! Eh bien ! j'y vais, mon ami, j'y vais !...

BRANCHIN.

· Moi, je vais rentrer avec Marguerite.

BOURDOLLE.

C'est ce que vous avez de mieux à faire. (Regardant par le couloir.) Ah çà ! qu'est-ce que c'est que ce bruit ?

PROSPER, *arrivant.*

C'est madame Bianca... elle vient chercher monsieur Lahure! Elle a l'air furieux!

BOURDOLLE.

Faites-la entrer dans son cabinet! *(A Lahure qui arrive de l'autre côté du couloir.)* Lahure, c'est encore cette personne... Vraiment, c'est insupportable!

LAHURE.

Bianca! Elle a dû perdre au loto... Alors!

BOURDOLLE, *en colère.*

Ecoutez... je vous le dis une fois pour toutes. Vous vous arrangerez comme vous voudrez, mais je ne veux pas d'histoires de femmes dans le journal!

(Il sort avec Branchin.)

SCÈNE XIV

LAHURE, *seul, puis* GODFISH.

LAHURE.

Et moi qui n'ai pas les mille francs du terme!... Ça va être gai! *(A ce moment passent Branchin et Marguerite, puis Jeannine, et en dernier lieu Godfish. Lahure en apercevant Godfish, fait un mouvement et s'avance vers lui avec une décision subite.)* Monsieur le baron!

GODFISH.

Plaît-il?

LAHURE, *faisant encore un pas.*

Monsieur le baron?

GODFISH, *s'avançant.*

Qu'y a-t-il, à la fin, monsieur Lahure? Et que signifie cette insistance?

LAHURE.

Monsieur le baron, vous m'avez déjà obligé une fois... Je ne l'oublierai pas, quoique vous eussiez pu le faire avec plus d'élégance... N'importe, vous n'avez pas affaire à un ingrat... Aujourd'hui, une fatalité inexorable me force à m'adresser de nouveau à vous.

GODFISH, *indigné.*

Et c'est pour ça que vous vous permettez de me déranger!

LAHURE.

Oui, monsieur le baron, c'est pour ça! Car il y a des circonstances dans la vie où les affaires des autres ne vous intéressent pas et où on ne pense qu'aux siennes!

GODFISH.

Cette parole est juste. Mais elle n'excuse pas un toupet que je ne croyais plus possible à une époque aussi avachie que la nôtre!

LAHURE, *avec une dignité incomparable.*

Il me faut cinquante louis, monsieur le baron. Je vous prie de me les prêter.

GODFISH, *le regardant, après un instant de silence et une hésitation.*

Lahure! *(Allant à lui.)* Lahure! vous êtes un caractère! Voici.

(Il lui donne un billet.)

LAHURE.

Ce que vous faites là est d'un gentilhomme, monsieur le baron.

GODFISH.

Lahure, vous me plaisez. Parce que le tapage à ce degré-là, c'est de la maîtrise ! Vous allez venir souper avec nous...

LAHURE.

Ce serait avec bonheur !... Mais malheureusement, c'est impossible ! Bianca m'attend.

GODFISH.

Eh bien ! Emmenez-la, Bianca !

LAHURE.

Oh ! non... baron, oh ! non... je craindrais...

GODFISH.

Quoi ?

LAHURE.

Elle est un peu... *(Il fait un geste.)* étrange !

GODFISH.

Ça ne fait rien, ça ne fait rien...

(Paraît une femme vêtue d'une façon extraordinaire avec un chapeau fabuleux.)

BIANCA.

Eh bien ! Lahure... à la fin ! Viens-tu ?

GODFISH, *l'apercevant.*

En effet, il n'y a pas moyen !

ACTE IV

Chez la comtesse. Même décor qu'au premier acte.

SCÈNE PREMIÈRE

LA COMTESSE, VALÉRIE.

LA COMTESSE.

Ce que vous me racontez là, ma chère, me stupéfie!... Il faut vraiment que vous me l'affirmiez!

VALÉRIE.

Oui... il y a quinze jours aujourd'hui que monsieur Bourdolle et sa femme ne se sont pas adressé la parole... Il y a quinze jours que Bourdolle n'est pas rentré chez lui... Le bruit de la séparation ne s'est pas encore répandu. On a prétexté des voyages... le journal... Aline a passé quelques jours dans le Berry, chez sa mère... Aline, c'est madame Bourdolle.

LA COMTESSE.

Oui, je sais.

VALÉRIE.

Je suis tout à fait au courant de la situation

par Hélène Branchin... Quelle charmante femme!
Vous ne la connaissez pas?

LA COMTESSE.

Je l'ai aperçue deux ou trois fois... Oui, elle
est charmante.

VALÉRIE.

Et quand on pense que Branchin la trompe
avec une Marguerite Howard! Bref, pour en
revenir à Bourdolle, on dissimule tant qu'on
peut... Combien de temps retardera-t-on le scandale? Je l'ignore... Quant à moi, mon devoir est
tout tracé... *(Prenant la main de la comtesse.)* Et j'ajoute
notre devoir à toutes les deux, ma chère amie...
Oui... oui... nous nous devons, vous et moi, de
faire l'impossible pour amener une réconciliation
entre les Bourdolle... Car nous sommes plutôt
de ce monde-là, n'est-ce pas?

LA COMTESSE, *souriant.*

Vous surtout, ma chère.

VALÉRIE.

Mais vous aussi... vous aussi... par votre tact...
par votre distinction. Enfin! je crois que nous
avons besoin l'une de l'autre. Vous, agissez sur
Bourdolle.

LA COMTESSE.

C'est ma spécialité avec lui. Je fais ses rup-
tures.

VALÉRIE.

Vous allez le voir cet après-midi, je suppose?

LA COMTESSE.

Oui... on s'est donné rendez-vous ici... entre
la conférence et le dîner... Au fait? je ne vous ai
pas aperçue à cette conférence!

VALÉRIE.

Non... j'ai tenu à ne pas m'y montrer. Ça a bien marché?

LA COMTESSE.

Oh! parfaitement... grand succès... un monde fou... beaucoup d'éclat... C'est quelqu'un tout de même, cette petite femme-là!

VALÉRIE.

Je ne dis pas... Mais madame Bourdolle, c'est autre chose, je vous assure... Elle a beaucoup d'estime pour vous, vous savez!

LA COMTESSE.

Vraiment? Tant mieux!

VALÉRIE.

Et je n'y suis peut-être pas étrangère... Allons, je vous quitte. Il faut que j'aille un instant chez Hélène Branchin, c'est son jour. J'y rencontrerai probablement Aline.

LA COMTESSE.

On ne vous reverra pas, tantôt?

VALÉRIE, *réfléchissant.*

Si! Je reviendrai prendre une tasse de thé avec mon mari.

LA COMTESSE.

Et s'il y a du nouveau?

VALÉRIE.

Je vous tiendrai au courant, soyez tranquille.

(Elle lui serre la main et sort, pendant que le valet de pied introduit Bourdolle par une autre porte.)

SCÈNE II

BOURDOLLE, LA COMTESSE.

BOURDOLLE, *lui baisant la main.*

Chère comtesse...

LA COMTESSE.

Vous êtes le premier, cher ami.
(*Elle lui désigne un siège.*)

BOURDOLLE.

C'était assez gentil, cette conférence de Luce
Brévin, n'est-ce pas? J'ai failli ne pas pouvoir y
assister à cause de la crise ministérielle... Je
l'aurais regretté.

LA COMTESSE.

Voulez-vous avoir un peu de confiance en moi,
Bourdolle?

BOURDOLLE.

Comment donc!

LA COMTESSE.

Et vous me promettez de ne pas me trouver
indiscrète, quoi que je vous dise?

BOURDOLLE.

Je vous le promets.

LA COMTESSE.

Eh bien! je sais tout!

BOURDOLLE.

Tout quoi?

LA COMTESSE.

Oh! tenez, moi, j'y vais carrément quand il

s'agit de l'intérêt de mes amis... Vous êtes
l'amant de Luce... Votre femme est au courant,
et il y a quinze jours aujourd'hui que vous n'êtes
pas rentré chez vous... Ça vous suffit?

BOURDOLLE.

Parfaitement. Je ne vous demande pas comment vous le savez... Vous le savez parce que vous
le savez et parce que tout le monde le saura
demain. A Paris, il faut se résigner à aimer en
public... Remarquez que ce ne serait pas vrai, on
dirait exactement les mêmes choses. Seulement,
c'est vrai... Alors, il y a tout de suite une différence énorme. Oui, chère comtesse, je suis
l'amant de Luce Brévin, et je mène depuis quinze
jours une existence excessivement cocasse.

LA COMTESSE.

Ah !

BOURDOLLE.

D'abord, je ne demeure plus nulle part. Car
vous pensez bien que je ne suis pas allé habiter
chez Luce...

LA COMTESSE.

Ça, c'est bien !

BOURDOLLE.

C'est très bien. Je demeure donc à l'hôtel.
Seulement, comme j'ai une physionomie assez
connue, dès que je suis dans un hôtel depuis
deux jours, je sens qu'on me dévisage. Alors, je
change d'hôtel; et comme je n'ai pas emmené
mon valet de chambre, je suis obligé de faire ma
malle moi-même! Le lendemain de cette équipée,
je n'avais ni habit ni redingote et je dînais en
ville le soir... J'ai envoyé Guillonet chez moi
chercher un habit... Je dois rendre cette justice à
ma femme, elle lui a fait remettre un petit paquet

d'effets... avec du linge, des cravates, des bottines... tout ce qu'il faut, enfin, pour voyager dans Paris !

LA COMTESSE.

Madame Bourdolle est admirable dans cette circonstance, vous entendez, admirable ! Et vous avez de la chance d'avoir épousé une femme fière et pondérée qui conserve votre situation intacte, sans scandale, sans coup de tête, en attendant que vous rentriez chez vous, contrit et repentant...

BOURDOLLE.

Moi !

LA COMTESSE.

Oui, vous ! Naturellement, ce n'est pas madame Bourdolle qui fera les premiers pas.

BOURDOLLE.

Comme je ne les ferai pas non plus, ça peut durer indéfiniment. Et ne nous faisons pas d'illusions, ma chère amie, ça ne peut finir que par un divorce.

LA COMTESSE.

Un divorce ! Vous êtes fou !

BOURDOLLE.

J'aime Luce. Je ne la quitterai jamais !

LA COMTESSE.

C'est magnifique d'entendre un homme dire ces choses-là... Répétez un peu... Vous aimez Luce ? Et vous ne la quitterez jamais ?

BOURDOLLE.

Évidemment, j'aurais préféré rester dans la situation où nous étions il y a quinze jours, qui était le rêve... qui ne comportait aucun drame et qui n'offensait que la morale, laquelle n'en est pas à une offense près... Ah! si vous saviez, comtesse, comme cette liaison était charmante! Nous avons eu trois mois exquis, vraiment exquis, dans l'ombre, dans le mystère, dans un secret délicieux!... La voici... pas un mot, n'est-ce pas?

LA COMTESSE.

N'ayez pas peur!

(Entre Luce.)

SCÈNE III

Les Mêmes, LUCE.

LA COMTESSE.

Quel succès, ma chère amie! Vous devez être contente!

LUCE.

Je l'avoue... Et vous, mon cher directeur? Car c'est aussi un succès pour le journal.

BOURDOLLE.

Je crois bien!

LA COMTESSE.

Vous paraissiez très émue, en commençant.

LUCE.

C'est que je jouais une grosse partie!... Je sentais la salle mal disposée, nerveuse... On m'attendait... Ah! j'avais là quelques amies, on peut le dire... Marguerite Howard et Jeannine entre autres... Elles étaient au premier rang... A un moment donné, j'ai entendu Marguerite qui

10

disait à sa voisine : « Elle a une articulation déplorable. » Alors, au lieu de m'abattre, ça m'a
fouetté le sang et j'ai fini par les avoir !...

LA COMTESSE.

Moi, j'avoue que j'ai beaucoup applaudi.

LUCE.

Oh ! je l'ai bien remarqué... Et Lahure, a-t-il
été bien, quand il a crié : « Bravo ! » en se
levant... Ça a entraîné toute la salle... C'est
quand j'ai dit, vous vous rappelez, mon cher
directeur, quand j'ai dit : « Qu'est-ce que la
femme ? Presque rien ! Que doit-elle être ?
Presque tout ! » C'était le grand mot de la Révolution appliqué au féminisme. Lahure a été em-
ballé ! Et la presse ? Ça, je crois que j'aurai une
bonne presse ! Enfin ! ça y est... ça y est bien...
Mais j'ai eu chaud ! Je ne referai pas de conférence avant quelque temps.

LA COMTESSE.

En somme, c'est un vrai triomphe !

LUCE.

Oui ! oui... Oh ! je le reconnais moi-même.
(Entrent Godfish et Lahure.)

SCÈNE IV

Les Mêmes, GODFISH, LAHURE,
puis BRANCHIN, MARGUERITE, JEANNINE.

GODFISH, à Luce, s'avançant.

J'étais revenu tout exprès de Londres pour vous
applaudir, chère madame Brévin...

LUCE.

Oh ! j'ai vu... vous vous êtes conduit en ami, monsieur le baron... ainsi que Lahure.

(Elle leur serre la main.)

LAHURE.

J'ai beaucoup aimé votre conférence...

GODFISH.

Vous savez, comtesse, que j'avais emmené Lahure à Londres, pour le journal... Car je ne peux plus me passer de Lahure... Il sait tout. Il est en train de compléter mon éducation.

LAHURE.

Vous en saurez autant que moi dans dix ans, baron !

GODFISH.

Et puis, vous ne vous doutez pas comme il est bon compagnon de voyage. Il a eu le mal de mer, il était parfait.

LUCE, à *Lahure.*

Oh ! vous avez été malade ?

LAHURE.

D'une façon que le baron m'a fait l'amitié de trouver plaisante.

BRANCHIN, *entrant.*

Chère comtesse... *(A Luce.)* Je joins mes modestes félicitations...

LUCE.

Merci, monsieur Branchin, merci !

JEANNINE, *après avoir serré la main à la comtesse. A Luce.*

Et moi donc ! Et moi donc !

MARGUERITE.

Il y avait des choses très bien.

JEANNINE.

D'ailleurs, vous avez pu voir.

(Elle fait le geste d'applaudir.)

LUCE, *s'éloignant.*

Oui... oui.

MARGUERITE, *à Jeannine, Godfish et Branchin écoutant derrière.*

Seulement, après la réclame insensée que Bourdolle lui a fait dans *Ciel et Terre*, il n'y a plus d'erreur possible. Ils feraient mieux d'avouer.

JEANNINE.

Alors, on n'en parlerait plus.

MARGUERITE.

Sans compter que nous voici maintenant en face d'une influence qui n'existait pas autrefois, et d'une influence de femme !

JEANNINE.

Moi, je ne vois que deux partis à prendre : ou démolir Lucinde ou être très bien avec elle.

GODFISH, *s'avançant.*

Il faut être très bien, chère amie. Je vous le conseille. Pourquoi démolir ? Et surtout une charmante petite femme ! Promettez-moi de ne pas démolir et d'être pour la conciliation.

JEANNINE.

Oh ! si vous y tenez...

GODFISH, *à Jeannine, Branchin et Marguerite ayant remonté.*

Ainsi, moi, je suis pour la conciliation. Vous avez vu comme j'ai été gentil avec Maugraine ? J'ai prié Bourdolle d'insérer un de ses articles, et pourtant il était mauvais. Mais cela vous a fait plaisir, je pense ?

JEANNINE.

A moi? Pas du tout?

GODFISH.

Vous ne vous intéressez donc plus au jeune Maugraine?

JEANNINE.

Vous me l'avez défendu.

GODFISH, *froidement.*

Bien !

JEANNINE.

Que signifie ce : « Bien » ? Encore une scène ? Toujours, alors ! Que je vous parle de Maugraine ou que je ne vous en parle pas ! Des scènes ! des scènes ! et des scènes ! Ma vie est gaie !

GODFISH.

Ma chère, je dis : « bien », parce que je vois ainsi que le jeune Maugraine n'est plus votre amant.

JEANNINE.

Il ne l'a jamais été !

GODFISH.

Il n'est donc plus votre amant. Et je serais encore plus content si vous n'en aviez pas pris un autre. Malheureusement, vous en avez pris un autre.

JEANNINE.

Moi !

GODFISH.

Vous avez pris Molitor, le comique. Moi, je ne le trouve pas comique, mais, vous, il paraît...

JEANNINE, *froidement.*

Vous êtes fou !

GODFISH.

Je ne vous ferai pas plus de reproches pour lui

que pour Maugraine. Cependant, je dois vous prévenir que Molitor, quand il jouera, sera toujours éreinté dans *Ciel et Terre*. Que voulez-vous, je m'amuse comme je peux. (*Pendant ces répliques, successivement, tout le monde est rentré dans le fond. Les trois hommes, Godfish, Branchin et Villerbois restent seuls en scène. Godfish, aux deux autres.*) Remarquez-vous, messieurs, que nous sommes exactement à la place où nous avons fondé *Ciel et Terre*, il y a trois mois?

BRANCHIN.

Ah! c'est une jolie idée que vous avez eue là?

VILLERBOIS.

Oh! oui...

GODFISH.

Vous le regrettez?

BRANCHIN.

Si je le regrette! Mais ma vie est un enfer... Je ne suis pas l'amant de Marguerite : je suis son impresario! Elle me traite comme un directeur de théâtre. Je rédige tous les jours des notes pour *Ciel et Terre*. Oui, baron, des notes pour le courrier des théâtres, où je suis obligé de dire que Marguerite est une grande artiste... et encore, grande, ça ne suffit plus! Ça m'attire des scènes!... Et, Dieu merci! elle n'est engagée nulle part... Mais voyez-vous ma vie si jamais elle entre à la Comédie-Française!

GODFISH.

Nous empêcherons ce malheur, cher ami. Et vous, Villerbois, vous n'êtes pas content?

VILLERBOIS.

Moi!... Oh! c'est bien simple. Depuis que j'ai épousé Valérie, je suis brouillé avec toute ma famille! Épouser sa maîtresse! C'est à se demander s'il ne vaut pas mieux épouser celle des autres !

GODFISH.

Eh ! messieurs, messieurs, vous exagérez et vous manquez de philosophie. Que nos maîtresses nous attirent quelques petits ennuis, je ne dis pas le contraire. Mais, à un certain degré de fortune, mes chers amis, il n'y a plus d'autre luxe que d'accepter en souriant les caprices et les trahisons de la femme... Sourions donc, messieurs, sourions. *(A la comtesse qui s'avance.)* N'est-ce pas, comtesse, qu'il faut sourire ?

(Entre le valet de pied qui remet une carte à la comtesse.)

LA COMTESSE *lit la carte et fait un mouvement.*

Ah ! *(A Branchin.)* Branchin... Eh bien, et cette note ? On vous attend pour la rédiger !

BRANCHIN.

Ah ! oui... Qu'est-ce que je vais mettre ?

GODFISH.

Nous allons vous aider.

(Ils sortent tous les trois.)

LA COMTESSE, *au valet de pied.*

Fermez la porte et introduisez cette dame.

SCÈNE V

LA COMTESSE, ALINE, *immédiatement introduite par le valet de pied.*

ALINE.

Excusez-moi, madame, de vous avoir téléphoné... Madame Villerbois m'a d'ailleurs affirmé que vous ne seriez pas surprise de ma démarche...

Croyez bien pourtant que, si je n'avais pas eu à
parler immédiatement à mon mari d'une affaire
urgente, je ne me serais pas permis de vous déranger.

LA COMTESSE.

Quel que soit le motif de votre visite, j'en suis,
madame, infiniment honorée. M. Bourdolle est
dans mon salon. Je vais le prévenir que vous
êtes là. Quand vous désirerez vous retirer, vous
n'aurez qu'à passer par cette porte. Personne ne
vous verra; je saurai simplement que vous êtes
partie et il ne restera de votre démarche d'autre
trace que le souvenir qu'elle m'aura laissé.

*(Elle sort par la baie. Aline s'assied, reste seule un
instant. — Entre Bourdolle.)*

SCÈNE VI

BOURDOLLE, ALINE.

BOURDOLLE.

Bonjour, Aline.

ALINE.

Bonjour, mon ami... Ne perdons pas de temps.
Assieds-toi. Voici de quoi il s'agit...

BOURDOLLE.

Tu veux que nous causions ici?

ALINE.

Oh! ne prenons pas de rendez-vous... ne com-
pliquons rien. D'ailleurs, c'est très pressé. J'ai
vu hier le président du conseil...

BOURDOLLE.

Paginel?

ALINE.

Tout à fait dans l'intimité. Il est très ulcéré,

non seulement de sa chute, mais du sans-gêne avec lequel ses amis l'ont lâché. Il n'a qu'une idée : leur créer en dessous des difficultés pour la constitution du nouveau ministère. En ce moment, il aimerait mieux voir arriver ses adversaires politiques que ses amis.

BOURDOLLE.

C'est très humain.

ALINE.

Il a même eu un mot assez joli. Il m'a dit : « En politique, il y a des services qu'on ne peut demander qu'à ses adversaires. »

BOURDOLLE.

Alors, Gibacier ?

ALINE.

Gibacier, dans ces conditions-là, aura beaucoup de peine à former un cabinet.

BOURDOLLE.

J'en avais l'impression.

ALINE.

Or, le président du conseil a été très frappé de ce fait que tu n'es pas allé à la Chambre de toute la semaine dernière et que tu n'assistais pas à la séance où il a été renversé... Et il a vu dans ton abstention un sentiment profond de la situation politique et un acte de délicatesse vis-à-vis de lui, qui t'avait débarqué il y a trois mois !... Ça, c'est même admirable ! Quand on sait pourquoi tu ne vas plus à la Chambre depuis quinze jours !...

BOURDOLLE.

Mais tu te trompes... Je ne suis pas allé à la Chambre parce que...

ALINE.

Oh ! je t'en prie... pas d'explications... Puisque c'est ça qui t'a servi ! Alors, c'est trop beau, n'est-ce pas ? Il n'y a qu'à s'incliner. Où en étais-je ? Ah ! oui... Pour toutes ces raisons-là, Paginel ne pense plus qu'à une chose, éloigner Gibacier et avoir comme successeur à la présidence du conseil, qui ? Toi !

BOURDOLLE.

Moi ?

ALINE.

Depuis hier, c'est une idée fixe. Et ce qu'il a pu inventer, c'est inimaginable ! « La politique de groupe, la politique sectaire a fait son temps. Le pays n'en veut plus — c'est lui qui parle, bien entendu — il faut donner à la politique française une couleur plus élégante et plus légère... Assez de concentration ! De la conciliation, de l'aménité... du tact ! Et qui, mieux que Bourdolle, deux fois ministre déjà, directeur d'un grand journal parisien, est désigné pour exécuter ce programme ?... » Depuis ce matin, Paginel va partout. Il a vu le président de la République et il m'a téléphoné trois fois avant déjeuner.

BOURDOLLE.

Ça, j'avoue que c'est curieux ! Je voyais bien la chose pour dans deux ans... mais pas avant ! Et, en effet, en y réfléchissant... oui... je suis l'homme de la situation !... Ma parole, il y a cinq minutes, je ne m'en doutais pas ! Ah ! la politique ! Mais il n'y a pas que de la politique dans ce revirement rapide... Il y a encore toi, Aline, ton influence...

ALINE.

Oh ! je t'en prie... plus de génie, n'est-ce pas ?

BOURDOLLE.

Mettons ta finesse... J'ai beau avoir des torts
envers toi, ça ne m'empêche pas de reconnaître
ce que je te dois.

ALINE.

Tu ne me dois rien. Je ne suis pour rien là
dedans, au contraire. Tu arrives au pouvoir par
ton propre mérite, parce que tu as eu l'idée de
diriger un journal boulevardier, ce que je ne
voulais pas ! Parce que tu t'es mis à aller aux
répétitions générales, ce que j'avais en horreur !
Et peut-être aussi, tellement les raisons des
choses sont mystérieuses, parce que tu m'as
trompée avec une femme de lettres, ce qui a fait
tout de suite de toi un grand Parisien, comme tu
disais ! Ne me remercie donc pas, mon ami, ce
n'est pas la peine.

BOURDOLLE.

Oh ! tais-toi ! N'essaie pas de cacher ton dévouement, ton intelligence, sous des reproches qui
me sont extrêmement douloureux, je t'assure.

ALINE.

Bon, bon ! Cessons les reproches... Je regrette
d'avoir eu l'air de t'en adresser... Ce n'était pas
mon intention en venant ici. Quand tu seras président du conseil, quand tu seras arrivé au som-
met, alors, nous causerons de nos petites affaires, et
nous réglerons ce que nous avons à régler. En ce
moment, il ne faut pas se disputer, il faut agir.
Alors, je te conseille, en amie, pour faciliter tes
démarches et aussi pour éviter les potins, je te
conseille de rentrer chez toi, à moins cependant
que tu ne sois plus libre de rentrer chez toi ?

BOURDOLLE.

Comment ! plus libre... J'habite l'hôtel.

ALINE.

Eh bien, tu seras mieux à la maison pour ce que tu vas avoir à faire. C'est la seule raison, crois-le bien, pour laquelle je t'engage à y rentrer.

BOURDOLLE, — *un temps.*

Ma chère Aline, l'heure ne serait pas bonne pour nous expliquer. Tu viens de me rendre un grand service, tu te montres très généreuse envers moi. Cela me place à un point d'infériorité qui ne me permet pas de mettre au point ce qui s'est passé entre nous.

ALINE.

Oui... épargnons-nous cette scène-là. Nous reprendrons pour le monde notre vie ordinaire... Et les événements se chargeront peut-être d'amener une solution que je n'entrevois pas pour ma part. N'en parlons donc plus.

BOURDOLLE.

Je suis à ta discrétion.

ALINE.

Il est fort possible que je m'habitue à l'idée que tu as une maîtresse et que je ne suis plus, moi, qu'une femme qui partage tes opinions politiques.

BOURDOLLE.

Je n'ai rien à répondre.

ALINE.

Et il est possible aussi que je ne m'y habitue pas... Et dans ce cas nous aurions le divorce.

BOURDOLLE.

Tu réfléchiras...

ALINE.

Enfin ! n'en parlons plus... n'en parlons plus !

Ah! ce n'est pas tout. Nous sommes invités à dîner, ce soir, chez madame Paginel. J'ai accepté pour toi. Tu feras bien de m'accompagner. Elle est tout à fait pour nous.

BOURDOLLE.

Tu as raison.

ALINE.

Tu ne dînes pas ce soir chez la comtesse?

BOURDOLLE.

Mais du tout!

ALINE.

Voyons, c'est bien tout ce que j'avais à te dire?... Ah! la comtesse m'a recommandé de passer par cette porte et qu'elle serait ainsi avertie de mon départ. Je te prie d'aller m'excuser auprès d'elle. Elle a été parfaite. A la première soirée que nous donnerons, il faudra l'inviter. Elle n'est plus déplacée chez nous. A tout à l'heure.

(Elle sort.)

SCÈNE VII

BOURDOLLE, *seul,* puis LA COMTESSE.

BOURDOLLE, *au valet de pied qu'il vient d'appeler.*

Voulez-vous demander de ma part à la comtesse si elle peut venir un instant?

LE VALET DE PIED.

Bien, monsieur.

BOURDOLLE, *seul.*

Eh! mais... ça se complique!...
(Entre la comtesse.)

LA COMTESSE.

Madame Bourdolle est partie?

BOURDOLLE.

Oui. Dites-moi... Luce est-elle au courant?...

LA COMTESSE.

Non.

BOURDOLLE.

Elle ne se doute pas que c'est ma femme qui était ici?

LA COMTESSE.

Pas du tout. Je lui ai dit qu'on venait du journal vous apporter un renseignement. Elle a trouvé ça tout naturel.

BOURDOLLE.

Bien.

LA COMTESSE, *voyant apparaître Luce.*

Désirez-vous que je vous laisse avec elle?

BOURDOLLE, *réfléchissant.*

Je vous en prie.

(*Entre Luce.*)

SCÈNE VIII

BOURDOLLE, LUCE.

LUCE.

Enfin! on est seuls une seconde... Qui t'a fait demander, tout à l'heure? Rien de grave?

BOURDOLLE.

Rien.

LUCE.

Ah! tant mieux!... *(A voix plus basse.)* Tu sais, je suis un peu grisée par toutes ces émotions, par ce succès... J'ai besoin de te le dire... Je t'aime!

BOURDOLLE.

Ma chérie... ma chérie...

LUCE.

Ce soir, à la revue, tu viendras dans ma loge. Je veux qu'on t'y voie. Qu'est-ce que nous risquons maintenant? Et puis, j'ai pensé à une chose, au lieu d'aller dîner au restaurant, nous dînerons chez moi, tous les deux... Tu veux bien, dis?

BOURDOLLE.

Eh! oui, je voudrais bien! Malheureusement, c'est impossible...

LUCE.

Impossible! Qu'est-ce qui est impossible? Que tu dînes chez moi?

BOURDOLLE.

Ecoute... voyons... sois raisonnable... Je suis absolument obligé de dîner ce soir chez le président du conseil.

LUCE.

Ah! ça, par exemple!

BOURDOLLE.

Il vient de me faire inviter tout à l'heure. Ça ne peut pas se refuser.

LUCE.

Et pourquoi? Et pourquoi? Il n'était pas question de ce dîner, tantôt.

BOURDOLLE.

Il a été improvisé à cause des événements politiques.

LUCE.

Allons bon! Je peux dire que je suis navrée...
C'est toute ma journée gâtée... Je suis furieuse.
Mais alors, tu ne viendras pas non plus à la revue?

BOURDOLLE.

Un instant peut-être à la fin, je n'en réponds
pas...

LUCE.

Oh! c'est trop fort! Un jour pareil, tu me
quittes!... Tu... *(Brusquement.)* Et ta femme? Est-ce
qu'elle y dîne aussi, chez le président du conseil?

BOURDOLLE.

Je ne pense pas.

LUCE.

Tu ne penses pas. Mais si, elle y dîne, voyons!...
Ne me prends pas pour une enfant! Elle y dîne
forcément. Tu aurais dû commencer par me dire
ça...

BOURDOLLE.

Qu'elle y dîne ou non, ça n'a pas d'importance.

LUCE.

Aucune, évidemment. Tu l'as donc revue, ta
femme? Il n'est pas nécessaire d'hésiter... Tu
l'as revue ou tu ne l'as pas revue... Tu l'as revue,
c'est très bien! Je ne comprends pas pourquoi tu
ne me l'avoue pas tout de suite. Et quand l'as-tu
revue?

BOURDOLLE.

Cet après-midi, un instant... Nous avions à
causer de choses très sérieuses.

LUCE.

Et où ?

BOURDOLLE.

Où ?

LUCE.

Oui... où a eu lieu cet entretien ? Tu es rentré chez toi ? Non ? *(Le regardant.)* Je parie que c'est elle qui t'a fait demander tout à l'heure !

BOURDOLLE, *riant.*

Oui ! oui ! oui ! En voilà des soupçons pour l'histoire la plus simple du monde ! Il s'agit de politique et il ne s'agit que de politique... Pas une seconde il n'a été question de ma conduite, tu entends ? pas une seconde !

LUCE, *le regardant dans les yeux.*

Vrai ?

BOURDOLLE.

Vrai.

LUCE.

Tu me le jures ?

BOURDOLLE.

Je te le jure... La preuve, c'est que je serai appelé demain à l'Elysée.

LUCE.

Toi ?

BOURDOLLE.

Moi ! Je peux être président du conseil dans deux jours... Ça ne te fait pas plaisir ?

LUCE.

Oui... mon chéri, oui !... Et toi, tu dois être fier ! Seulement, je suis ta maîtresse, et je ne peux pas m'empêcher de penser un peu à moi... Ce n'est pas de l'égoïsme, ça, c'est de l'amour...

11

Il est évident que tu vas être amené à te réconcilier
avec ta femme...

BOURDOLLE.

Une réconciliation apparente.

LUCE.

Apparente pour commencer. Oh! je reconnais
que tu ne peux pas faire autrement. Si ta femme
est venue te le proposer, je l'approuve... Il y a des
points sur lesquels toutes les femmes sont
d'accord... D'ailleurs, les maîtresses et les femmes
légitimes sont d'accord plus souvent qu'on ne
croit... Le malheur pour moi, là dedans, c'est que
le jour où vous vous réconcilierez pour de bon, ce
sera à mes dépens...

BOURDOLLE.

Ne t'alarme donc pas!

LUCE.

Je ne m'alarme pas, j'analyse mon cas... Eh
bien, quand ta femme ignorait notre liaison, nous
étions chacune à notre place; nous ne nous
faisions pas de tort... au contraire, même, au
contraire... Et ça pouvait durer longtemps. Tandis
qu'aujourd'hui, elle ne va plus avoir d'autre idée
que de se débarrasser de moi et de reconstituer
son ménage, ce qui est très naturel... Et moi, je
suis désarmée... Qu'est-ce que je peux contre
elle? Rien !

BOURDOLLE.

Mais profitons donc de la belle journée que
nous avons l'un et l'autre, au lieu de songer à
l'avenir le plus lointain, le plus obscur! Tu viens
d'avoir un triomphe, je vais être président du
conseil. Bientôt tu seras célèbre et, moi, je serai
puissant. Ce soir, nous nous aimons. Qu'est-ce

qu'il te faut de plus, mon Dieu? Qu'est-ce qu'il
te faut?

LUCE.

Ce qu'il me faut, c'est le genre d'amour que tu
avais pour moi et que tu ne peux plus avoir, où
il entrait à la fois le désir de me posséder et le
besoin de me protéger! Un amour où nos deux
ambitions étaient mêlées, ce qui lui donnait une
fantaisie et une excitation folles! Et ça, c'est fini!
C'est bien fini!

BOURDOLLE.

Mais qu'est-ce qu'il y a de changé? Qu'est-ce
qu'il y a de changé?

LUCE.

Il y a tout! Ton ambition, aujourd'hui, est du
côté de ta femme, elle n'est plus du mien! Moi,
je ne suis plus qu'une maîtresse quelconque avec
qui tu seras heureux une heure par jour...

BOURDOLLE, *riant.*

Eh bien... mais...

LUCE.

Ça te suffit? Oui? Pas à moi! J'avais rêvé autre
chose, et je m'aperçois que je ne peux pas l'avoir.
Eh bien! puisque je ne peux pas l'avoir, n'en
parlons plus!

BOURDOLLE.

Mais tu te trompes...

LUCE.

Ne te défends pas! Je ne te fais pas de reproches.
Tu m'as donné quelques mois de bonheur et tu
m'as fourni l'aventure qui m'a lancée. C'est
tout ce qu'on peut demander à un homme, à
moins d'être une enragée! Et maintenant, mon
chéri, que je ne suis plus ta maîtresse, soyons
sérieux!...

BOURDOLLE.

Comment, tu n'es plus ma maîtresse?... Mais tu verras ça demain! Et qu'appelles-tu être « sérieux » ?

LUCE.

Etre sérieux, c'est s'occuper de moi! *(Bourdolle rit.)* Toi, ce n'est pas la peine. Tu vas être président du conseil, tu es casé, tu te réconcilieras avec ta femme, et tu me quitteras un de ces jours, sans même t'en apercevoir! C'est bien! c'est très bien! Je m'y attends... Tu es très gentil, mon chéri! Seulement, il y a moi, moi qui ai toute ma vie à faire, ne l'oublions pas!

BOURDOLLE.

Mais j'y pense, ma chérie, je ne pense qu'à ça!.. Ta vie est ma principale préoccupation, la seule! Je veux que tu aies une existence magnifique, et tu l'auras! Car tu es une créature d'élite, tu entends? d'élite!

LUCE.

Oui... oui.

BOURDOLLE.

Ecrivain, conférencier, femme à la mode. Tu atteindras un jour la plus haute situation qu'une femme ait jamais eue à Paris!

LUCE.

Je ne demande pas autre chose.

BOURDOLLE.

Les circonstances peuvent nous séparer un instant, c'est possible... mais je te suivrai des yeux dans ta marche vers la fortune et vers la gloire. Je t'aiderai de toutes mes forces et je me dirai : « C'est moi pourtant qui ai découvert ce talent-là ! »

LUCE.

Je suis émue, tu sais, mon chéri, je suis émue ! Tu me rends notre séparation presque douce...

BOURDOLLE.

Et, pour commencer, je ne veux pas que le journal où tu as fait tes débuts, je ne veux pas que *Ciel et Terre* tombe entre les mains du premier venu, car je vais être obligé de donner ma démission.

LUCE.

Mais c'est vrai !... Je n'y pensais pas... Tu ne peux pas rester rédacteur en chef !

BOURDOLLE.

Naturellement. Et vois-tu un successeur quelconque bouleversant toute la rédaction !

LUCE.

Et me fichant à la porte !

BOURDOLLE.

Ce serait horrible !

LUCE.

Ce serait un scandale !

BOURDOLLE.

Je vais en parler à Godfish.

LUCE.

Et tout de suite ! Il ne faut pas qu'on ait le temps d'intriguer.

BOURDOLLE.

Tu es la sagesse même !

LUCE.

Je suis aussi sérieuse que ta femme, voilà tout.

Ah! tu as de la chance d'être tombé sur des femmes comme nous! Va chercher Godfish.

BOURDOLLE.

Le voici d'ailleurs.

(Entre Godfish.)

SCÈNE IX

LES MÊMES, GODFISH, *puis* LAHURE.

GODFISH.

Dites donc, Bourdolle?... Je reçois un télégramme de Londres... Ce n'est pas Gibacier qui va former le cabinet. C'est vous, mon ami, c'est vous!

BOURDOLLE.

Est-ce bien certain?

GODFISH

De Londres? comment douter? Mais, alors, il faut songer à *Ciel et Terre !*

BOURDOLLE, *machinalement, à Luce.*

Qu'est-ce que je te disais?

GODFISH, *les regardant.*

Ah!... Ah! bon!... Merci de cette confiance, Alors, mes enfants — permettez-moi de vous appeler mes enfants — occupons-nous du journal tous les trois... Il s'agit de trouver un rédacteur en chef. C'est très délicat!... Oh!

BOURDOLLE.

Quoi?

GODFISH.

J'ai une idée, mes amis, j'ai une idée !

LUCE, *tout à coup.*

Je parie que c'est la même que la mienne.

BOURDOLLE.

Voyons?

GODFISH.

Lahure !

LUCE.

J'allais le dire...

BOURDOLLE.

Moi aussi... Lahure est un homme éminent, malgré tout !

LUCE.

Et puis, c'est un de mes admirateurs.

BOURDOLLE.

Nommons Lahure ! !

GODFISCH.

C'est entendu... il est nommé! Ce cher Lahure ! Je l'aime beaucoup et je vais l'étonner... *(Allant au fond.)* Lahure ! cher Lahure... approchez.

LAHURE.

Qu'y a-t-il?

GODFISH.

Venez voir un homme heureux?

LAHURE.

Vous?

GODFISH.

Non, bon Lahure, c'est vous-même...

LAHURE.

Moi !

GODFISH.

D'abord, une question. Vous sentez-vous les reins solides ?

LAHURE.

Ça dépend. Pourquoi faire ?

GODFISH.

Pour devenir rédacteur en chef de *Ciel et Terre*.

BOURDOLLE.

Je donne ma démission, Lahure. Vous serez mon successeur.

LAHURE.

Est-ce possible ?

LUCE.

Ce sera le couronnement de votre carrière.

LAHURE.

Mes amis, mes chers amis... mon émotion est sans bornes. Seulement, j'ai des scrupules. Je suis un historien, je ne suis pas un journaliste. Evidemment, je ne me crois pas indigne.., Mais j'aurai besoin de votre indulgence, mes amis, de votre concours...

GODFISH.

N'ayez pas peur. On vous dira ce qu'il faut faire.

BOURDOLLE.

Les opinions politiques que vous devrez avoir.

LUCE.

Et les rédacteurs que vous devrez garder.

LAHURE.

Dans ces conditions-là, j'accepte !

BOURDOLLE.

Seulement, rappelez-vous ce que je vous ai dit. Il ne faut plus sortir Bianca.

GODFISH.

Vous devriez prendre une maîtresse plus conforme à votre distinction naturelle.

LAHURE.

Oh! cela, baron, impossible!... Pourtant, il y aurait un moyen... Je n'ose pas vous le soumettre, cher baron.

GODFISH.

Osez tout avec moi, Lahure.

LAHURE.

Alors, voici... C'est curieux comme je suis devenu timide pour certaines choses... Oui... il y aurait une façon pour Bianca... *(A Luce.)* Figurez-vous... elle a un rêve, cette femme.

LUCE.

Lequel?

LAHURE.

C'est de tenir une petite table d'hôte où elle donnerait à jouer au loto.

LUCE.

Je comprends ça.

LAHURE, à *Godfish.*

Alors, si, sur mes appointements futurs, vous pouviez m'avancer de quoi acheter un fonds de table d'hôte à Bianca... je suis convaincu que le plaisir de jouer au loto compenserait jusqu'à un certain point...

BOURDOLLE.

La douleur de vous perdre.

LAHURE.

C'est ça!

GODFISH.

Lahure, dites de ma part à Bianca qu'elle aura une table d'hôte et un loto...

BOURDOLLE, *aux dames qui paraissent.*

Mesdames, je vous présente le nouveau rédacteur en chef de *Ciel et Terre !*

LA COMTESSE.

Vous, Lahure ! *(A Bourdolle.)* Et vous ?

GODFISH.

Appelé à des fonctions plus importantes.

LUCE, *désignant Bourdolle.*

Monsieur le président du conseil.

BOURDOLLE.

Chut! chut! pas encore!

GODFISH.

Si! si!

TOUS, *s'inclinant.*

Monsieur le président...

EN GARDE !

COMÉDIE EN TROIS ACTES

EN COLLABORATION AVEC M. PIERRE VEBER

*Représentée pour la première fois au théâtre de la Renaissance,
le 19 mars 1912.*

PERSONNAGES

———

LE HERCHEUR, 35 ans . . . . MM. Gaston Dubosc.

BRANCOUR, 35 ans . . . . Victor Boucher.

TENCIER, 40 ans . . . . Bullier.

LA ROMBIÈRE, 60 ans . . . . Paul Plan.

PIANOLI, 25 ans . . . . A. Alerme.

D'ASTARAC, 28 ans . . . . A. Nicolle.

ÉMILE, valet de chambre . . . . . . J. Coonet.

BRISSAUD . . . . C. Bartet.

MONSIEUR BIGASSE . . . . Bernard.

LORD AWEBURY . . . . Landais.

DE FRANGY . . . . Laurens.

JEAN . . . . Constant.

LA CHAUX BRAISÉ . . . . Artaud.

GERMAINE, 28 ans . . . . Mᵐᵉˢ Marthe Régnier.

COLETTE, 25 ans . . . . Marthe Lutzi.

FERNANDE, 25 ans . . . . Cécile Guyon.

JULIA, 28 ans . . . . Andrée Morgane.

MADAME JACOB, 55 ans . . . . . . Luce Colas.

MADAME BRISSAUD . . . . Léo Burkel.

ANNA, femme de chambre . . . . . Dorah Selly.

PREMIÈRE DAME . . . . Favrel.

DEUXIÈME DAME . . . . Y. Daumont.

TROISIÈME DAME . . . . Miss Look.

———

EN GARDE !

ACTE PREMIER

Un salon à Aix-les-Bains.

SCÈNE PREMIÈRE

BRANCOUR, TENCIER, LA ROMBIÈRE, Deux Messieurs.

(Au lever du rideau, les quatre témoins rédigent un procès-verbal. La Rombière, assis un peu à l'écart, dicte. Brancour écrit.)

BRANCOUR, *posant la plume.*

Là... c'est fait! Messieurs, je vous donne lecture du procès-verbal sur lequel nous venons de tomber d'accord. *(Lisant.) A la suite d'une altercation survenue le 7 septembre 1909, au casino d'Aix-les-Bains, entre monsieur le baron de Fersen et monsieur Hector Le Hercheur, ce dernier a prié messieurs Julien Brancour et Robert Tencier de demander à monsieur de Fersen une réparation par les armes. Monsieur de Fersen a constitué pour témoins lord Awebury...* (Parlé.) avec un v ?

PREMIER MONSIEUR.

Un double !

BRANCOUR, *corrige et reprend.*

...Awebury et monsieur Marius Bigasse...

DEUXIÈME MONSIEUR.

Deux s...

BRANCOUR, *continuant.*

... D'un commun accord, les témoins ont déclaré qu'une rencontre était inévitable. Elle aura lieu ce matin au champ de courses d'Aix-les-Bains. Les conditions du duel sont les suivantes : épée de combat, coquilles de treize centimètres, gants de ville à volonté, reprises de deux minutes. Le terrain gagné restera acquis à partir de la deuxième reprise. Le combat sera dirigé par le général comte de La Rombière... (Se tournant vers La Rombière qui s'incline.) *qui a bien voulu accepter cette mission. Fait double à Aix-les-Bains, le 8 septembre 1909. Messieurs, si vous voulez signer... Pour monsieur de Fersen... là, et là !*

(Les quatre témoins et La Rombière signent.)

LA ROMBIÈRE.

Eh bien, messieurs, rendez-vous dans une heure au champ de courses. Vous vous chargez de prévenir votre client ? (Ils inclinent la tête.) Ces messieurs vont prévenir le leur ! A tout à l'heure, Brancour... je reconduis ces messieurs.

(Il sort avec les deux messieurs.)

SCÈNE II

BRANCOUR, TENCIER.

TENCIER.

Qu'est-ce que c'est que ces gens-là ?

BRANCOUR.

Des témoins! des témoins très suffisants pour

une ville d'eaux! Un lord anglais et un courtier
en vins, ça fait une moyenne.

TENCIER.

Et ce baron de Fersen? Tu le connaissais?

BRANCOUR.

Moi? Pas du tout!

TENCIER.

Et ce duel? Pourquoi a-t-il lieu? Qu'est-ce que
c'est que cette altercation?

BRANCOUR.

Mon cher, ça ne nous regarde pas. Nous ne
connaissons que ce que nous a dit Le Hercheur,
qui est notre ami.

TENCIER.

C'est ton ami, à toi! Ce n'est pas le mien...

BRANCOUR.

Pourquoi as-tu accepté d'être son témoin?

TENCIER.

Parce que tu me l'as demandé! Quant à Le Hercheur, je t'ai déjà dit mon opinion sur lui : c'est
un querelleur, c'est une espèce de spadassin,
c'est une sorte de bellâtre! Il y a peu d'hommes
dont la conversation soit plus stupide, et son
adversaire lui passerait son épée au travers du
corps, ça me serait complètement égal. Ne te fais
pas d'illusion : voilà dans quelles conditions je le
conduis sur le terrain, ton Le Hercheur!

BRANCOUR.

Tu es le bon témoin!

TENCIER.

Que veux-tu? j'ai horreur de ces gens-là. Et je

ne comprends pas que tu te sois lié avec lui et surtout que tu le laisses raconter devant Germaine ses duels et tous les gens qu'il a massacrés pour lui monter l'imagination. D'ailleurs, tu n'aimes pas ta femme !

BRANCOUR.

Moi ! Mais je l'aime beaucoup. Seulement, je l'aime d'un amour qui implique non pas la jalousie, mais la confiance... Sais-tu ce que c'est que la confiance ?

TENCIER

C'est l'aveuglement !

BRANCOUR.

Non, c'est le besoin profond d'avoir l'esprit tranquille, ce qui est la condition essentielle de l'activité... Moi qui suis un homme actif, je me sens tranquille dans le mariage comme dans un train. Je ne me dis pas tout le temps du voyage : « Je vais avoir un accident. » Si j'en avais un, je m'en tirerais comme je pourrais, mais je veux voyager en paix... J'ai épousé par amour une jeune fille appartenant à cette bourgeoisie mondaine, et un peu libre d'allures, qui fournit à des gens comme nous les meilleures camarades. Laisse-moi donc voyager en paix avec elle et n'essaie plus de me rendre jaloux de Le Hercheur ou de n'importe qui ! Ah ! voici ton ami !

(Entre Hector.)

SCÈNE III

Les Mêmes, HECTOR, *puis* GERMAINE.

HECTOR.

Mes chers amis! Quelles nouvelles?

BRANCOUR.

Vous vous battez dans une heure, à l'épée.
Lisez ce procès-verbal.

HECTOR, *prenant le papier.*

Oui... Bien... bien... C'est en règle.

BRANCOUR.

Maintenant, je vais chez l'armurier choisir les
épées, Tencier va chez le médecin. Rendez-vous
ici dans un quart d'heure... Vous nous attendez?

HECTOR.

Volontiers. Je vais faire un peu d'assouplisse-
ment?

BRANCOUR.

Nous en avons pour un quart d'heure... Je
vous envoie ma femme pour vous tenir compagnie. *(A Tencier.)* Tu as entendu?

TENCIER.

Tiens! Tu m'exaspères!
    (Entre Germaine.)

BRANCOUR.

Ah! te voilà, ma chérie... J'allais justement te
prier de venir pour entretenir ce héros dans des
dispositions belliqueuses, pendant que nous
allons chercher des instruments de combat.

GERMAINE.

Comment, monsieur Le Hercheur, vous vous battez?

BRANCOUR.

Il se bat.

GERMAINE, à *Brancour*.

C'est bien vrai? Ce n'est pas toi, au moins?

BRANCOUR.

Non, non... c'est bien lui!... Moi, je ne suis que le témoin, avec Tencier.

GERMAINE.

J'espère que les témoins ne risquent rien?

BRANCOUR.

Autrefois, ils risquaient la correctionnelle, mais aujourd'hui, ils ne risquent plus que la photographie. *(En sortant, à Germaine.)* Allons, je te laisse avec lui.

GERMAINE, *riant.*

Toute seule?

BRANCOUR, *même jeu.*

Toute seule. Et je ne reviendrai pas à l'improviste.

GERMAINE.

Et s'il me fait la cour?

BRANCOUR.

Laisse-le faire.

GERMAINE.

Tu n'as pas peur?

BRANCOUR.

Non. Et toi?

GERMAINE.

Ne m'en parle pas. J'en frémis d'avance. Il va me raconter ses duels, ses bonnes fortunes, comme d'habitude.

BRANCOUR.

Il te raconte ses bonnes fortunes?

GERMAINE.

Il ne fait que ça, mon chéri. Je les sais par cœur. Je te les réciterai quand tu voudras.

BRANCOUR.

Volontiers.

GERMAINE.

Non... ce sera pour les longues soirées d'hiver. Il est très comique, je t'assure!

BRANCOUR.

Il te plaît?

GERMAINE.

Je ne pourrais plus m'en passer.

TENCIER, *qui cause avec Hector.*

Eh bien, partons-nous?

BRANCOUR.

Je te suis.
  (Ils sortent.)

SCÈNE IV

HECTOR, GERMAINE.

GERMAINE.

Et avec qui vous battez-vous?

HECTOR.

Avec un baron suédois... Un monsieur de Fersen... un monsieur très bien!

GERMAINE.

Et pourquoi vous battez-vous? Si on peut savoir? Pour mademoiselle Julia Raisin?

. HECTOR.

Vous badinez?... Non, madame, je ne me bats pas pour Julia Raisin... Vous rappelez-vous ce que vous m'avez dit, hier, ici, à cette même place où nous sommes?

GERMAINE.

Non.

HECTOR.

Eh bien, vous m'avez dit — je ne sais plus à propos de quoi — que vous n'aviez jamais vu de duel et que ça vous amuserait d'en voir un. Et qu'est-ce que je vous ai répondu?...

GERMAINE.

Est-ce que je sais?

HECTOR.

Je vous ai répondu simplement: « Je vous en montrerai un bientôt. »

GERMAINE.

Comment! Et c'est pour cela!

HECTOR.

En vous quittant, je suis allé au casino... je n'ai pas cherché. J'ai vu un monsieur qui semblait assez élégant, décoré d'un ordre étranger, et qui suivait la partie attentivement. Je suis allé à lui et je lui ai dit: « Monsieur, je vous défends de me regarder comme cela. » Il m'a répondu : « Qu'est-ce qu'il lui prend, à cet idiot! » J'ai souri et j'ai conclu: « Cela suffit! Je vais avoir l'honneur de vous envoyer mes témoins. » Et je lui ai adressé votre mari et son associé, monsieur Tencier. Si donc vous voulez accepter cette lorgnette que vous me permettrez de vous offrir... *(Il lui tend une lorgnette.)* et vous placer à cette fenêtre, vous allez assister, j'ose le dire, à une assez jolie rencontre à l'épée...

GERMAINE.

Non ! Voilà qui est inimaginable !

HECTOR.

Mais c'est comme ça !

GERMAINE.

Alors, vous êtes content ?

HECTOR.

Je suis assez satisfait.

GERMAINE.

Et vous supposez que je vais vous laissez tuer un homme pour une pareille futilité ?

HECTOR.

Je n'avais pas l'intention de le tuer... Mais, si vous l'exigez absolument, je ne reculerai pas devant ce sacrifice.

GERMAINE.

Vous êtes fou ! Je vous défends absolument de lui faire du mal !

HECTOR.

Vous êtes une femme d'un grand cœur ! Je me contenterai donc de piquer monsieur de Fersen à la partie antéro-interne du muscle extenseur de l'annulaire.

GERMAINE.

Mais c'est abominable !

HECTOR.

Non ! C'est le gras du bras...

GERMAINE.

N'importe ! Je ne veux pas... je ne veux pas...

HECTOR.

Oh ! Moi qui croyais vous faire plaisir !...

GERMAINE.

Vous ne me faites aucun plaisir... Je trouve ces mœurs odieuses... et vous allez tout de suite exprimer vos regrets à ce baron suédois.

HECTOR.

Vous me demandez sérieusement à moi, Hector Le Hercheur, qui suis — passez-moi cette vanité — l'homme d'épée le plus en vue de Paris, vous me demandez de faire des excuses sur le terrain ? Et à un adversaire qui ne m'a même pas offensé ! Mais, si j'avais le malheur de vous obéir, vous ne me reverriez de votre vie... Je vous connais !

GERMAINE.

Battez-vous, ne vous battez pas, cela m'est complètement indifférent. Je n'assisterai pas, même de loin, à ce tournoi, et je vous prie de remporter votre lorgnette.

HECTOR, posant la lorgnette sur un meuble.

Vous vous fâchez ?... Je m'y attendais un peu... Mais je sais qu'au fond vous êtes enchantée... Une femme ne reste jamais insensible aux gestes héroïques et chevaleresques... Quant à cette lorgnette, je vous la laisse tout de même... Et je ne vous dis qu'une chose : tout à l'heure, quand je croiserai le fer, si je ne vous aperçois pas à cette fenêtre, la lorgnette à la main, je ne réponds plus de la vie de monsieur de Fersen !

GERMAINE.

Eh ! mais, dites donc... si c'était lui qui allait vous blesser ?

HECTOR.

Un baron suédois, ça m'étonnerait... *(Voyant entrer Brancour et Tencier.)* Ah! voici les épées.

SCÈNE V

Les Mêmes, TENCIER, BRANCOUR,
puis FERNANDE.

BRANCOUR.

C'est tout ce que nous avons pu trouver.

HECTOR.

Voyons! *(Il prend une épée et l'examine.)* Un peu légère! Ça ira tout de même...

FERNANDE, *entrant avec une lorgnette.*

Comment, monsieur Le Hercheur! vous n'êtes pas encore prêt! Et moi qui viens avec une lorgnette assister au duel! Dépêchez-vous!

HECTOR.

Nous partons, mademoiselle Fernande.

FERNANDE.

Bonjour, monsieur Tencier! Bonjour, Brancour! Comme c'est flatteur, monsieur Tencier, d'être témoin dans un duel de monsieur Le Hercheur!

TENCIER.

Ne m'en parlez pas, mademoiselle, il me semble que c'est moi qui vais me battre!

FERNANDE.

Combien avez-vous eu de duels, monsieur Le Hercheur?

HECTOR.

C'est mon quinzième, mademoiselle.

FERNANDE.

Est-ce que vous avez déjà tué quelqu'un ?

HECTOR.

Non ! je ne crois pas...

FERNANDE.

Ça viendra. Et vous n'avez jamais été blessé ?

HECTOR.

Jamais ?

BRANCOUR.

Eh bien, ne commencez pas aujourd'hui...
Vous venez ?

HECTOR, *sortant.*

Je suis à vous.

GERMAINE.

Ah ! monsieur Le Hercheur, vous n'oubliez
pas que vous déjeunez avec nous ! Midi et demi.
Je compte sur vous.

HECTOR.

J'espère que je serai exact, chère madame.
(Il sort.)

TENCIER.

Est-ce que nous allons sortir tous les trois,
comme ça, avec les épées ? Nous aurons dix ciné-
mas à nos trousses ! Ça va être gai !
(Il sort avec Brancour.)

SCÈNE VI

FERNANDE, GERMAINE.

FERNANDE, *lorgnant à la fenêtre.*

D'ici, on découvre tout le champ de courses,
nous sommes à merveille... Très chic, mon-

sieur Le Hercheur, beaucoup d'allure. Avoue
qu'il te fait un peu la cour?

GERMAINE.

Je l'avoue. Et avec une naïveté... Aussi, ça n'a
aucune espèce d'importance.

FERNANDE.

Pas d'importance, lui !

GERMAINE.

Mais non, ma chère! Voilà où tu te trompes!
Le Hercheur est un homme élégant, qui a du
succès, qui est très répandu, qu'on s'arrache !
Mais, pour moi, il a un défaut capital. Il est
bête, ma chère, mais bête !

FERNANDE.

Si bête que ça?

GERMAINE.

Tu ne t'en étais jamais aperçue?

FERNANDE.

Vaguement... Mais, tu sais, pour nous autres
jeunes filles, un homme qui n'est pas marié
n'est jamais complètement idiot.

GERMAINE.

Comment t'expliques-tu le succès d'un homme
comme Le Hercheur auprès des femmes?

FERNANDE.

Il est beau, solide...

GERMAINE.

Évidemment, il est beau ! et solide... Il doit
être solide... Mais ce ne sont pas des qualités
appréciables pour des femmes comme nous,
voyons? Qu'est-ce que nous cherchons chez un
homme qui veut nous plaire? L'intelligence! La
délicatesse ! L'esprit !

FERNANDE.

Crois-tu ?

GERMAINE.

J'en suis certaine !

FERNANDE.

Je n'ai pas beaucoup d'expérience. Mais il me paraît que la beauté, la vigueur, ce sont des qualités qui ne sont pas à dédaigner.

GERMAINE.

Tais-toi! Tais-toi! Tu es cynique! Tu parles comme une jeune fille! Tu ne sais pas !

FERNANDE.

Je ne demande qu'à savoir.

GERMAINE.

Ecoute... tu veux te marier, n'est-ce pas ?

FERNANDE.

Si je suis encore mariable! Vingt-six ans! Je suis une vieille fille.

GERMAINE.

Bah! le lendemain de ton mariage, tu seras une jeune femme! Eh bien, réfléchis, consulte-toi... Tu es riche, tu es indépendante... tes parents te laissent absolument libre de ton choix. Epouserais-tu Le Hercheur?

FERNANDE.

Ma foi, non! Et je ne m'explique pas pourquoi...

GERMAINE.

C'est parce qu'il n'est pas sérieux. Tu entends? sérieux... C'est un mot qui n'a l'air de rien et qui fait qu'un homme est un mari ou n'est pas un mari... Tu comprends?

FERNANDE.

Vaguement.

GERMAINE.

Tu comprendras mieux plus tard.

(Paraît Colette, une lorgnette à la main.)

SCÈNE VII

Les Mêmes, COLETTE,
puis MONSIEUR *et* MADAME BRISSAUD.

COLETTE.

Bonjour, Germaine. Est-ce que c'est commencé?

GERMAINE.

Vous savez aussi?

COLETTE.

Tout le monde le sait, il y a déjà des tas de gens aux fenêtres... Et je veux tout voir. On peut s'installer sur votre terrasse?

GERMAINE.

Si vous voulez, ma petite Colette.

COLETTE, *au fond.*

Les voilà qui arrivent sur le champ de courses... C'est votre mari, Germaine, qui porte les épées...

MADAME BRISSAUD, *entrant avec une lorgnette.*

Chère amie, excusez notre indiscrétion !... Mais, quand nous avons su que le duel se donnait au champ de courses, j'ai tout de suite pensé à votre terrasse.

GERMAINE.

Vous n'êtes pas les seuls... Prenez des chaises... Tenez, monsieur Brissaud.

BRISSAUD.

Merci, chère madame.

COLETTE.

No vous pressez pas... ils n'on sont qu'aux préparatifs. C'est mon premier duel... ça me passionne !

BRISSAUD, à *Germaine, qui reste en scène.*

Ça ne vous intéresse donc pas, chère madame?

GERMAINE.

Oh! Dieu non! Le spectacle est sans intérêt... et, s'il n'était pas sans intérêt, il serait barbare! Je ne tiens pas à voir ça.

COLETTE.

Vous êtes seule de votre avis. Les tribunes du champ de courses sont noires de monde. Ah! votre mari fait de grandes enjambées...

GERMAINE, *nerveuse.*

Oui... il mesure le terrain.

MADAME BRISSAUD.

Les docteurs flambent les épées dans une cuvette... On tire les places...

FERNANDE.

Les adversaires sont en bras de chemise!... Viens donc voir, Germaine!

GERMAINE.

Non, merci! J'ai horreur des hommes en bras de chemise...

COLETTE.

C'est trop, ou trop peu !

MADAME BRISSAUD.

Ah ! les voilà en garde.

BRISSAUD.

Ils engagent le fer.

GERMAINE.

Ils engagent le fer !... *(Se précipitant avec la lorgnette.)* Attendez... Faites-moi une place.

COLETTE.

Monsieur Le Hercheur s'avance... son adversaire recule.

GERMAINE, *lorgnant.*

On ne dit pas reculer, on dit rompre.

COLETTE.

Eh bien, il rompt... Oh ! comme il rompt ! Il peut se vanter de rompre... Enfin, il s'arrête !... Il est vrai qu'il est contre une barrière et qu'il ne peut pas faire autrement. Monsieur Le Hercheur avance le bras...

BRISSAUD.

Il y a un blessé... les témoins arrêtent le combat.

GERMAINE.

Qui est le blessé? D'ici on ne distingue pas bien.

FERNANDE.

Attends... C'est le baron suédois... il est blessé au bras.

GERMAINE.

Au gras du bras! Entre eux, ils appellent ça la partie antéro-interne... du machin... *(Revenant en scène.)* Il me l'avait dit... il me l'avait bien dit ! Retirons-nous, ne regardons pas plus longtemps ce spectacle ridicule et d'ailleurs terminé !...

BRISSAUD.

C'était très émouvant.

MADAME BRISSAUD.

J'en suis encore tremblante.

COLETTE.

Ces deux hommes qui se précipitent l'un

contre l'autre, dans un champ de courses, ç'aurait pu être un massacre !

GERMAINE.

Ça n'a été qu'une course, heureusement.

COLETTE.

C'est égal, j'aurais été navrée de manquer ça durant mon séjour à Aix-les-Bains.

MADAME BRISSAUD.

Merci, chère amie, de votre hospitalité.

GERMAINE.

Monsieur Le Hercheur déjeune ici avec ses témoins et le médecin... Je n'ai pas osé inviter l'adversaire, mais mon mari l'aura peut-être fait... Voulez-vous être des nôtres ?

MADAME BRISSAUD.

Avec grand plaisir...

GERMAINE.

Vous aussi, Colette, vous déjeunez avec nous ?

COLETTE.

Bien entendu !

BRISSAUD, *qui est resté à la fenêtre.*

Le voici !... le voici ! il descend d'automobile, avec les témoins et le comte de La Rombière qui a dirigé le combat...

FERNANDE.

Le vainqueur vient recevoir nos félicitations.

GERMAINE.

C'est très commode... il va les chercher à domicile.

COLETTE.

Il ne faut pas les lui marchander.

(*Entre Hector.*)

SCÈNE VIII

Les Mêmes, HECTOR, puis LA ROMBIÈRE.

BRISSAUD.

Bravo, Le Hercheur! Nous venons de vous
admirer... Vous avez été très bien.

HECTOR.

Je n'ai pas eu à m'employer beaucoup... mais
il faut avouer que cette noblesse suédoise a le
poignet solide. *(Saluant.)* Mesdames!...

COLETTE.

Oh! monsieur Le Hercheur, nous vous devons
un quart d'heure d'angoisse! C'était charmant!

MADAME BRISSAUD.

Charmant et même émouvant; on a trop rarement l'occasion de voir cela, nous autres femmes!

HECTOR.

Trop bonnes, mesdames... J'ai fait de mon
mieux pour vous être agréable... D'ailleurs, je
sentais vos regards sur moi, et je tenais à vous
offrir un spectacle digne de vous.

GERMAINE.

Nous vous remercions... Mais ne vous croyez
pas obligé de recommencer. Où est donc mon
mari?

HECTOR.

Dans le hall. Il rédige le procès-verbal avec
les autres témoins... Ce ne sera pas long, j'espère.

LA ROMBIÈRE, *entrant.*

Elle est bonne ! Elle est bien bonne ! Aimable surprise ?

GERMAINE.

Qu'est-ce qu'il y a, La Rombière ?

LA ROMBIÈRE, *saluant.*

Chère madame... *(A Hector.)* Dites donc, Le Hercheur, est-ce que vous avez déjà eu l'occasion de blesser en duel un inspecteur des jeux ?...

HECTOR.

Vous plaisantez ?

LA ROMBIÈRE.

Eh bien, cher ami, c'est ce que vous venez de faire tout à l'heure.

BRISSAUD.

Ah ! bah !... le baron de Fersen ?...

LA ROMBIÈRE.

Non seulement il n'est pas baron, ce qui est assez rare à Aix, mais encore il a été envoyé pour surveiller les jeux, ce qui est encore plus rare !...

HECTOR.

Comment l'avez-vous appris ?

LA ROMBIÈRE.

Les témoins nous ont avoué son identité. Mais nous avons laissé le nom de Fersen dans le procès-verbal, pour ne pas compromettre un brave garçon vis-à-vis de ses supérieurs.

HECTOR, *digne.*

Je vous l'aurais demandé. N'importe, il tire bien !... Et je ne regrette ni de lui avoir serré la main, ni de lui avoir donné un coup d'épée...

LA ROMBIÈRE.

En tout cas, mes chers amis, ne répandez pas

trop cela. *(A Colette.)* Répandez-le modérément, mais pas trop.

BRISSAUD.

N'ayez aucune inquiétude.

COLETTE.

Nous ferons ce qu'il faut faire.

MADAME BRISSAUD.

A tout à l'heure, chère amie.

BRISSAUD, à *Hector.*

N'importe, c'était très bien.

(Tous sortent sauf Hector et Germaine.)

SCÈNE IX

GERMAINE, HECTOR, puis TENCIER.

GERMAINE.

Eh bien! Vous voyez où vous a mené votre fanfaronnade!... à vous couvrir de ridicule.

HECTOR.

Je le sais bien que je vais être couvert de ridicule. Les Brissaud m'ont promis le secret, mais ce qu'on appelle promettre le secret sur une histoire...

GERMAINE.

C'est raconter cette histoire à tout le monde sous le sceau du secret.

HECTOR.

Voilà... Et par conséquent, ce soir, je serai la fable d'Aix-les-Bains... Je serai le monsieur qui s'est battu avec un agent de la brigade des jeux...

13

j'aurai blessé une casserole !... Je connais l'esprit
des villes d'eaux... on m'appellera le « rôtu-
meur » ! ou quelque chose d'aussi bête. Mais
qu'est-ce que ça peut me faire ? Vous croyez que
ça me vexe ?... Pas du tout ! Je suis heureux de
vous avoir fait ce nouveau sacrifice... Moi, Le Hercheur, j'ai été grotesque, mais je l'ai été sans
regret ; car il y a une chose qui corrige le ridicule, et qui l'efface même complètement : c'est de
l'avoir bravé pour la femme que l'on aime !

GERMAINE

Ah ! vous m'aimez !

HECTOR.

Oui, madame, je vous aime.

GERMAINE.

Et vous avez la vague idée que je deviendrai
votre maîtresse ?...

HECTOR.

Je n'oserai jamais le dire, mais je l'espère.

GERMAINE.

Un mot, Le Hercheur. Est-ce que dans votre
vie vous avez rencontré des honnêtes femmes ?

HECTOR.

Rarement... et toujours au moment précis où
elles cessaient de l'être.

GERMAINE.

Je dois vous prévenir qu'avec moi vous ne
connaîtrez jamais ce moment-là.

HECTOR.

Pouvez-vous comparer le sentiment que j'éprouvais pour ces frivoles créatures avec la passion
ardente, l'amour presque sauvage que je ressens
aujourd'hui ! Oh ! je ne fais pas le malin, ce

n'est pas depuis longtemps. A Paris, vous avez pu remarquer que je ne vous ai jamais fait la cour, et pourtant je suis le camarade de salle d'armes de votre mari, je suis son ami de cercle... Eh bien, vous ai-je jamais dit autre chose que des banalités?

GERMAINE.

Ça, c'est bien vrai!...

HECTOR.

Tout à coup, ici, dans un décor différent vous n'avez plus été pour moi la même femme. Il m'a semblé que je vous avais méconnue, j'ai fait attention à vous.

GERMAINE.

Oh! que c'est gentil de votre part.

HECTOR.

Ma parole!... Seulement, vous n'avez pas fait attention à moi. Et ce qui est grave, c'est que cela m'a causé un véritable chagrin. Jusqu'à présent, quand une femme ne m'aimait pas, ça m'était presque aussi indifférent que quand elle m'aimait. Tandis que, si vous ne m'aimiez pas, vous, je serais très malheureux... Savez-vous que je me ferais tuer pour vous?

GERMAINE.

C'est très curieux! Vous ne parlez que de mort, de massacre, de passion sauvage... C'est un sujet de conversation plutôt pénible. Sans compter que je ne crois pas plus au massacre qu'à la passion ardente. Vous m'aimeriez comme vous avez tué votre adversaire, l'inspecteur baron de Fersen. Je ne m'en porterais pas plus mal! Et ce serait fini à la première reprise. Il vaut mieux arranger cette affaire-là entre nous, voulez-vous! Ce n'est pas la peine de prendre des témoins.

HECTOR.

Madame, vous êtes cruelle!

GERMAINE.

Non! je suis clairvoyante, je vous assure.
A présent, vous voilà fixé... Alors, il vaut mieux
cesser vos petits travaux d'approche, qui fini-
raient par me compromettre.

HECTOR.

Compromettre! Moi, Le Hercheur! compromettre une femme! Et quelle femme! vous!...

GERMAINE.

Certainement.

HECTOR, *fausse sortie.*

Ah! Madame, vous avez dit un mot de trop!

GERMAINE.

Qu'est-ce qui vous prend, maintenant?

HECTOR.

Rien... rien. Je m'en vais... Je ne sais pas exactement ce que je vais faire... Mais je vous donne
ma parole d'honneur que vous ne me reverrez plus.

GERMAINE.

Mais je ne vous empêche pas de rester auprès
de moi!

HECTOR.

Ma décision est prise. Je vous aime d'une façon
profonde, je vous aime comme on n'a jamais aimé,
du moins dans le milieu où nous sommes; et
vous me répondez par des railleries et des paroles
légères. Je ne comprends pas l'amour de cette
façon: je suis blessé, je souffre, je pars!

GERMAINE.

Voyons, Le Hercheur... voyous, mon ami!

HECTOR.

D'ailleurs, je suis un homme fini... Je suis un homme mort !

GERMAINE.

Je ne veux pas que vous soyez un homme mort !

HECTOR.

Oh ! rassurez-vous, madame... Je ne me tuerai pas. Je considère le suicide comme une lâcheté : c'est un duel avec un adversaire désarmé !

GERMAINE.

A la bonne heure !

HECTOR.

Et je dis que je suis un homme mort parce que ce n'est pas vivre que d'être séparé de la femme que l'on aime.

GERMAINE.

Le Hercheur ! ce n'est pas avec ces grands mots bêtes que l'on traduit une passion sincère !

HECTOR.

Oh ! je sais... Tout à l'heure, j'étais ridicule ! Maintenant, je suis bête. Si ça continue, je vais être odieux. C'est le jour ! Que voulez-vous ? je ne m'attendais pas à ce qui m'arrive. L'idée que je ne vous ferais pas partager mon amour me paraissait folle, invraisemblable ! Ça ne m'entrait pas dans la tête ! J'avais tout combiné, tout préparé d'avance ; cet amour, je l'avais débarrassé de toutes les vulgarités et de toutes les complications. Il n'était entouré que d'idéal, de beauté, de joie !... Je me voyais déjà vous guettant, épiant le bruit de vos pas dans le petit escalier secret... Car j'ai deux entrées... dont une par la boutique d'une antiquaire... j'ouvrais la porte, vous étiez inquiète, émue ! Je vous pressais dans mes bras, et il arrivait ce qui n'arrive qu'une fois dans la vie d'un homme et d'une femme : la passion ! La passion dans ce qu'elle a de plus violent et de plus énergique. Et alors, vous comprenez, j'apprends que tout cela n'est pas réalisable, que ça n'arrivera jamais, c'est bien dur ! C'est un de ces chocs qui font tout à coup d'un homme un vieillard ou un enfant !

GERMAINE.

Je vous en prie, mon ami ! Ne vous mettez pas dans des états pareils ! Évidemment, il est impossible que je vous cède jamais... Je réfléchis... c'est impossible. Mais nous pouvons rester tout de même bons amis. Et on tâchera de vous guérir ! Appliquez-vous de votre côté. Prenez des maîtresses... Prenez-en deux ou trois.

HECTOR, amer.

Par jour, n'est-ce pas ?

GERMAINE.

Vous en avez déjà une qui est très gentille ! Mademoiselle Julia Raisin !

HECTOR.

Non, madame, je ne l'ai plus ! Nous sommes séparés à jamais... c'est une résolution que j'ai prise... Elle ne s'en doute pas, mais je vais le lui annoncer dans un quart d'heure.

GERMAINE.

Elle ne vous aime donc pas ?

HECTOR.

Si ! Elle m'adore, du moins, je le suppose. Mais qu'importe...

GERMAINE.

Je ne désire pas que vous quittiez cette demoiselle !

HECTOR.

Non ! Je n'en veux plus ! Elle me gênerait pour souffrir !

GERMAINE.

Enfin ! quittez-la si vous voulez. Ça vous regarde ! Mais je souhaite que vous redeveniez raisonnable, et que nous ne soyons pas obligés de briser des relations qui ont été jusqu'ici très agréables.

HECTOR.

Je ne peux pas vous promettre de devenir raisonnable, ce n'est pas dans mon caractère. Je tâcherai de vous obéir ; mais, d'abord, je veux être sûr que vous me pardonnerez.

GERMAINE.

Je vous pardonne ; tout ce que vous venez de me dire n'est pas très fort, mais on ne peut pas considérer ça comme une injure !

HECTOR, *se rapprochant d'elle.*

Est-ce que vous me trouvez toujours aussi ridicule ?

GERMAINE.

Ça vous ferait plaisir que je ne vous trouve pas ridicule ?

HECTOR, *lui prenant la main.*

Ce serait le bonheur !

GERMAINE.

Dans ce cas, non ! vous n'avez pas été tout à fait ridicule... vous avez été... chevaleresque !

(*Elle lui tend la main.*)

HECTOR, *lui embrassant la main avec passion.*

Vous êtes bonne ! Vous êtes bonne !...

GERMAINE, *troublée.*

Finissez, Le Herchour, finissez...

HECTOR, *nouveau baiser.*

Je me ferais tuer pour vous !

GERMAINE, *toujours troublée.*

Je le sais... je le sais... C'est gentil... c'est très gentil !

HECTOR, *plus près.*

Je vous reverrai, n'est-ce pas ?

GERMAINE.

Puisque vous venez déjeuner.

HECTOR.

Non !... je vous reverrai à Paris?... Non ! non !... Ne répondez pas ? Je le sens, maintenant, que je vous reverrai... je le sens !

(Il lui embrasse encore la main. Entre Tencier.)

TENCIER, *mouvement de surprise, il s'avance.*

Tenez, Le Herchour... voici le procès-verbal de la rencontre... Voulez-vous y jeter un coup d'œil?

GERMAINE.

Ah! Monsieur Tencier... Vous avez fini ? Où est Julien?

TENCIER.

Il congédie les témoins de monsieur de Fersen. Vous allez le trouver dans le jardin.

GERMAINE.

Messieurs, je vous laisse...

(Elle sort.)

TENCIER, *à Hector.*

Vous n'avez pas d'observations à faire ?

HECTOR.

Aucune ! Et permettez-moi, Tencier, de vous

exprimer ma gratitude pour l'amabilité avec laquelle vous avez bien voulu m'assister.

TENCIER.

Il n'y a pas de quoi?

HECTOR, *tirant sa montre.*

Sapristi! je n'ai que le temps de m'habiller! Et encore merci.

(Il serre la main de Tencier et sort.)

SCÈNE X

TENCIER, *puis* BRANCOUR, *puis* COLETTE.

TENCIER, *seul.*

Ils diront ce qu'ils voudront... il lui embrassait la main... Et comment!

BRANCOUR, *entrant.*

Nous avons un quart d'heure, allons donc faire un tour avant déjeuner.

TENCIER.

Avec plaisir, mon bon ami, avec plaisir.

BRANCOUR.

Tu as vu le vainqueur?

TENCIER.

Oui, mon bon ami.

BRANCOUR.

Tu lui as remis le procès-verbal? Il est content d'avoir mis un inspecteur des jeux hors de combat?

TENCIER.

Il a l'air enchanté!

BRANCOUR.

Je crois que cette petite aventure va calmer
l'admiration de ces dames.

TENCIER.

N'en doute pas, mon bon ami, n'en doute pas.

BRANCOUR.

Tu vois, il n'est pas aussi dangereux que tu le
croyais.

TENCIER.

Evidemment ! Je me trompais... c'est toi qui
avais raison.

BRANCOUR.

Tiens ! Il faudra que je demande à Germaine
comment notre héros a pris cette petite aventure !
Elle ne te l'a pas dit ?

TENCIER.

Mais je ne l'ai pas vue, mon bon ami !

BRANCOUR.

Comment, tu ne l'as pas trouvée avec Le Hercheur, quand tu es entré ?

TENCIER.

Non !

(Un temps.)

BRANCOUR.

Qu'est-ce que ça signifie ? Pourquoi ce men-
songe ? Et l'air, surtout ! l'air dont tu le fais !
Germaine vient de me dire que tu étais entré au
moment où elle causait avec Le Hercheur !

TENCIER.

Ah ! en effet... Tiens ! je n'y avais pas fait
attention.

BRANCOUR.

Mon pauvre Tencier, tu es un sorin... Tu

GERMAINE.

Sans compter qu'il organise une grande fête en mon honneur... Parfaitement! Chez lui... Un assaut entre le fameux tireur italien Pianoli et l'illustre professeur d'Astarac... Il va venir nous inviter.

BRANCOUR.

Dis donc, Germaine, tu ne commences pas à le trouver un peu encombrant, Le Hercheur? Et un peu ridicule?

GERMAINE.

Je l'avoue, mais il m'amuse assez!

BRANCOUR.

Moi, il commence à m'amuser un peu moins... J'ai même assez ri avec lui...

GERMAINE.

J'espère que tu ne vas pas l'empêcher de me faire la cour... Il n'y a pas tant de distractions ici!

BRANCOUR.

Il y a distractions et distractions... Ça dépend avec qui on les prend et en quoi elles consistent... Le Hercheur n'est pas le premier qui te fasse la cour...

GERMAINE.

Dieu merci!

BRANCOUR.

Et je n'ai pas d'hostilité particulière contre lui... Il n'est pas très intelligent, mais il est assez bien élevé... C'est mon ami de cercle... C'est un de ces hommes qu'on peut recevoir ou ne pas recevoir... Il n'a qu'un défaut, mais il l'a bien. Il est un peu... je ne dirai pas compromettant, mais voyant... C'est le mot, il est voyant... Quand il parle avec une femme, on le voit. Ça

peut être la source de potins qui ne sont pas
graves, mais qui deviennent vite agaçants...

GERMAINE.

Ce n'est pas pour moi que tu dis ça, j'espère?

BRANCOUR.

Ce n'est pas seulement pour toi... C'est pour
Fernande, c'est pour Colette, c'est pour toutes les
femmes qui nous entourent...

GERMAINE.

Voyons... voyons, mon chéri... pas de ces
petites finesses entre nous... Tu te moques de la
réputation de Fernande comme de celle de
Colette et ce n'est pas pour elles que tu dis ça,
c'est pour moi.

BRANCOUR.

Eh bien, je l'avoue... Et je me demande décidément si Le Hercheur est une bonne relation
pour de simples bourgeois comme nous.

GERMAINE.

Ecoute, Julien... je suis un peu interloquée...
car c'est la première fois que tu me fais des
observations pareilles... Pourquoi aujourd'hui
plutôt qu'hier ou avant-hier? Je ne comprends
pas. Ce que je vois, c'est que tu ne veux plus
que nous fréquentions Le Hercheur. Ne le fré-
quentons plus, mon ami, ça m'est complètement
indifférent.

BRANCOUR.

A la bonne heure! Voilà ce que je voulais
obtenir de toi !

GERMAINE.

N'en parlons plus. Seulement, je te préviens
que nous allons commettre une gaffe.

BRANCOUR.

Une gaffe ?

GERMAINE.

Oui... car s'il y avait des potins, ne t'imagine pas que tu les arrêterais avec ces manières-là !

BRANCOUR.

Pourquoi ?

GERMAINE.

Le Hercheur est, depuis longtemps, reçu dans notre intimité ; tous nos amis le voient chez nous régulièrement. Ils ne trouvent rien à redire à sa présence. Tu as toujours accepté la petite cour plus ou moins discrète qu'il me fait sous tes yeux parce que ça me distrait quand tu es à l'usine. Maintenant, tu prétends qu'il y a des potins ; je les ignore, et, jusqu'aujourd'hui, tu les ignorais toi-même. Ils ne sont donc pas bien vieux. Tu ne me dis même pas en quoi ils consistent, je ne le cherche pas... C'est ton affaire. Mais il paraît qu'il y a des potins. Eh bien, mon ami, quand on va voir Le Hercheur cesser brusquement ses visites chez nous, alors, oui, il y aura des potins ! Et, cette fois, nous saurons lesquels !

BRANCOUR.

Eh bien, on se demandera pourquoi il ne vient plus, mais on ne se demandera plus pourquoi il vient.

GERMAINE.

A ton aise... Par exemple, tu vas faire cette commission toi-même. Le Hercheur doit venir déjeuner, tu lui diras ça au dessert ! Je suppose que tu ne comptes pas sur moi !...

BRANCOUR.

Oh ! il ne me fait pas peur... Je le lui dirai bien à l'occasion ! Mais nous n'en sommes pas

14

là. Il ne s'agit que de lui faire comprendre une certaine situation. Il me semble que c'est plutôt ton affaire que la mienne.

GERMAINE.

C'est entendu, mon ami, c'est compris. Je vais avoir une explication avec Le Hercheur et je vais le congédier, sois tranquille. Je vais lui dire : « Mon mari est jaloux de vous. Tout le monde prétend que je suis votre maîtresse. Ça froisse Julien. Il ne faut plus nous voir ! »

BRANCOUR.

Comme c'est spirituel et délicat...

GERMAINE.

Trouve mieux, mon ami, trouve mieux.

BRANCOUR.

Ce ne sera pas difficile... Et, pour commencer, je lui écrirai demain que je refuse ton invitation.

GERMAINE.

Excellente idée ! Mais il ne faut pas faire ça demain... il faut le faire sans retard.

BRANCOUR.

Mais je le ferai après déjeuner.

GERMAINE.

Non ! non ! tout de suite,... Je suis curieuse d'assister à ça...

BRANCOUR.

Comme tu voudras.

(Entre Hector.)

GERMAINE.

Le voici... Le Hercheur !

HECTOR.

Madame ?...

GERMAINE.

J'ai transmis à mon mari votre aimable invitation.

HECTOR.

Oui, cher ami... Ce sera une véritable attraction. Je viens de recevoir une dépêche du chevalier Pianoli : *Considère comme le plus beau jour de ma vie celui où tirerai contre illustrissime professor d'Astarac chez vous. Vous embrasse tous. Pianoli.* (Parlé.) J'ai fixé la fête au 5 octobre, dans un mois. J'ai invité tous mes amis, et je compte sur vous.

BRANCOUR.

Malheureusement, mon cher Le Hercheur, c'est impossible. Nous ne pourrons, ni ma femme ni moi, assister à cette belle fête sportive.

HECTOR.

Que me dites-vous là?

BRANCOUR.

Ici, à Aix, nous nous reposons, nous cherchons des distractions... Mais à Paris, mon cher, c'est le travail, la vie sérieuse... et j'ai décidé d'ailleurs de changer complètement mon existence. Ne comptez donc pas sur nous.

HECTOR.

Mais c'est un désastre, Brancour! Je ne peux pas accepter ça, ça dérange tout mon programme. Après l'assaut Pianoli-d'Astarac, j'avais eu une idée artistique : la reconstitution du duel au seizième siècle.

GERMAINE.

Ah! charmant!

HECTOR.

N'est-ce pas, chère madame? Et pour finir, je vous avais réservé une surprise. Je voulais don-

ner quelques assauts d'amateurs estimés et je me
faisais une joie de me mesurer avec vous.

GERMAINE.

Oh! ça non... mon mari n'est pas de force!

BRANCOUR.

Comment, pas de force!... Comment le sais-tu?

GERMAINE.

Oh! mon ami, c'est visible.

HECTOR.

Mais, pas du tout, j'ai vu maintes fois Brancour sur la planche, au cercle. Il a un fort joli
jeu.

GERMAINE.

Contre un amateur ordinaire, oui... Je ne l'en
empêcherais pas... mais contre vous... ce n'est
pas possible. N'est-ce pas, mon chéri?

BRANCOUR.

Pardon! Ça, ça me regarde!... Et du moment
qu'il s'agit de tirer contre Le Hercheur, c'est
différent! Et je serai fier de voir mon nom figurer
à votre programme en face du vôtre.

HECTOR.

A la bonne heure!... Alors, je puis annoncer?...

BRANCOUR.

Vous le pouvez.
(Cloche du déjeuner.)

HECTOR.

Je vais faire part de cette bonne nouvelle à tout
le monde.

BRANCOUR, à Germaine.

Eh bien! tu es contente? Tu es arrivée à tes
fins!

GERMAINE.

Tu as fait ce que tu as voulu, mon chéri. Moi,
je n'y suis pour rien.

*(Entrent par le fond Tencier, La Rombière, puis
Colette, Fernande et les Brissaud.)*

HECTOR, *allant à leur rencontre.*

Ah! mesdames... messieurs... une heureuse
nouvelle...

(Il leur parle à voix basse.)

TENCIER, *à Brancour.*

Voilà le courrier de l'usine! Je crois qu'il y a
des lettres importantes...

BRANCOUR.

Non, mon ami, non... Maintenant, c'est ton
affaire. Moi, j'ai d'autres préoccupations en tête.
Tu avais raison, il y a quelque chose entre ma
femme et Le Hercheur, et je saurai quoi...

HECTOR, *aux dames.*

... Et notre ami Brancour veut bien croiser le
fer avec moi. *(Se retournant.)* Brancour, en garde!

BRANCOUR.

En garde, Le Hercheur!

LE DOMESTIQUE.

Madame est servie!

GERMAINE, *à La Rombière.*

Votre bras, mon cher général.

ACTE II

Un salon chez Hector. Porte d'entrée au fond. Grande baie à droite qui peut se fermer par des rideaux et qui donne sur une grande salle d'armes. Contre la baie, en dehors, la planche d'assaut. A gauche, petite porte dissimulée. Mobilier oriental et disparate.

SCÈNE PREMIÈRE

HECTOR, ÉMILE.

(Au lever du rideau, Hector se promène de long en large.)

HECTOR.

Huit heures ! Voilà quatre heures que je l'attends !... Elle ne viendra pas... Elle ne viendra probablement pas !

ÉMILE, *entrant avec une table de dîner.*

Monsieur ?...

HECTOR.

Quoi ?

ÉMILE.

C'est le dîner... Monsieur doit se dépêcher, la fête est pour dix heures.

HECTOR.

Bah ! on n'arrivera pas avant neuf heures et demie. Servez-moi rapidement.

ÉMILE.

Voici, monsieur... Une tranche de pâté. Monsieur m'a dit qu'il mangerait légèrement à cause de l'assaut.

HECTOR.

Oui, ça va bien ! Il n'est rien venu pour moi ?

ÉMILE.

Si, monsieur.

HECTOR.

Un petit bleu ?

ÉMILE.

Deux, monsieur, deux !
(Il lui tend les petits bleus.)

HECTOR.

Donnez vite ! Voyons, cette fois-ci, voyons... *(Lisant.) J'ai pu me rendre libre... Attendez-moi ce soir huit heures. Germaine.* Ah ! Enfin ! C'est pour aujourd'hui ! Et l'autre ? Il est encore d'elle ? *Je ne peux me rendre libre. Ne m'attendez pas. Germaine.* Qu'est-ce que ça veut dire ? Est-ce qu'elle vient ? Est-ce qu'elle ne vient pas ? Elle a envoyé ces deux bleus en même temps. Elle n'a pas mis l'heure ! Quelle incertitude ! Quel supplice ? Émile ?

ÉMILE.

Monsieur ?

HECTOR.

Ces deux petits bleus sont arrivés ensemble ?

ÉMILE.

Je ne sais pas, monsieur. On me les a remis tout à l'heure, quand je suis rentré.

HECTOR.

Ah ! Quel est celui qui est arrivé le premier ?

ÉMILE.

Il n'y a qu'à voir l'heure, monsieur. Il n'y a qu'à voir l'heure.

HECTOR.

Où ça se voit-il?

ÉMILE.

Sur le timbre, monsieur. C'est marqué.

HECTOR.

Regardez. Je n'y comprends rien.

ÉMILE, *regardant.*

Tenez, monsieur! C'est celui-là le premier.

HECTOR.

Alors, c'est l'autre qui est le bon? Voyons? Vous en êtes bien sûr, Emile?

ÉMILE.

Mais oui, monsieur?

HECTOR.

Ah! je tremble!... *(Ouvrant le bleu.)* Elle vient, Emile, elle vient!

ÉMILE.

Alors, je préviens madame Jacob, l'antiquaire?

HECTOR.

Naturellement. Recommandez-lui, pour cette fois-ci, la plus extrême réserve!

ÉMILE.

Bien, monsieur.

(Il sort par la petite porte de gauche.)

SCÈNE II

HECTOR, *seul, puis* MADAME JACOB,
puis EMILE.

HECTOR, *prend une clef, ouvre un secrétaire, tire un coffret plein de bleus.*

Mon supplice ! Un mois d'espoirs fous suivis de déceptions, rendez-vous accordés, contremandés un quart d'heure après ! Il est temps que cela finisse... ou plutôt que ça commence ! *(On frappe.)* Elle ! déjà ? Elle est en avance ! *(Il ouvre la petite porte de gauche.)* Comment ! C'est vous, madame Jacob ?

MADAME JACOB, *des épées à la main.*

Oui, monsieur Le Hercheur. Et je vous apporte une belle paire d'épées du seizième siècle... une paire d'épées ayant appartenu à...

HECTOR.

Eh ! il est bien question d'épées !... Vous n'avez donc pas vu mon valet de chambre ?

MADAME JACOB.

Oui, monsieur Le Hercheur... j'ai vu monsieur Emile.

HECTOR.

Il ne vous a donc pas dit qu'il allait venir une dame ?

MADAME JACOB.

Oui, il me l'a dit. Il va venir une dame dans ma boutique, n'est-ce pas ? Une dame avec une grande voilette épaisse. Elle demandera à voir des bibelots... elle m'en achètera un, puis, pendant que je détournerai complaisamment la tête, la dame prendra la petite porte du fond, grimpera l'escalier, et rentrera chez vous sans crainte d'être surprise. Il y a dix ans que j'ai loué la boutique et que tous les locataires de cet appartement se servent de ce petit truc pour recevoir les dames qui ne veulent pas entrer chez les garçons par la grande porte. Seulement, monsieur, je dois vous prévenir que je vais être obligée de la quitter, la boutique !

HECTOR.

Et pourquoi, madame Jacob ?

MADAME JACOB.

Parce que le propriétaire veut m'augmenter et que le commerce n'est plus possible ! Ainsi, par exemple, voici une paire d'épées du seizième siècle, ayant appartenu au célèbre baron Scarpia, que je ne peux pas arriver à vendre. Et elle est pour rien, la paire d'épées...

HECTOR, indifférent.

Ah !

MADAME JACOB.

Je la donnerais volontiers pour cinq cents francs... Je vous la laisse, n'est-ce pas ? Pourvu que j'aie les cinq cents francs demain à midi. C'est le jour du terme.

HECTOR.

Madame Jacob, voilà dix fois que vous me vendez cinq cents francs des objets qui n'ont d'autre valeur que celle que vous voulez bien leur accorder. Savez-vous de quel nom des malveillants appelleraient ce que vous faites, madame Jacob ?

MADAME JACOB.

Oui, monsieur, ils appelleraient ça du chantage. Mais cela prouverait qu'ils ne connaissent pas les difficultés du commerce moderne, et qu'ils parlent à tort et à travers.

HECTOR.

Parfaitement. Voici vos cinq cents francs, madame Jacob. N'oubliez pas votre terme...

MADAME JACOB, *prenant les billets.*

Merci, monsieur Hector...

HECTOR.

Descendez vite à votre boutique, madame Jacob... Il est l'heure !

MADAME JACOB, *sur le pas de la porte.*

Oui... Savez-vous à qui il louerait la boutique, le propriétaire, si je m'en allais ? A une librairie biblique, monsieur Hector ! Et je ne vois pas une librairie biblique favorisant... *(Entre Émile.)* Allons, je descends... Monsieur Hector, vous pouvez compter sur moi.

(Elle sort.)

HECTOR, *tendant les épées à Émile.*

Débarrassez-moi de ça... et desservez.

ÉMILE.

Alors, monsieur attend une dame ?

HECTOR.

Oui, Emile.

ÉMILE.

Avant l'assaut ? Ça regarde monsieur.

HECTOR.

Comme vous dites.

ÉMILE.

Et c'est la dame mystérieuse qu'on attend toujours et qui ne vient jamais?

HECTOR.

Aujourd'hui, elle vient... Est-ce qu'on n'entend pas monter dans l'escalier?

ÉMILE.

Non, monsieur... Je ferai observer à monsieur que c'est la seule de ses maîtresses que je n'aurai pas connue. Je n'aime pas beaucoup pour monsieur les dames mystérieuses...

HECTOR.

Epargnez-moi vos réflexions... Ah! cette fois-ci, j'entends... Allez-vous-en, n'est-ce pas.

ÉMILE.

Bien, monsieur.

(Il sort par la baie, en laissant les épées sur un meuble. Hector va à la petite porte qu'il entr'ouvre, guette un instant.)

HECTOR, *à demi sorti.*

La voici! La voici!

(Il ouvre largement la porte. Germaine entre. Elle a des plats d'étain sous le bras.)

SCÈNE III

HECTOR, GERMAINE.

HECTOR.

Vous! Vous!

GERMAINE.

Oui, c'est moi! Et comment suis-je ici? Ça, je ne me l'expliquerai jamais. Enfin, j'y suis! Fer-

mez la porte! Bien!... Et puis, que je me débar-
rasse de ça!

(Elle pose les plats.)

HECTOR, *lui prenant les mains.*

Germaine... ma Germaine!...

GERMAINE, *se dégageant et relevant sa voilette.*

Laissez-moi d'abord regarder où je suis...
Quelle est cette pièce?

HECTOR.

Un petit salon attenant à la salle d'armes..
(Désignant la baie.) La salle d'armes est là...

GERMAINE.

Il n'y a personne, j'espère?

HECTOR, *avec reproche.*

Comment?...

GERMAINE.

Il n'y a pas de maître d'armes?

HECTOR.

Pas encore! La soirée est pour dix heures.
Nous avons deux bonnes heures.

GERMAINE.

Comment, deux bonnes heures! Vous vous
imaginez que je resterai ici jusqu'à ce que mon
mari arrive?... Mais je resterai à peine un quart
d'heure, pas une minute de plus. Et ce quart
d'heure-là, vous le devez à une scène épouvantable que Julien m'a faite tantôt!

HECTOR.

Il vous a fait une scène?... Et de quel droit?

GERMAINE.

Ça couvait depuis un mois. Il est en pleins
soupçons. C'est incroyable! Lui qui a toujours
été d'un caractère confiant, il ne pense plus

qu'à vous, mon ami... Il ne me parle que de vous... Ah! vous ne savez pas ce que vous lui devez!

HECTOR.

Je ne veux rien lui devoir.

GERMAINE.

Si! si! A mon retour d'Aix, je ne demandais qu'à vous oublier... Et j'y serais parvenue sans difficulté. Il n'y a pas eu moyen!... Il n'était question que de vous, à table, au spectacle, dans l'intimité... partout, enfin, partout!

HECTOR.

N'insistez pas... Et comprenez ce qu'il y a de blessant pour moi...

GERMAINE.

Ah! très bien! Moi qui croyais vous faire plaisir! Enfin, n'importe,... Tous les matins, depuis un mois, j'étais résolue à vous céder.

HECTOR.

Bien!

GERMAINE.

Mais, l'après-midi, mon mari me quittait, alors j'étais seule et je réfléchissais...

HECTOR.

C'était le moment de m'appeler!

GERMAINE.

Eh bien, mon ami, c'est juste à ces moments que je n'y pensais plus... Au fond, j'ai la vie la plus tranquille du monde, un peu banale, mais tranquille, je suis aussi heureuse que peut l'être une honnête femme. Qu'allais-je chercher de plus? Qu'est-ce que vous me donnerez que je n'aie pas?

HECTOR.

La passion!

GERMAINE.

Oui! j'allais le dire... En effet, ça, ça me manque! Et encore, ça ne me manque que si mon mari me fait des scènes.

HECTOR.

Je me perds dans toutes ces subtilités... je vous assure que je m'y perds!

GERMAINE.

Oui. Vous, en dehors de la passion, il ne faut rien vous demander.

HECTOR.

Voilà! Vous me comprenez?

GERMAINE.

Enfin, tantôt, j'avais fait une chose héroïque : je vous avais envoyé un petit bleu pour vous dire de ne pas compter sur moi.

HECTOR.

Sans reproche, c'est une chose héroïque que vous faites tous les jours, à trois heures, depuis un mois...

GERMAINE.

Sans doute, mais aujourd'hui, je l'avais faite avec plus d'énergie... Je l'avais faite cette fois-ci avec la certitude que c'était bien fini, que je ne vous céderais jamais... J'étais très contente de moi.

HECTOR.

Ah! il y avait de quoi!

GERMAINE.

Oh! ça, ça rentre dans l'ordre des choses qui ne sont pas de votre spécialité. Donc, je reviens chez moi, pour m'habiller. Je tombe sur mon mari qui m'attendait depuis une heure. Il avait quitté l'usine, poussé par ses soupçons habituels; et il ose me demander : « D'où viens-tu? »

HECTOR.

Il a osé vous demander ça, à vous?

GERMAINE.

Oui, mon ami! Et, en me le disant, il me regardait d'une drôle de façon...

HECTOR.

Oh! on croit toujours que les maris regardent d'une drôle de façon; ils vous regardent très naturellement... les maris, ce sont des gens comme nous.

GERMAINE.

N'importe, ça m'a troublée, ça m'a indignée. Et je lui ai répondu : « Ça ne te regarde pas! »

HECTOR.

Bravo! Ça, c'est un mot de femme... Et alors?

GERMAINE.

Il est devenu très pâle... Et il est sorti en claquant la porte...

HECTOR.

Et puis?...

GERMAINE.

C'est tout. Ça ne vous suffit pas? Moi, ça m'a suffi... Il était vraiment trop injuste... Je ne pouvais pas rester là-dessus! Toutes les idées de vengeance me sont montées à la tête, et, brusquement, j'ai décidé que je serais votre maîtresse...

HECTOR.

Ah! Germaine! Ah! Germaine!

GERMAINE.

...que je serais votre maîtresse demain.

HECTOR.

Demain?

GERMAINE

Et je suis venue vous l'annoncer ce soir pour
que ce soit bien convenu, pour me couper toute
retraite, pour que vous ayez le droit de m'adresser des reproches sanglants si par hasard je
manquais à ma parole...

HECTOR.

Mais vous n'y manquerez pas, Germaine,
dites?... vous n'y manquerez pas...

GERMAINE.

Si j'étais capable d'y manquer, croyez-vous
que j'aurais fait cette chose stupide de venir ce
soir, dans votre appartement, dans cet appartement où je vais me retrouver tout à l'heure avec
mon mari! Croyez-vous que je serais allée chez
cette antiquaire, à qui j'ai acheté des plats
d'étain, affreux, d'ailleurs! A propos, vous trouvez ça très ingénieux, cette idée de passer par une
boutique d'antiquaire pour venir chez vous?

HECTOR.

Mais oui... De cette façon, si vous êtes recon-
nue, on ne peut pas s'étonner. Vous achetez des
plats d'étain, il n'y a rien de plus innocent!

GERMAINE.

Vous avez peut-être raison... Mais c'était une
impression. Cette boutique obscure! Cette vieille
dame trop respectable et qui a une façon de ne
pas vous regarder, une façon de ne pas sourire:
bien entendu, je n'insiste pas sur le prix des
petits objets affreux qu'on lui achète, parce que
ça c'est plutôt comique! Et enfin cet escalier
dérobé! cette porte! Vous direz ce que vous voudrez, mon ami, c'est suspect. Je ne sais pas si la
grande porte ne vaut pas mieux!

15

HECTOR, *lui prenant les mains.*

Ma chérie ! ma chérie ! Ne pensons plus à ça, ne pensons plus qu'à nous ! Vous êtes là ! c'est vous ! Je ne peux pas y croire !

GERMAINE.

Moi non plus... C'est tellement stupide, ce que je fais en ce moment... sans compter ce que je vais faire demain !... Tenez ! tenez ! Dites-moi vite que vous m'aimez, que vous m'adorez, que, si je n'étais pas venue aujourd'hui, vous auriez été capable de toutes les folies !

HECTOR.

Oui, Germaine, oui... oui !

GERMAINE.

Dites-moi tout ce qu'il faut pour cacher l'absurdité de cette action... Dites-le-moi vite ! vite ! Dites-le-moi de façon que je n'en puisse pas douter ou je ne réponds plus de rien !

HECTOR, *avec passion.*

Je vous adore, Germaine... Je vous aime ! Je vous désire follement...

(Il la prend dans ses bras.)

GERMAINE.

Follement, n'est-ce pas ?

HECTOR.

Follement !

GERMAINE.

A la bonne heure !

HECTOR.

Oui, c'était fatal... Un amour comme le mien entraîne tout comme un torrent ! Je vous voyais hésiter, mais je me disais : « Nous ne pouvons échapper ni l'un ni l'autre à cette fatalité. »

GERMAINE.

Comme c'est vrai! Vous avez raison. C'est idiot, ça va nous entraîner dans des complications sans nombre... Mais c'est fatal! je commence à croire que c'est fatal.

HECTOR, *lui embrassant les mains.*

Ma chérie... A demain, n'est-ce pas? Cette soirée va me sembler interminable... Heureusement que je vais dépenser de l'énergie, que je vais pour ainsi dire me battre... Et j'aurai ainsi l'impression que je me bats pour vous...

GERMAINE.

Et moi, pendant ce temps-là, je songerai à demain! Et nous sommes déjà des complices... des complices d'un crime qui n'est pas encore commis.

HECTOR.

Ce sera magnifique... et compliqué!

GERMAINE.

Maintenant, laissez-moi. Ne m'embrassez plus... Je dîne rapidement chez Fernande, en garçons... Je suis capable d'être très émue ce soir. C'est là qu'on va se battre?

HECTOR.

Oui... Voulez-vous jeter un coup d'œil?
(Il la mène à droite et allume. On aperçoit des rangées de chaises et une planche.)

GERMAINE.

Volontiers. C'est impressionnant! Ça fait passer un frisson. Il n'y a pas de danger, j'espère?

HECTOR.

Aucun.

GERMAINE.

Oh! je suis restée plus qu'un quart d'heure...

Je suis en retard : Fernande m'attend... je me
sauve ! A ce soir, mon ami.

HECTOR.

A ce soir... et à demain.

GERMAINE.

A demain. Au fait ! je vous enverrai peut-
être deux ou trois petits bleus pour vous dire que
je ne viens pas... mais je viendrai... je viendrai !
Vous avez ma parole. Ah ! rendez-moi mes plats.
Qu'est-ce que je vais en faire ? Tiens ! je vais les
donner à Tencier dont c'est demain la fête.

HECTOR.

Ah ! c'est sa fête ? Je n'y pensais plus. J'ai justement pour lui deux épées du seizième... du
seizième siècle... C'est un amateur.

GERMAINE.

Merci pour lui !... Adieu ! A demain... *(Se retournant au moment de sortir.)* Si je ne venais pas demain,
vous vous tueriez, n'est-ce pas ?

HECTOR.

Oui... je vous le jure !

GERMAINE.

Je viendrai, alors, je viendrai !... Adieu !
(Elle sort par la petite porte de gauche.)

SCÈNE IV

HECTOR, *puis* LA ROMBIÈRE, *puis* PIANOLI
et D'ASTARAC.

HECTOR, *seul, allant sonner.*

Plus j'aime cette femme, moins je la comprends !
(Emile entre.) Emile, mon costume est préparé ?

ÉMILE.

Oui, monsieur. J'ai préparé le costume blanc comme monsieur me l'avait dit, celui qui fait valoir le torse et les jambes.

HECTOR.

Bien. *(Faisant des pliés.)* Je me sens d'ailleurs, ce soir, dans une forme extraordinaire.

LA ROMBIÈRE, *qui est entré, annoncé par Émile.*

En effet, mon ami... Vous êtes superbe! Le poignet?

HECTOR.

En fer, mon cher président! tâtez plutôt!

LA ROMBIÈRE, *tâtant.*

Oui... Je viens de bonne heure parce que j'ai reçu la visite du professeur d'Astarac, notre maître d'armes. Il m'a dit que le chevalier Pianoli, hier, dans un assaut, avait nié les coups avec un cynisme révoltant. Il disait, toutes les fois : *(Avec l'accent italien.)* « Il a passé! » Et d'Astarac est très ennuyé de tirer ce soir avec lui dans ces conditions-là.

HECTOR.

Rassurez-vous, j'ai trouvé le moyen d'arranger ça. On tirera à l'épée à pointe d'arrêt.

LA ROMBIÈRE.

Tenez, voici justement le chevalier Pianoli.

HECTOR, *à Pianoli qui entre.*

Mon cher chevalier, soyez le bienvenu. Vous êtes le héros de cette belle fête sportive, et qui marquera dans les annales de l'escrime... Tout Paris va vous acclamer ce soir.

PIANOLI.

Ze n'en doute pas, cer monsieur Le Hercheur...

Nous savons, de l'autre côté des Alpes, que vous êtes oun amator di primo cartello ! Ze souis heureux de tirer ce soir avé lé professor d'Astarac.

LA ROMBIÈRE.

C'est une lame digne de vous.

PIANOLI.

Oui, zénéral-comte ! Mais il a une furieuse manie. Celle de nier les coups de bouton !

HECTOR.

Soyez tranquille, vous allez tirer à pointe d'arrêt. Vous savez ? les pointes qui dépassent et qui déchirent le plastron.

PIANOLI.

Ze n'osais pas vous le demander. Ze souis content : de cette façon, ze le mettrai en pièces ! Ah ! le voici.

D'ASTARAC, entrant.

Messieurs...

HECTOR, allant à lui.

Mon cher maître... Le chevalier nous disait toute sa joie de lutter ce soir avec vous.

D'ASTARAC, à Pianoli.

Chevalier !... (Il lui serre la main.) Ce sera le plus grand honneur de ma vie de m'être rencontré avec le champion de l'escrime italienne !...

PIANOLI.

L'honneur ne sera pas moins grandiose pour moi, illustrissime professor. Vous représentez pour nous cette école française, si belle, mais si difficile...

D'ASTARAC.

Pourquoi difficile ?

PIANOLI.

Parce qu'il faut toucher les gens au cœur, ou bien ça ne compte pas... On a beau avoir le ventre traversé, ça ne compte pas! Le poumon, ça ne compte pas! Le foie, la gorge, les cuisses, ça ne compte pas!

D'ASTARAC.

Et vous, vous êtes le chef de cette magnifique école italienne si pittoresque et si tumultueuse, où l'on bondit, où l'on rugit, où l'on se roule par terre, et qui a su réunir si heureusement le bâton et la course à pied!

PIANOLI.

Trop gracieux, illustrissime professor!

LA ROMBIÈRE.

Messieurs... si vous voulez essayer la planche!

PIANOLI.

A vos ordres, zénéral-comte.

LA ROMBIÈRE.

Je vous montre le chemin.

D'ASTARAC, *s'effaçant.*

Après vous, chevalier... A vous l'honneur...

PIANOLI.

Par obéissance.

D'ASTARAC.

Faites.

(*Tous trois sortent par la baie, entre Émile.*)

ÉMILE, à *Hector.*

Monsieur! Madame la baronne de Kenler désire parler à monsieur à l'instant.

HECTOR.

Je ne la connais pas !

ÉMILE.

Eh ! si ! Monsieur la connaît parfaitement. C'est mademoiselle Julia Raisin.

HECTOR.

Allons donc ! Qu'elle entre, voyons, qu'elle entre !...

(Émile introduit Julia.)

SCÈNE V

HECTOR, JULIA, *puis* TENCIER, *puis* BRANCOUR.

JULIA.

Bonjour, mon chéri... Bonjour, mon bon Hector !

HECTOR, *lui embrassant la main.*

Ma petite Julia !... Comment, tu es baronne et je ne le savais pas !

JULIA.

Oui, j'ai fini par épouser le baron Kenler... Tu te rappelles ? Kenler que je quittais tout le temps pour me mettre avec toi ?

HECTOR.

Pardon ! Pardon ! C'est moi que tu quittais tout le temps pour te remettre avec lui.

JULIA.

Si tu veux ! A la longue, il en a eu assez ! Il m'a mise en demeure de choisir entre vous

deux. Tu venais de me lâcher salement à Aix-
les-Bains. Je n'ai pas hésité. Mais je suis très
contente de te revoir. On peut t'embrasser?

HECTOR.

Non, non, on ne peut pas m'embrasser. Je
donne une grande fête ce soir.

JULIA.

Oui, je l'ai lu dans les journaux. Tu m'invites,
j'espère?

HECTOR.

Sans ton mari! Ce n'est pas possible.

JULIA.

Oh! j'ai l'intention de ne rester qu'un petit
quart d'heure, le temps de voir quelques femmes
du monde. D'ailleurs, je suis à l'Opéra avec des
amis, je ne viens que dans un entr'acte. Ensuite,
je dois aller rejoindre Kenler au cercle.

HECTOR.

Il n'est donc plus jaloux, Kenler?

JULIA.

Au contraire, il m'a dit sévèrement: «Maintenant que nous sommes mariés, plus de ces
allées et venues de moi à Le Hercheur et de Le
Hercheur à moi. Je ne le souffrirais pas. »

HECTOR.

Il a raison, plus d'allées et venues, ce serait
très imprudent. Allons, ma petite Julia, viens
dans le salon, tu vas y retrouver nos camarades,
tu seras bien gentille et tu t'en iras après
l'assaut Pianoli-d'Astarac.

JULIA.

C'est ça. Laisse-moi t'embrasser, dis?

HECTOR.

Non, non... pas ce soir. Voici du monde.
                (Entre Tencier.)
                        TENCIER.

Monsieur Le Hercheur! J'arrive un des premiers. Ce n'est pas que ce genre de spectacle
m'intéresse beaucoup... Mais j'ai accompagné
Julien.

                        HECTOR.

Ah! Brancour est là? Je vais lui montrer où
l'on s'habille.

                        TENCIER.

Inutile! Il est venu tout habillé. Il est très
bien.

                        JULIA.

Est-ce qu'on peut le voir?

                        TENCIER.

Mais regardez... Le voici!

                BRANCOUR, *entrant.*

Chère madame... Bonsoir, Le Hercheur.

                        JULIA.

Mes compliments, monsieur Brancour. Vous
êtes superbe!

                        HECTOR.

Il faut que je m'habille aussi... Venez, baronne,
que je vous conduise au salon.

                        TENCIER.
Baronne?

                        JULIA.

Oui... baronne Kenler... Je suis mariée.

                        HECTOR.

Ne dis donc pas ça à tout le monde! Tu finiras
par te faire du tort... Allons, viens...
                (Il l'entraîne.)

SCÈNE VI

TENCIER, BRANCOUR.

TENCIER.

Te voilà déguisé en spadassin ! Ah ! tu es beau !

BRANCOUR.

N'est-ce pas ?

TENCIER.

Et c'est avec Le Hercheur que tu vas croiser le fer ?

BRANCOUR.

Tu le sais bien.

TENCIER.

Il est dix fois plus fort que toi, Le Hercheur !

BRANCOUR.

Je ne l'ignore pas.

TENCIER.

Et il te flanquera une râclée abominable !

BRANCOUR.

Je ne dis pas non.

TENCIER.

Cette idée a l'air de t'amuser !

BRANCOUR.

Elle ne me déplaît pas.

TENCIER.

Enfin, je t'ai donné mon opinion là-dessus en dînant : je me garderai d'y revenir. Tu te conduis avec la dernière maladresse et une imprudence sans égale. Tu vas te rendre ridicule devant tout le monde, et en particulier devant ta femme, et au profit de qui ? de Le Hercheur ! Tu entends ce que je te dis ?

BRANCOUR.

J'entends !

TENCIER.

D'ailleurs, il est absurde de ta part d'être venu ce soir chez Le Hercheur ! Je ne comprendrai jamais qu'on serre la main d'un monsieur qui fait la cour à votre femme ni qu'on accepte ses invitations. Tu me répondras que c'est du dilettantisme et de la confiance ! Mais, moi, je trouve que ces familiarités apparentes entre gens qui devraient se détester ont quelque chose d'immoral !

BRANCOUR.

Je ne déteste pas Le Hercheur.

TENCIER.

Tu as tort. Moi, il ne m'a jamais rien fait et je le déteste !

BRANCOUR.

Parce que tu es un sentimental. Je suis un homme plus positif que toi. Quand j'aurai une raison certaine de haïr Le Hercheur, sois tranquille... Mais je n'avais aucun prétexte valable, vis-à-vis de Germaine, pour refuser cette invitation que j'avais acceptée à Aix. C'eût été un acte de jalousie... et je ne suis pas jaloux, je ne veux pas l'être. Mais il y a une chose que je ne supporte pas, c'est l'indécision. Ce qui est capital, pour moi, vois-tu, ce n'est pas d'être trompé... C'est de n'en être pas sûr ! Oh ! si je suis trompé, je ne dis pas que je rirai aux éclats : mais, au moins, je serai fixé !

TENCIER.

Tu fais le malin. Si tu étais trompé, tu ferais

comme les autres. Et je m'y connais ! Car j'ai de
ces choses-là une expérience qui remonte à ma
quinzième année, date où je fus trompé pour la
première fois. J'ajoute que, depuis, je n'ai pas
cessé de l'être.

BRANCOUR.

Mais, moi, je ne suis pas comme toi ! Je n'ai pas
le temps de souffrir. Aussi, j'ai pris une résolution énergique !

TENCIER.

Et quelle bêtise as-tu faite ?

BRANCOUR.

J'ai risqué une démarche dont je ne suis pas
autrement fier, d'ailleurs : depuis deux jours, j'ai
fait suivre Germaine !

TENCIER.

Mais c'est abominable, mon ami !

BRANCOUR.

Tu n'as donc jamais employé ce moyen-là ?

TENCIER.

Si ! très souvent... Mais il s'agissait de mes
maîtresses ! Ça n'a aucun rapport. Ta femme est
incapable de te tromper.

BRANCOUR, *tirant sa montre.*

Je saurai ça dans dix minutes ; oui, mon vieux
Tencier, dans dix minutes, je saurai, heure par
heure, tout ce que ma femme a fait depuis deux
jours. J'attends un monsieur très bien qui s'est
chargé de cette petite besogne.

TENCIER.

Tu l'attends ici ?

BRANCOUR.

Ici même. Et quand je serai fixé, d'une façon ou d'une autre, je me remettrai au travail.

TENCIER.

Tant mieux ! Car c'est moi qui fais tout à la maison.

BRANCOUR.

Aussi, elle périclite de jour en jour.

(Paraît Colette.)

SCÈNE VII

Les Mêmes, COLETTE.

COLETTE.

Eh bien, qu'est-ce que vous faites là, tous les deux ? On est arrivé ! Ça va commencer... Ça va être palpitant ! Moi, rien que ces costumes, ces épées, ça me fait battre le cœur !

BRANCOUR.

Vous êtes très impressionnable, Colette.

COLETTE, à *Brancour*.

Que je vous regarde, vous ! Je ne vous avais jamais vu dans cette tenue-là !

TENCIER.

Et comment le trouvez-vous ?

COLETTE.

Il me plaît beaucoup. *(A Brancour.)* Et moi, est-ce que je vous plais, ce soir ? Voyons ! Répondez ! C'est Tencier qui vous gêne ? On pourrait lui demander de nous laisser seuls un instant !

TENCIER.

Oh ! Avec plaisir ! Je ne tiens pas à assister à ces spectacles-là !

BRANCOUR.

Non ! Non ! tu n'es pas de trop.

COLETTE.

Mais si, il est de trop. Vous n'êtes guère gentil ce soir... Qu'est-ce que vous avez? Des ennuis ?

BRANCOUR.

Justement.

COLETTE.

Racontez-les-moi... Qu'est-ce que je cherche, moi? C'est un homme qui me raconte ses ennuis... parce que alors je le consolerais... Voilà des mois que je n'ai consolé personne... Voyons ! Julien... dites-moi que vous êtes malheureux, ça m'intéresse.

BRANCOUR.

Je ne suis pas malheureux pour le moment, mais ça peut venir, on ne sait pas.

COLETTE.

Et alors, vous penserez à moi ?

BRANCOUR.

Je vous le promets.

COLETTE.

Vous me donnerez la préférence ?

BRANCOUR.

Vous avez ma parole.

COLETTE.

Dites donc, Tencier, vous qui vous y connaissez? Est-ce que je peux considérer ça comme une déclaration ?

TENCIER.

Moi, je n'appelle pas ça une déclaration. J'appelle ça un manque de respect sinon pour vous, du moins pour moi.

COLETTE.

Ça ne fait rien. J'ai sa parole, ça me suffit pour ce soir. *(A Brancour.)* Mais je vous préviens que, la prochaine fois, je serai plus exigeante.

(Entre Germaine.)

SCÈNE VIII

Les Mêmes, GERMAINE.

GERMAINE.

Ah ! Julien ! Bonsoir, Tencier... Vous avez dîné tous les deux !

TENCIER.

Oui, chère madame.

GERMAINE.

A la maison ?

TENCIER.

Chez vous. Et j'ai beaucoup regretté votre absence.

BRANCOUR.

Tu n'aurais pas été de trop.

GERMAINE.

J'ai dîné chez Fernande, tu le sais bien ! C'était convenu depuis hier.

BRANCOUR.

Vous êtes venues ensemble ?

GERMAINE.

Parfaitement ! (*Un temps.*) C'est toi qui avais téléphoné à Fernande à huit heures?

BRANCOUR.

En effet...

GERMAINE.

Pour savoir si j'étais bien là?

BRANCOUR.

Non ! Pour t'accompagner, si tu n'avais pas voulu, par hasard, venir ici toute seule.

GERMAINE.

Je ne venais pas toute seule, je venais avec Fernande.

BRANCOUR.

Mais rien n'est plus naturel !

ÉMILE *entre et tend une carte à Brancour, à part.*

Ce monsieur demande monsieur Brancour.

BRANCOUR.

Ah ! bon ! j'y vais... (*A Tencier.*) C'est lui...

TENCIER.

Qui ça, lui?

BRANCOUR.

Le monsieur très bien dont je viens de te parler.

TENCIER.

Tu as tort d'y aller ! je t'assure que tu as tort. Ta femme est la plus honnête de la terre !

BRANCOUR.

Je n'en doute pas. Mais j'aime mieux en être sûr.

TENCIER.

Je t'attends ici. Ma parole, je suis plus ému que toi !

16

GERMAINE, à *Brancour.*

On vient te chercher ici ?

BRANCOUR.

Oui... c'est une affaire de l'usine pour laquelle il
faut que je donne une réponse ce soir... Tu permets que je te quitte un instant ? *(Il sort.)*

GERMAINE, à *Tencier.*

Rien de grave, j'espère ?

TENCIER.

Rien que je sache.

SCÈNE IX

LES MÊMES, *moins* BRANCOUR, HECTOR *(habillé)*,
puis LA ROMBIÈRE, MONSIEUR *et* MADAME
BRISSAUD, *puis* D'ASTARAC *et* PIANOLI, FER-
NANDE, INVITÉS.

HECTOR, *suivi de Pianoli et de d'Astarac.*

Mesdames ! On va commencer ! Permettez-moi
de vous présenter le chevalier Pianoli et le professeur d'Astarac qui vont avoir l'honneur de se
mesurer devant vous.

PIANOLI.

Trop honoré, mesdames, de tirer devant une
aussi flatteuse assistance et avec un si redoutable
adversaire, gloire des armes françaises !

D'ASTARAC.

Vous me remplissez de confusion !

PIANOLI, à *Colette et à Germaine.*

Vous n'avez jamais assisté, mesdames, à ce
spectacle passionnant ?

COLETTE.

J'en suis toute frémissante...

HECTOR.

Et voici mes amis, monsieur le vicomte de Frangy et monsieur La Chaux Braisée.

DE FRANGY.

Nous allons avoir l'honneur de reconstituer devant vous, mesdames, un de ces tragiques duels à l'épée et à la dague.

LA CHAUX BRAISÉE.

Un de ces duels dont nous regrettons chaque jour la disparition.

PREMIÈRE DAME.

C'est vrai, pourtant, que les duels de nos jours ne sont plus assez excitants !

DEUXIÈME DAME.

Ils avaient de la chance de se battre dans ces costumes.

TROISIÈME DAME.

Est-ce que ça ne finira pas par une reprise de boxe ?

HECTOR.

De la boxe chez moi, madame ? jamais !

LA ROMBIÈRE.

Messieurs les professeurs, quand vous voudrez !

MADAME BRISSAUD, à Hector.

C'est celui-là, le professeur Pianoli ?

HECTOR.

Lui-même.

MADAME BRISSAUD.

Vous ne pourriez pas m'obtenir sa signature pour mon éventail ?

PIANOLI.

J'ai entendu, madame. Vous permettez? Immédiatement.

MADAME BRISSAUD.

Oh! maître, que vous êtes bon!

(Ils s'éloignent.)

BRISSAUD, à *Hector.*

C'est vous qui tirez avec Brancour?

HECTOR.

Oui, cher ami.

COLETTE.

Quel est le plus fort de vous deux? C'est vous, n'est-ce pas?

BRISSAUD.

Oh! de beaucoup!

HECTOR.

Mais, pardon! Brancour n'est pas un adversaire à dédaigner! Il manque un peu d'entraînement, voilà tout! *(A Brissaud.)* Voulez-vous faire placer les invités, cher ami? Mesdames, si vous voulez bien entrer par ici?...

TENCIER, à *Fernande.*

Mademoiselle Fernande, je vous ai fait réserver une place près de moi, si cette proximité ne vous est pas désagréable!

FERNANDE.

Elle me charme, cher monsieur Tencier. Je suis ravie! *(A Germaine.)* Je ne vois pas Julien... où est-il donc?

GERMAINE.

Il est sorti un instant, je ne sais pas trop pourquoi.

FERNANDE.

Il n'a pas fait d'observation sur notre petite escapade?

GERMAINE.

Quelques mots aigres-doux, comme d'habitude.

FERNANDE.

Quel air avait-il en te trouvant ici ?

GERMAINE.

Celui qu'il a tout le temps, maintenant, glacial, soupçonneux et insupportable. Tu n'as pas remarqué?

FERNANDE.

Mais non! Je remarque seulement qu'il est un peu plus nerveux que d'habitude. Et c'est peut-être de ta faute! Toi aussi, tu as un peu changé...

GERMAINE.

Moi?... Jamais de la vie!

FERNANDE.

Si! si! Je te connais bien, va! Et je te trouve un air bizarre, ce soir! Tu ne me caches rien?

GERMAINE.

Rien du tout!

FERNANDE.

Bien vrai?

GERMAINE.

Je t'assure...

FERNANDE.

Tu n'es pas sur le point de faire une grosse bêtise?

GERMAINE.

Ça m'étonnerait. Enfin! tout est possible!

ÉMILE, *s'approchant d'Hector.*

Un petit bleu pour monsieur.

HECTOR, *regardant le bleu.*

C'est d'elle! C'est encore d'elle! Mais qu'est-ce

qu'elle peut me dire? c'est effrayant! *(Voyant que Fernande a quitté Germaine il s'approche.)* Germaine! Je reçois ça à l'instant... je n'ose pas le lire... Qu'est-ce qu'il y a encore?

GERMAINE.

Ah! C'est le pneu que je vous ai envoyé en sortant de chez vous...

HECTOR.

C'est affolant! C'est terrible! *(Il ouvre le bleu et lit.)* *Décidément, mon ami, ce serait une folie! Ne comptes pas sur moi! Adieu pour toujours.* Oh!

GERMAINE.

Mais il y a un post-scriptum! Lisez le post-scriptum.

HECTOR.

Ah! c'est vrai... *(Lisant.) Toutes réflexions faites, je viendrai. A demain.* Merci, ma chérie, merci.

GERMAINE.

Vous ne trouvez pas que mon mari paraît, ce soir, plus nerveux que d'habitude?

HECTOR.

Mais non! Il est un peu ému parce qu'il va tirer avec moi : c'est tout naturel. Venez voir les préparatifs.

(Ils s'éloignent. Les autres invités sont sortis par la baie, sauf Tencier qui est resté un peu en arrière. Entre Brancour.)

SCÈNE X

BRANCOUR, TENCIER.

TENCIER.

Eh bien?

BRANCOUR.

Ah! mon ami... Quelle joie! quel soulagement!
On a beau dire, ça fait plaisir!

TENCIER.

Alors, tu es rassuré?

BRANCOUR.

Entièrement, mon ami!

TENCIER.

Sacrebleu! moi aussi.

BRANCOUR.

J'ai été stupide! j'ai été aussi bête que toi.
Germaine n'a fait depuis deux jours que les démarches les plus innocentes, les plus naturelles!
Et le louche gentleman qui me les énumérait ne
pouvait pas se douter du dégoût et de la reconnaissance que j'avais pour lui! Je ne regrette
pas mon argent. Tiens! j'ai envie de t'embrasser
ou plutôt d'embrasser ma femme!

TENCIER.

J'aime mieux ça!

BRANCOUR, *voyant entrer Germaine.*

Et je vais le faire immédiatement.

(Il s'avance vers elle les bras tendus.)

GERMAINE.

Eh bien ! Qu'est-ce qui te prend? qu'est-ce qui te prend?

TENCIER.

Je vous laisse. Il va encore vous faire une scène !

(Il sort. Émile ferme les rideaux.)

SCÈNE XI

BRANCOUR, GERMAINE.

GERMAINE.

Encore une scène !...

BRANCOUR, *riant.*

Mais non, ma chérie, c'est une plaisanterie de cette brute de Tencier... Te faire une scène? moi! D'abord, je ne t'en ai jamais fait... J'ai pu te montrer parfois un peu de mauvaise humeur...

GERMAINE.

Un peu! Tu appelles ça un peu?

BRANCOUR.

Mais de là à une scène, à une vraie scène... il y a loin! En tout cas, c'est fini !...

GERMAINE.

Alors, tu te rends compte que tu as été odieux depuis un mois?

BRANCOUR.

Je m'en rends très bien compte... Et j'en suis navré... je m'en excuse... Ma petite Germaine, tu es la femme la plus exquise, la plus dévouée, la plus loyale! Et moi, je ne suis qu'un imbécile et un être absurde d'avoir un instant douté de toi.

GERMAINE.

Comment! tu as douté de moi?

BRANCOUR.

Non... non... même pas...

GERMAINE.

Mais si! mais si! Et qu'est-ce qui te donnait ce droit? Veux-tu me le dire? Qu'avais-tu à me reprocher?

BRANCOUR.

Rien! rien! J'ai eu tort... j'ai eu tous les torts! Je me mets à ta discrétion. Que te faut-il de plus?

GERMAINE.

Oui... tout ça est très gentil... tu es bien aimable... Seulement, je ne comprends pas... A propos de quoi cette explosion subite de tendresse et de confiance? Je te quitte à sept heures, claquant les portes et me jetant des regards de colère. Je te retrouve trois heures après complètement transformé, tel que tu étais autrefois. Remarque... j'en suis enchantée. Mais je trouve cela singulier! Qu'est-ce qui s'est donc passé depuis sept heures du soir?

BRANCOUR.

Il ne s'est rien passé. Je suis revenu à la raison.

GERMAINE.

On ne revient pas à la raison sans raison. J'ai le droit de savoir... Quand tu me soupçonnais, je n'avais pas besoin d'explications... Mais, maintenant que tu ne me soupçonnes plus, il m'en faut une.

BRANCOUR.

A quoi bon ! Puisque tout cela est oublié !

GERMAINE.

Qu'est-ce qu'il y a d'oublié? Qu'est-ce qu'il y a
d'oublié? Que signifie ce mot-là? Tu avais donc
quelque chose à oublier! Je te prie d'être clair...
J'en ai assez, à la fin, de ta défiance sournoise et
de ces insinuations continuelles...

BRANCOUR.

Moi! j'insinue?...

GERMAINE.

Allons, sois franc une fois dans ta vie! Voyons?
On t'a parlé de moi! On t'a raconté des histoires
sur mon compte?

BRANCOUR, riant.

Mais non! mais non! On m'a dit que tu étais
la plus honnête des femmes, et la plus fidèle...

GERMAINE.

Et qui est-ce qui s'est permis de dire ça de moi?

BRANCOUR, riant.

Ce n'est pas une insulte.

GERMAINE.

On avait donc prétendu le contraire? Tu as
besoin maintenant de l'opinion des autres? Tu
n'es pas assez grand pour juger tout seul?

BRANCOUR.

Mais ne te monte pas la tête!

GERMAINE.

Enfin! il y a quelqu'un qui s'est occupé de moi!
Qui t'a donné des renseignements sur mon

compte! Quoi est-ce? Ce n'est pas Fernande?
Celle-là, j'en suis sûre... C'est donc Colette?

BRANCOUR.

Je te jure que non.

GERMAINE.

Je parie que c'est Tencior! Ce ne peut être que
lui! Je le devine d'ailleurs, depuis quelque temps
qu'il me surveille... Il est tellement méfiant, cet
être-là, qu'il l'est aussi pour le compte des autres... Il t'a peut-être conseillé de me faire suivre,
comme il faisait suivre toutes ses maîtresses?
(Un temps.) Tu ne m'as pas fait suivre, au moins?

BRANCOUR.

Jamais de la vie! Qu'est-ce que tu vas supposer là!

GERMAINE.

Et qui est cette personne qui est venue te
demander tout à l'heure?

BRANCOUR.

C'est de la part du contremaître... Pajot! Le
vieux Pajot.

GERMAINE.

Et c'est le vieux Pajot qui t'a fait réclamer ici,
de cette façon mystérieuse?

BRANCOUR.

Où prends-tu du mystère là dedans? Une affaire
de service assez pressée... C'est arrangé. Ah!
maintenant, rentrons là dedans... Ce n'est pas
poli de notre part de rester ici pendant qu'eux...

GERMAINE.

Oh! pardon! pardon! C'est à mon tour de causer un peu avec toi! J'en suis sûre, maintenant.
Tu m'as fait suivre!... Ah! c'est joli ce que tu as

'commis là! Toi! me faire suivre! Toi! m'espionner!

BRANCOUR.

Pardonne-moi, ma chérie! J'étais vraiment malheureux! ma parole... Je me sentais injuste envers toi... et, alors, j'ai voulu avoir une preuve matérielle et définitive de cette injustice... Ce n'est pas pour me rassurer que j'ai employé ce procédé ignoble... c'est pour me punir de mes soupçons... Et je suis bien puni, je suis honteux!

GERMAINE.

Et il y a longtemps que dure ce petit jeu?

BRANCOUR.

Il a commencé hier et il a fini ce soir. Et il ne m'a pas amusé, je t'assure!

GERMAINE.

Et qu'est-ce que j'ai fait, depuis deux jours? Raconte-le-moi, pour voir si on ne t'a pas volé ton argent?

BRANCOUR.

Je t'en prie... n'insiste pas.

GERMAINE.

Si! si! je veux le savoir... j'y tiens! Hier?

BRANCOUR, *très gaîment.*

Hier? Tu es sortie à trois heures, tu es entrée dans le bureau de poste de la rue Boissy-d'Anglas, tu as envoyé un petit bleu...

GERMAINE.

C'est vrai... à Fernande!

BRANCOUR.

De là, tu es allée rue de la Paix, chez ta modiste. Puis tu as goûté chez madame Brissaud. Et tu es rentrée à la maison à sept heures moins le quart.

GERMAINE.

Et aujourd'hui?

BRANCOUR,

Aujourd'hui, c'est tout aussi palpitant... Tu as envoyé également un ou deux petits bleus et tu es rentrée t'habiller à six heures pour aller dîner chez Fernande.

GERMAINE.

Oui...

BRANCOUR.

Et, en allant chez Fernande...?

GERMAINE, émue.

Qu'est-ce que j'ai fait en allant chez Fernande?

BRANCOUR.

Tu es allée dans ce quartier-ci, boulevard Malesherbes, chez la mère Jacob, antiquaire, et tu as acheté des plats d'étain que tu as fait porter par un commissionnaire chez Tencier.

GERMAINE.

C'est merveilleux!

BRANCOUR.

Oh! je ne suis pas fier?

GERMAINE.

Il n'y a pas de quoi, en effet! Car, sans être coupable, j'aurais pu être victime d'une coïncidence. J'aurais pu rencontrer Le Hercheur, par hasard, dans la rue! Je dis Le Hercheur, puisque c'est de lui que tu as la naïveté d'être jaloux! J'aurais pu causer quelques instants avec lui, et, alors, tu aurais cru à un rendez-vous. Jamais je n'aurais pu te démontrer mon innocence! Et j'étais perdue! Voilà ce que tu as risqué!

BRANCOUR.

Je l'avoue, j'ai mal agi! J'ai manqué de sincérité vis-à-vis de toi! Il y a longtemps que nous aurions dû avoir une explication. J'ai été arrêté par une vanité imbécile! Je n'osais pas me montrer tel que j'étais et j'ai peur, maintenant, de t'avoir blessée!

GERMAINE.

Non, mon chéri. Moi aussi, peut-être, j'ai eu des torts. Ta peine — car tu avais de la peine, ça se voyait — j'aurais dû la deviner. Et, au lieu de te défier, j'aurais dû te rassurer.

BRANCOUR.

Voilà! voilà!

GERMAINE.

Tiens! tu ne sais pas ce que nous devrions faire, pour effacer ce vilain souvenir, pour nous reprendre? Nous devrions partir tous les deux, seuls, nous séparer de ce monde de potins, de malveillance, qui nous a aigris l'un contre l'autre et qui a failli nous désunir.

BRANCOUR.

Ah! comme tu as raison, ma chérie, comme tu as du bon sens! Voilà le remède! Tiens! je respire... C'est la première fois, depuis des semaines, que je ne suis pas mécontent de moi! J'aperçois aujourd'hui toute l'erreur de ma vie... Je n'ai pas su créer, entre nous, l'intimité qui est la meilleure condition du bonheur; j'ai trop envisagé le travail comme le but unique de l'existence. Je n'ai pas su te distraire. Quand je pense que nous n'avons pas encore eu le temps de faire notre voyage de noce! Et que nous n'avons pas vu ensemble ni Venise, ni Florence, ni les lacs d'Italie! Veux-tu que nous partions demain soir?

GERMAINE.

Non. Pas demain soir. Demain matin. Parce que, l'après-midi, j'ai justement trois ou quatre rendez-vous que je veux m'offrir le luxe de manquer.

BRANCOUR.

Et moi, j'en manquerai encore plus que toi ! Et avec quel entrain ! *(Bruits d'applaudissements.)* Tu entends ? Ils nous applaudissent !

GERMAINE.

Si nous regagnions nos places, maintenant ?

BRANCOUR.

Attends ! je vais voir si on peut rentrer sans déranger personne. *(Lui tendant la main.)* Amis ?

GERMAINE, *lui prenant la main.*

Amis.

(Paraît Julia Raisin par le fond à gauche.)

SCÈNE XII

Les Mêmes, JULIA, ÉMILE.

JULIA.

Ah ! là là ! *(Appelant par la gauche.)* Émile ! Émile !

GERMAINE, *à Brancour.*

Quelle est cette dame qui a l'air affolé ?

BRANCOUR.

Tu ne la connais pas ? C'est l'ancienne maîtresse de Le Hercheur.

GERMAINE.

Ah ! oui... mademoiselle Julia Raisin !

JULIA, à *Brancour*.

C'est bête ! Figurez-vous... je viens de des-
cendre et j'ai aperçu M. de Kenler qui faisait les
cent pas devant la maison. Il est jaloux... Vous
savez ce que c'est qu'un homme jaloux... Il va
s'imaginer des choses !... *(A Émile qui entre.)* Alors,
j'ai pensé à la petite porte. Vous l'avez toujours,
la petite porte ?

ÉMILE.

Je crois bien.

JULIA.

La mère Jacob n'est pas fermée à cette
heure-ci ?

ÉMILE.

Elle ne ferme jamais, la mère Jacob...

BRANCOUR, *étonné*.

La mère Jacob ?...

GERMAINE.

Viens-tu ?

JULIA, *sortant*.

Au revoir, Émile.

ÉMILE.

Au revoir, madame... Bonne chance !

BRANCOUR, *riant*.

Vous avez donc une petite porte secrète, Émile?

ÉMILE.

Oui, monsieur. C'est une particularité de l'appartement.

BRANCOUR.

Je l'ignorais... Et cette sortie donne sur le...

ÈMILE.

Sur le boulevard Malesherbes.

GERMAINE, *écartant les rideaux.*

Oh! regarde... regarde le chevalier Pianoli...
Quelle vigueur! C'est magnifique!

BRANCOUR, *à Émile.*

Alors, cette maison communique avec le boulevard Malesherbes?

ÈMILE.

En passant par la boutique d'une antiquaire.

BRANCOUR.

Madame Jacob?

ÈMILE.

C'est ça! *(Il s'éloigne.)*

BRANCOUR, *à Germaine.*

Tu as entendu?

GERMAINE.

Oui. C'est curieux.

SCÈNE XIII

BRANCOUR, GERMAINE.

GERMAINE.

Eh bien, voilà une coïncidence qui est drôle!

BRANCOUR.

Oui... elle est bizarre... enfin, elle est surpre-
nante. C'est une coïncidence des plus surpre-
nantes!...

GERMAINE.

Il y en a bien d'autres dans la vie!

BRANCOUR.

Oui... oui... évidemment.

GERMAINE.

De quel air tu dis ça ! Je ne suppose pas que tu me soupçonnes d'avoir passé par la boutique de cette antiquaire pour me rendre chez Le Hercheur ?

BRANCOUR

Jamais, ma chérie, jamais ! Ah ! non... je ne vais pas recommencer à m'inquiéter, à douter et à me torturer, comme je le fais depuis un mois... Assez de jalousie bête et assez de soupçons ! C'est fini !... De la bonne humeur ! de l'indulgence !

GERMAINE.

Voilà, mon ami, voilà !

BRANCOUR.

Nous vivons dans un monde où il ne faut s'indigner ni contre la facilité des mœurs ni contre l'inconscience... L'existence ne serait plus possible... Donc, à partir de maintenant, nous rentrons dans la sérénité ! Et tu aurais commis la petite faute de venir chez Le Hercheur à mon insu que, ma parole d'honneur, je n'y attacherais pas une importance exagérée...

GERMAINE, *riant.*

Tu dis ça... mais je crois que tu ferais une jolie musique !

BRANCOUR.

Pas du tout... j'admets parfaitement qu'une femme, poussée par la curiosité, par le dépit, par le besoin de prendre sur la mauvaise humeur d'un mari une sorte de revanche conjugale, risque une démarche inconsidérée, enfin commette une imprudence qui ne serait, bien entendu, qu'une imprudence !... Avec les mœurs actuelles, ces choses-là qui auraient paru exorbitantes autrefois deviennent toutes simples...

GERMAINE.

Le fait est, mon pauvre ami...

BRANCOUR.

Tu aurais donc commis cette imprudence toi-même que tu pourrais me l'avouer immédiatement... Et je ne me croirais pas le droit de te garder une rancune éternelle, à moins d'être le dernier des imbéciles... Me prends-tu pour le dernier des imbéciles ?

GERMAINE.

Non, le dernier, je le connais.

BRANCOUR, *très gaiement.*

Dis donc, Germaine, là, entre nous... Tu n'es pas venue tantôt chez Le Hercheur ?

GERMAINE, *même jeu.*

Jamais ! Tu es fou !

BRANCOUR.

J'aime mieux ça, d'ailleurs... Vrai ?

GERMAINE.

Vrai !

BRANCOUR.

Bien vrai ?

GERMAINE.

Bien vrai !

BRANCOUR.

Tu l'aurais fait, ce serait idiot de me le cacher... Je n'en tirerais aucune conséquence... Je suis tellement sûr que tu n'as pas de torts sérieux envers moi...

GERMAINE.

Ça, je te le jure !... Tu ris ?

BRANCOUR.

Oui, je ris.

GERMAINE.

Et pourquoi ?

BRANCOUR.

Quelle est la petite imprudente qui est venue à huit heures chez Le Hercheur, qui le regrette de tout son cœur et qui en demande pardon à son mari ?

GERMAINE, avec élan, mais riant aussi.

C'est moi... c'est moi ! Oui... mon chéri, et je t'en demande pardon... Mais je ne veux pas te cacher plus longtemps la vérité... Oui, j'ai eu la bêtise de venir ici... J'y suis restée un quart d'heure pendant lequel j'ai dû admirer de fausses épées du seizième siècle... et je te jure que je n'avais qu'un regret, celui de ne pas t'avoir emmené avec moi... Maintenant, si tu veux être bien gentil, tu ne me parleras plus jamais de Le Hercheur !

BRANCOUR.

C'est entendu... c'est entendu ! je ne t'en parlerai plus jamais... et je te sais gré de ta franchise... (Un temps.) je te sais gré de ta franchise... (Il se promène avec agitation, puis :) Combien de temps es-tu restée chez Le Hercheur ?

GERMAINE.

Je viens de te le dire, un quart d'heure.

BRANCOUR.

Et c'est ici, dans cette pièce qu'a eu lieu votre entretien ?

GERMAINE.

Ici même.

BRANCOUR.

Et c'est la première fois que tu y venais ?

GERMAINE.

Oh ! la première, ma parole ! Mais puisqu'il est convenu qu'on n'en parlera plus !

BRANCOUR.

Pardon ! pardon ! Il y a des détails que j'ai besoin de contrôler... que tu me permettras bien, j'espère, de contrôler !

GERMAINE.

Tant que tu voudras, mon ami.

BRANCOUR.

D'abord, ce n'est pas un quart d'heure que tu es restée chez Le Hercheur, c'est trois quarts d'heure !

GERMAINE.

Ça, non, par exemple !

BRANCOUR.

Le temps ne t'a pas semblé long ! Mais tu y es restée de huit heures à neuf heures moins le quart, ce qui fait bien trois quarts d'heure !

GERMAINE.

Tu exagères... Enfin, mettons, je ne veux pas te contrarier.

BRANCOUR, *se montant peu à peu.*

Oh ! c'est que je tiens à préciser ! Je n'insisterais pas s'il s'agissait d'une visite sans importance, comme une femme du monde a le droit d'en faire à un ami, cet ami fût-il célibataire ! Mais, en l'espèce, il ne s'agit pas d'un ami ! Il s'agit d'un homme qui te fait la cour depuis des mois...

GERMAINE, *indignée.*

Des mois !...

BRANCOUR, *se montant toujours.*

Parfaitement ! Ça a commencé à Aix-les-Bains, où ça faisait l'objet de toutes les conversations.

GERMAINE.

C'est trop fort !

BRANCOUR.

Ça a continué à Paris où tu as changé brusquement tes habitudes.

GERMAINE.

Mais tu rêves !

BRANCOUR.

Tu sortais sans raison ou sous des prétextes qui me paraissaient déjà suspects.

GERMAINE.

Oh !...

BRANCOUR.

Fernande était visiblement ta confidente. En voilà une qui connaît la vérité, mais elle ne la dira pas, bien entendu, et je n'aurai pas la naïveté de la lui demander...

GERMAINE.

Oh ! je vois où tu voulais en venir... je le vois trop tard ! Je t'admire, tu sais, je t'admire ! Et voilà comment tu interprètes ma franchise, mes regrets. Ah ! non... en voilà assez ! D'ailleurs, c'est bien fait pour moi, ça m'apprendra à dire la vérité. J'en avais le pressentiment, tout à l'heure. J'entendais une voix qui me criait : « Mais, petite dinde, on n'avoue pas ces choses-là ! Il ne faut jamais avouer ! Les hommes sont incapables de reconnaître un accent sincère! Ce sont des égoïstes qui n'écoutent que leur sot orgueil et qui prennent toujours la vérité pour une insulte.» Oui, j'aurais dû nier! j'aurais dû nier jusqu'au bout, comme une maîtresse prise en flagrant délit : et, alors, c'est toi qui aurais fini par me demander pardon!

BRANCOUR.

Tout ça est charmant... Seulement, ces raisons ne me suffisent pas, à moi! Et tous les discours n'empêcheront pas qu'il y a un fait... un fait brutal qui autorise toutes les suppositions...

GERMAINE, *le regardant.*

Toutes?

BRANCOUR.

Oui, toutes, sans en excepter une.

GERMAINE.

Eh bien, fais-les... Je ne songe pas à t'en empêcher. Car je sens que tout ce que je pourrais te dire ou rien ce serait exactement la même chose... C'est entendu! Le Hercheur est mon amant... J'ai choisi, pour devenir sa maîtresse, le jour où il recevait cent personnes, et je me suis mise pour ça en toilette de soirée... Et la preuve qu'il est mon amant, et que je ne peux pas me passer de lui, c'est que je t'ai proposé il y a cinq minutes de partir pour l'Italie! Tout cela est logique, irréfutable. Je suis confondue... J'avoue tout!

BRANCOUR.

Et d'ailleurs, quand même tu persisterais à nier?... Et quand même ce ne serait pas vrai, qu'est-ce qui me le prouverait à présent? Ton accent? Tes regrets? Est-ce de la sincérité ou de la perfidie? Tu me jures que tu es venue aujour-

d'hui chez Le Hercheur pour la première fois ?
Jamais tu ne pourras me le démontrer ? Est-ce
que je sais ce qui s'est passé entre vous depuis
un mois ?

GERMAINE.

Bon ! bon ! Ça m'apprendra... ça m'apprendra !

BRANCOUR.

Tu serais coupable, tu ne te serais pas conduite
autrement ?

GERMAINE.

Comment donc !

BRANCOUR.

Tu aurais été aussi coquette avec Le Hercheur
et aussi rouée avec moi ! Tu m'aurais fait les
mêmes réponses... avec la même désinvolture et
le même sourire ! Et si je n'ai pas la preuve matérielle que tu es la maîtresse de Le Hercheur,
toi, tu ne me prouveras jamais qu'il n'a pas été
ton amant !

GERMAINE.

Va ! va ! continue...

BRANCOUR.

Et comme je ne peux pas m'en prendre à toi
puisque je n'ai pas de preuve suffisante, je vais
m'en prendre à l'homme qui t'a désirée, attirée
chez lui et compromise, et qui, par conséquent,
m'a insulté !

GERMAINE.

Mais c'est idiot ! c'est idiot ! Les hommes sont
stupides ! Quest-ce que tu vas faire ?

BRANCOUR.

Je vais le souffleter et, demain, on se battra,
jusqu'à ce que tu sois débarrassée de l'un ou de
l'autre !

GERMAINE.

Tais-toi, malheureux ! Tu vas faire un scandale affreux ! Et pour rien ! pour rien ! je te le jure !

BRANCOUR.

Tant pis... laisse-moi...

GERMAINE, *l'arrêtant.*

Non ! non ! je t'en empêcherai. Tu es dans un moment de folie ! Réfléchis une seconde ! Ecoute-moi encore ! Pour toi, pour ta femme, tu ne peux pas causer un scandale ! Voyons... Julien ! *(Elle le prend par le bras.)*

SCÈNE XIV

Le rideau s'ouvre. On voit : LA ROMBIÈRE, BRIS-SAUD, COLETTE, TENCIER, FERNANDE, *qui applaudissent* D'ASTARAC *et* PIANOLI *qui se tendent la main.*

LA ROMBIÈRE, *s'avançant.*

Magnifique assaut ! Étourdissant... Maintenant, messieurs... Brancour contre Le Hercheur ! Allons ! Brancour, c'est à vous !

BRANCOUR, *s'avançant.*

Avec plaisir !

GERMAINE, *le prenant par le bras.*

Julien !

BRANCOUR.

Oh ! n'aie pas peur, ce n'est pas pour ce soir !
(Il saisit le masque que lui tend La Rombière.)

HECTOR.

A nous deux, cher ami...

LA ROMBIÈRE.

Messieurs, en garde !

BRANCOUR.

Voilà ! Voilà !

(Le combat commence.)

TENCIER, *qui est venu en scène.*

Est-il bête de faire ça... est-il bête !

FERNANDE, *qui s'est avancée vers Germaine.*

Tu es toute pâle... *(Lui prenant les mains.)* Qu'est-ce que tu as à être tremblante comme ça ? Ils ne se battent pas, c'est pour rire, tu sais ?

GERMAINE.

Laisse-moi regarder !...

(Brancour se fend avec fureur.)

HECTOR.

Eh ! là... Eh ! là...

BRANCOUR, *même jeu.*

Vous en avez !

HECTOR.

Touché ! oh ! touché... Ah çà ! mais...

BRANCOUR.

Allez donc !

(Hector se fend. Brancour pare.)

PIANOLI.

Quelle fougue, ce chevalier Brancour ! Il joue le jeu italien...

D'ASTARAC.

Bravo !

COLETTE.

Il n'y a pas à dire... ça chatouille !

HECTOR, *se fendant.*

A vous !

BRANCOUR.

Je ne crois pas...

PIANOLI.

Ça a passé... Je l'ai vu passer...

BRANCOUR, *se fendant.*

Et celui-là !

PIANOLI.

En pleine poitrine... Sur le terrain, c'était un homme mort !

TENCIER.

Mais, sacrebleu, il flanque une pile à Le Her-cheur... D'un côté, ça me fait plaisir.

LA ROMBIÈRE.

Messieurs, messieurs ! Pas de corps à corps ! Vous êtes des amateurs, vous n'êtes pas des professionnels !

PIANOLI.

Laissez-les donc !

COLETTE.

Mais oui, mais oui ! c'est épatant !

D'ASTARAC.

Il entre dedans ! Il entre littéralement dedans !

PIANOLI.

Dites donc qu'il passe au travers, *Per Bacco !*

LA ROMBIÈRE.

Halte, messieurs... Voyons ! Brancour... j'ai dit halte !

(*Applaudissements. On se presse autour de Brancour.*)

GERMAINE.

Ah ! c'est fini ! Je respire !

FERNANDE.

Qu'est-ce que tu craignais donc ?

GERMAINE.

Je te raconterai ça demain.

PIANOLI, *redescendant avec Brancour.*

Cinq touches contre rien ! Mes compliments,
illustrissime chevalier !

BRISSAUD.

C'est une révélation !

BRANCOUR, *à Hector, à part, sur le devant de la scène.*

Vous voyez... Je suis plus fort que vous et, sur
le terrain, je ne vous craindrais pas !

HECTOR, *étonné.*

Qui dit le contraire ?

BRANCOUR, *brusquement.*

Germaine est venue chez vous, ce soir... Elle
me l'a avoué... J'en suis sûr !

HECTOR.

Je vous donne ma parole que madame Brancour
est innocente !

BRANCOUR.

Ça, ça me regarde ; si je ne vous provoque pas,
c'est pour ne pas compromettre ma femme par
un scandale. Mais je n'ai pas peur de vous ! Et
que je ne vous retrouve plus sur ma route, ou je
vous tue comme un lapin ! C'est compris ?

HECTOR.

Parfaitement, monsieur !

BRANCOUR.

Bien. *(Haut.)* Mon cher Le Hercheur, nous sommes obligés de vous quitter... Votre petite fête était charmante...

HECTOR.

Nous la recommencerons quand il vous plaira, mon cher Brancour.

BRANCOUR, *remontant.*

Viens-tu, Germaine?

PIANOLI, à *La Romblère.*

C'est égal, général-comte, en Italie, on ne ferait pas ça au maître de la maison !...

ACTE III

Le cabinet de travail de Tencier. Intérieur de vieux garçon.
Porte d'entrée en pan coupé, à droite. Portes de dégagement à
gauche et à droite, premier plan. Une table avec un téléphone.
Au lever du rideau, sonnerie de téléphone.

SCÈNE PREMIÈRE

ANNA, TENCIER.

ANNA, *entrant.*

Voilà! Voilà! *(Prenant le récepteur.)* Allô! Oui...
c'est ici chez monsieur Tencier... Je ne sais pas
s'il est réveillé... De la part de qui? Ah! de la
part de mademoiselle Fernande Dauzet! Oui,
oui... monsieur est réveillé! Il est toujours réveillé pour mademoiselle. *(Paraît Tencier.)* Voici
monsieur! Je lui donne l'appareil.

TENCIER.

Qu'est-ce que c'est, Anna?

ANNA.

Mademoiselle Fernande. *(Elle sort.)*

TENCIER.

Ah ! bien... *(Prenant l'appareil.)* Bonjour, mademoiselle Fernande ! Pas trop fatiguée de votre soirée ? Oui... oui... ça a été très bien ! Brancour superbe ! Quelle tournée il a flanquée à Le Hercheur ! J'en ai rêvé ! *(Un temps.)* Hein ! Quoi ? Pour affaire importante ? Mais je crois bien que vous pouvez venir chez moi ! Comment, si je suis garçon ! Mais je vous prie de croire que je suis garçon ! Et je ne le serais pas que je le redeviendrais pour vous immédiatement... Quoi ? Je ne suis pas compromettant ! Soyez polie !... Alors, je vous attends. Dans cinq minutes, n'est-ce pas ? *(Il raccroche le récepteur.)* Anna !

ANNA, *rentrant.*

Monsieur ?

TENCIER.

Anna ! Mademoiselle Fernande va venir ici dans cinq minutes... Vous l'introduirez immédiatement.

ANNA.

Avec plaisir, monsieur ! J'aime beaucoup mademoiselle Fernande !

TENCIER.

On ne vous demande pas votre avis.

ANNA.

Et la soirée d'hier, chez monsieur Le Hercheur, ç'a été joli ?

TENCIER.

Très joli, Anna.

ANNA.

A propos, je souhaite à monsieur une bonne fête !

TENCIER.

Vous êtes bien aimable d'y avoir songé.

ANNA.

C'est que je ne suis pas la seule, monsieur...
J'oubliais de dire à monsieur que madame Brancour avait envoyé hier soir deux beaux plats
d'étain. Les voici.

(Elle va prendre les plats et les donne à Tencier.)

TENCIER, *les regardant.*

Ah! ah! Voyons un peu! Il n'y a rien de plus
laid!

ANNA.

Ce n'est pas tout, monsieur. Il y a encore ces
épées, avec une carte de monsieur Le Hercheur.

TENCIER, *lisant la carte.*

*Hector Le Hercheur. Epées du seizième siècle
ayant appartenu au baron de Scarpia, avec ses
meilleurs vœux.*

ANNA.

Elles sont bien jolies... Où faut-il les mettre?

TENCIER.

Laissez-les là... Je n'aime pas beaucoup recevoir ces deux cadeaux en même temps!...

ANNA.

Pourquoi, monsieur?

TENCIER.

Vous n'avez pas besoin de le savoir... Je vais
tout de même remercier Le Hercheur. *(Il va à la
table. On sonne.)* Ah! j'entends sonner... ce doit être
mademoiselle Fernande... Allez lui ouvrir. *(Anna
sort. Tencier, seul, écrit.)* Merci, mon cher Le Hercheur,
pour votre superbe cadeau. Voilà.

(Entre Fernande.)

SCÈNE II

TENCIER, FERNANDE.

TENCIER, *allant à la rencontre de Fernande.*

Chère mademoiselle... Entrez... Asseyez-vous...
Je suis très heureux de vous voir chez moi...
Qu'y a-t-il pour votre service ? J'espère que vous
ne venez pas me souhaiter ma fête ?

FERNANDE.

Non... non... Je vous la souhaite tout de même
bonne et heureuse, mais il ne s'agit pas de ça. Germaine a passé chez moi tout à l'heure, je n'y étais
pas. Elle m'a laissé un petit mot assez inquiétant
où elle me disait, entre autres choses, qu'elle
devait vous voir ce matin.

TENCIER.

C'est la première nouvelle.

FERNANDE.

Alors, comme j'étais très intriguée, je me suis
permis de vous téléphoner.

TENCIER.

Et vous avez joliment bien fait. Nous allons
attendre Germaine ensemble. Avez-vous une
vague idée de ce qui se passe ?

FERNANDE.

Ce doit être grave, d'après ce que Germaine
m'a laissé deviner hier soir. A mon avis, il doit y
avoir eu une discussion entre elle et son mari.

18

TENCIER.

Je n'irai pas jusqu'à dire que cela m'étonne...
Rien ne m'étonne dans cet ordre de choses...
Vous comprendrez cette parole quand vous serez
mariée, ce que, à l'occasion de ma fête, je vous
souhaite le plus tard possible.

FERNANDE.

Quoi qu'il en soit, je ne suis pas tranquille.

TENCIER.

Voulez-vous mon opinion? Nous n'avons pas
à nous mêler de ça.

FERNANDE.

Mais vous n'êtes qu'un égoïste ! Jamais je n'aurais cru ça de vous !

TENCIER.

Ce n'est pas de l'égoïsme, c'est de la prudence...
On peut brouiller des ménages, ça, c'est facile,
mais on ne peut jamais les réconcilier.

FERNANDE.

Notre devoir serait de l'essayer.

TENCIER.

Mademoiselle Fernande, vous avez beaucoup
de cœur, vous êtes une délicieuse jeune fille.

FERNANDE.

Et vous, un charmant petit vieux garçon... Ah !
voici Germaine.

(Entre Germaine.)

SCÈNE III

Les Mêmes, GERMAINE.

GERMAINE.

Bonjour, Tencier... *(A Fernande.)* Tiens ! tu es là, toi ! Tu as trouvé mon petit mot ?

FERNANDE.

En rentrant... et j'avais hâte de te voir. Qu'y a-t-il donc ?

GERMAINE.

Oh ! mon Dieu ! c'est bien simple. Julien n'est pas rentré cette nuit à la maison.

TENCIER.

Allons donc !

FERNANDE.

C'est une infamie !

TENCIER.

Ne jugez pas si vite, mademoiselle, attendez un peu... Et où est-il allé, Julien ?

GERMAINE.

Je n'en sais absolument rien... Hier, nous sommes sortis de chez Le Hercheur sans nous parler. Il m'a mise en voiture et il a dit au chauffeur : « A la maison. » et il est parti à pied de son côté. Je l'ai attendu jusqu'à ce matin. Et voilà...

TENCIER.

C'est la première fois que ça lui arrive ?

GERMAINE.

Je pense bien !... Allons! allons! il n'y a pas d'illusions à se faire, il me croit coupable !...

FERNANDE.

Toi !

GERMAINE.

Oui... Oh ! je reconnais que les apparences sont contre moi. Mais je vous jure, Tencier, que je suis innocente.

TENCIER.

Je vous crois, ma chère Germaine... mais vous parlez d'apparences... Il y a donc eu des apparences ?

GERMAINE.

Oh ! mon Dieu ! je ne vois pas pourquoi je vous cacherais la vérité à tous les deux qui êtes mes amis... *(A Fernande.)* Hier soir, en allant dîner chez toi, j'ai fait une visite à Le Hercheur, une visite d'un quart d'heure !... Et Julien l'a appris par le plus grand des hasards !

TENCIER.

Vous ! Vous avez fait ça !

FERNANDE, *avec reproche.*

Oh ! Germaine.

GERMAINE.

Oui, je vois, c'est énorme !... Ou plutôt ça vous paraît énorme parce que vous ne savez pas toutes les bêtises que peut faire une honnête femme quand son mari est maladroit !... Tu verras, Fernande, tu verras... Seulement, il y en a une que nous ne ferons jamais, ni toi ni moi... parce que... c'est très difficile, je l'ai vu hier... C'est beaucoup plus difficile qu'on ne croit. L'esprit est faible, mais la chair est forte... Elle sait qu'elle appartient à un autre, la chair... et alors elle résiste, elle se cabre, et, finalement, elle s'en va comme elle était venue... Il n'y a qu'un malheur là dedans, c'est que, vous non plus, vous ne croyez pas un mot de ce que je vous dis...

TENCIER, *faiblement.*

Pardon ! pardon !... Je vous crois parce que je suis votre ami... parce que je ne suis que votre ami.

GERMAINE.

Ce qui signifie que si vous étiez mon mari ?...

TENCIER.

Dame !

FERNANDE.

Tu sais que, moi, je te crois, maintenant !

GERMAINE.

Mais, toi, tu es une femme !... Et, maintenant, ma petite Fernande, laisse-nous. J'ai à causer avec Tencier.

FERNANDE.

Tu me tiendras au courant ?

GERMAINE.

Je te le promets.

FERNANDE.

Au revoir, monsieur Tencier.

TENCIER, *la reconduisant.*

Au revoir, mademoiselle.

SCÈNE IV

TENCIER, GERMAINE.

GERMAINE.

Quelle charmante fille, cette Fernande!... Voilà la femme qu'il vous faudrait.

TENCIER.

Merci, ce n'est pas le moment de faire des mariages. Parlons de vous et de Julien.

GERMAINE.

Oui, c'est le plus pressé. Eh bien, vous allez prendre votre chapeau, courir après Julien et le ramener ici coûte que coûte!... Je suis innocente, à la fin! et je n'accepte pas d'être punie d'une faute que je n'ai pas commise...

TENCIER.

Evidemment... évidemment...

GERMAINE.

Il ne peut pas refuser d'avoir une dernière explication avec moi... Je comprenais son indignation, hier soir... Je l'excuse dans une certaine mesure, mais il ne faut rien exagérer... Car, dans cette affaire-là, c'est lui qui finirait par avoir tous les torts !

TENCIER.

Il se rendrait odieux.

GERMAINE.

Dites-moi, Tencier? Il y a quelque temps que je veux vous demander ça.

TENCIER.

Allez !

GERMAINE.

Julien ne fait la cour à aucune femme ?

TENCIER.

Ça, je peux vous le jurer...

GERMAINE.

Pas même à Colette ?

TENCIER.

Colette...? Ce serait la dernière... ce serait la dernière... Elle, peut-être, ne s'y opposerait pas trop... Mais je réponds de Julien.

GERMAINE.

Car ça, par exemple, ce serait le comble ! Vous savez, Tencier, que jamais je ne le supporterais...

TENCIER.

Vous auriez bien raison.

GERMAINE.

J'aime mon mari, je veux le garder... et je vous préviens que ça ne se passerait pas comme ça !... *(Coup de téléphone.)* Ah ! c'est lui qui doit téléphoner...

TENCIER.

Attendez... attendez... Allô ! Hein ? *(A Germaine.)* Non, ce n'est pas lui, c'est Le Hercheur.

GERMAINE.

Qu'est-ce qu'il veut, celui-là ? Qu'est-ce qu'il veut ?

TENCIER, au *téléphone.*

C'est vous, Le Hercheur ? Et qu'est-ce que vous faites chez mon concierge ?

GERMAINE.

Il est chez le concierge ! C'est trop fort !

TENCIER, *au téléphone.*

En effet... madame Brancour est ici...

GERMAINE.

Il m'a suivie... comme mon mari... Ça, par exemple !

TENCIER, *au téléphone.*

Réfléchissez, mon cher... C'est impossible.

GERMAINE.

Que demande-t-il ?

TENCIER, *fermant le téléphone.*

Il voudrait vous voir !... Ça, je m'y oppose absolument, du moins chez moi !

GERMAINE, *allant au téléphone.*

Attendez... attendez... Il vaut mieux en finir ! Laissez-moi ! Allô ! Ah ! c'est vous ? Eh bien ! oui, j'y consens... vous pouvez monter !...

TENCIER.

Mais je m'y oppose !.. Ce monsieur ici !

GERMAINE, *au téléphone.*

Oui... oui... Tencier ne demande pas mieux... (*Elle raccroche le récepteur.*)

TENCIER.

Réfléchissez à ce que vous faites, Germaine !

GERMAINE.

Si je n'ai pas une explication définitive avec lui, je le connais, il ne me laissera jamais tranquille... Je veux m'en débarrasser une bonne fois... Autant le faire chez vous et tout de suite. Vous êtes un terrain neutre.

TENCIER.

Je ne sais pas si vous vous rendez bien compte que c'est très désagréable pour moi. Je suis l'ami de Julien.

GERMAINE.

Vous pouvez assister à notre entretien si vous voulez.

TENCIER.

Moi ! je ne veux même pas le voir, Le Hercheur. J'ai horreur de cet être-là...

GERMAINE.

Alors, allez-vous-en et laissez-nous... On vous fera appeler si on a besoin de vous. *(A Anna qui présente une carte.)* Faites entrer... *(A Tencier.)* Au fait ! avez-vous reçu mes plats d'étain ? Ils sont affreux n'est-ce pas ?

TENCIER, *sortant.*

Je n'osais pas vous le dire.

SCÈNE V

GERMAINE, HECTOR.

HECTOR.

Germaine, c'est moi !

GERMAINE

Ah ! oui... c'est vous... Et il faut que vous en ayez de l'aplomb pour me relancer jusque chez le concierge de Tencier !

HECTOR.

Je sais... oui, je sais tout ce que cette démarche a de délicat et même d'incorrect si vous voulez ! Mais on ne discute pas avec la passion... Depuis hier, je suis dans une inquiétude mortelle... Moi qui, d'ordinaire, ai un sommeil d'enfant, je n'ai pas fermé l'œil de la nuit... Enfin ! que s'est-il passé hier soir ? Comment votre mari a-t-il appris ?

GERMAINE.

Oh ! non... non... ne nous perdons pas dans ces détails. Ce n'est pas pour vous raconter ça que je vous ai prié de monter chez Tencier... Oh ! je ne doute pas que je vais vous faire beaucoup de chagrin, mais il faut des situations nettes... Le Hercheur, nous ne devons plus nous revoir.

HECTOR.

Répétez... Vous dites ?

GERMAINE.

Je dis que nous ne devons plus nous revoir.

HECTOR.

Jusqu'à quand ?

GERMAINE.

Nous ne devons plus jamais nous revoir !...

HECTOR.

Jamais ?

GERMAINE.

Jamais !

HECTOR.

Germaine, s'il était dans mon caractère de rire de ces choses-là, je rirais !... Je vous aime depuis deux mois avec une ferveur et une sincérité dont je ne me croyais pas capable ; j'ai la certitude aujourd'hui que vous m'aimez et vous me demandez de renoncer à cet amour ! C'est un jeu, n'est-ce pas ? Ce ne peut être qu'un jeu !

GERMAINE.

Voyez-vous, Le Hercheur, je crois décidément

qu'il y a un petit malentendu entre nous... Et je reconnais que c'est un peu de ma faute... Je suis venue chez vous, je vous ai dit que je vous aimais et je vous ai promis d'être votre maîtresse... Il n'en a pas fallu davantage pour que vous vous imaginiez des choses folles... Vous avez cru que je vous aimais vraiment et que je consentirais peut-être à vous appartenir un jour !...

HECTOR.

Je n'en ai pas douté une minute...

GERMAINE.

Alors, vous m'auriez attendue aujourd'hui ?

HECTOR.

J'avais votre parole.

GERMAINE.

Eh bien, mon ami, voilà justement où est le petit malentendu. Car maintenant, au contraire, j'ai la certitude que je suis incapable de tromper mon mari !

HECTOR.

Et moi, là dedans, qu'est-ce que je deviens ?

GERMAINE.

Vous, mon ami, vous êtes l'homme qui m'aurez permis d'acquérir cette certitude et je vous en garderai une reconnaissance infinie.

HECTOR.

Et vous vous imaginez que ça me suffit ! Vous supposez que je vais me résigner à jouer ce rôle pitoyable dans la vie d'une femme !... Non, Germaine, n'y comptez pas... D'ailleurs, permettez-moi de vous le dire, vous n'êtes qu'une enfant... et vous ne vous apercevez pas de la profondeur des sentiments que je vous ai inspirés... ni de la gravité de la situation.

GERMAINE.

La situation n'est pas grave le moins du monde.

HECTOR.

Elle est plus que grave, madame, elle est tragique !

GERMAINE, *riant.*

Elle est tragique ?

HECTOR.

Oui, madame... Je connais votre mari. C'est un de ces hommes qui ne pardonnent pas.

GERMAINE.

C'est ce que nous verrons !

HECTOR.

Et ne vous bercez pas de chimères : votre vie est brisée !

GERMAINE.

Vous êtes gai, Le Hercheur... Je ne vous voyais pas sous ce jour-là...

HECTOR.

Croyez-en mon expérience, Germaine... Votre situation est sans issue... Ou plutôt elle n'a qu'une issue... Ne riez pas, je vous en prie... Car je vais vous dire des choses qui méritent d'être écoutées. Après votre divorce, vous allez vous trouver seule dans l'existence...

GERMAINE.

Mon divorce ! Est-ce que vous n'êtes pas fou !

HECTOR.

Il est inévitable à la suite de l'éclat d'hier soir ! Si Brancour n'avait pas été décidé au divorce, pensez-vous qu'il ne m'eût pas provoqué? Et moi, si je n'étais pas prêt à en accepter toutes les conséquences, est-ce que j'aurais supporté que votre mari me parlât sur ce ton! Car il m'a dit: « Je vous tuerais comme un lapin! »

GERMAINE.

Il vous a dit ça? J'aurais voulu l'entendre!

HECTOR.

Il m'a dit ça! Et je n'ai rien répliqué. J'ai accepté cette fanfaronnade, parce que, tout de suite, j'avais aperçu mon devoir... Madame, je ne suis pas un homme qui fuit les responsabilités, je suis un homme qui les recherche... Je comprends ce qui se passe en vous... Vous avez des scrupules... Vous hésitez à me dire: « Je suis libre, voulez-vous de moi? »

GERMAINE.

Voilà une chose à laquelle je ne pense pas...

HECTOR.

J'y pense pour vous... et je bondis de joie... et je suis prêt à renverser tous les obstacles qui se dressent devant notre amour.

GERMAINE.

Oh! je sais que, pour renverser les obstacles, vous n'avez pas votre pareil!...

HECTOR.

C'est vrai! Germaine, vous serez ma femme!

GERMAINE.

Moi! Votre femme!

HECTOR.

Oh! vous êtes étonnée, je m'y attendais... et vous doutez de moi? Évidemment, ce n'est pas

l'habitude. Quand on a compromis une femme,
on n'a plus qu'une idée, c'est de s'en débarrasser... Et, jusqu'à présent, je m'étais moi-même
conformé à cet usage... Mais je vous ai rencontrée, Germaine, et j'ai enfin compris ce que
c'était qu'une honnête femme... C'est une femme
qui ne se donne qu'à son mari... et si on veut
qu'elle se donne à vous, il faut l'épouser. Je suis
prêt !

GERMAINE.

Le Hercheur, ce que vous faites là est bien.
Ça n'a pas le sens commun, c'est irréalisable, je
ne serai votre femme sous aucun prétexte, mais
c'est bien.

HECTOR.

N'est-ce pas ?

GERMAINE.

Ce sont de ces choses qu'on a beau trouver ridi-
cules, elles vous flattent tout de même. Vous
auriez été un amant déplorable, comme mari
vous êtes en dehors de toute vraisemblance, mais
comme ami, vraiment, vous pouvez rendre de
grands services.

HECTOR.

Et voilà comment vous traitez un homme qui
ne demande qu'à se faire tuer pour vous ! Mais
n'importe, madame, je ne suis pas de ceux qui
se découragent. Un amour comme le mien
triomphera. Un jour, plus prochain que vous ne
croyez, vous aurez besoin de mon bras et de mon
épée.

GERMAINE.

Non, Le Hercheur, vous pouvez garder tout
ça, le bras et l'épée... Et puisque vous ne voulez
pas vous rendre à l'évidence, je vais vous mettre
les points sur les *i*. J'ignore si je me réconcilie-

rai avec mon mari, mais ce dont je suis sûre, c'est que je ne serai jamais ni votre femme ni votre maîtresse. Tenez-vous-le pour dit !

HECTOR.

Ah ! c'est comme ça. Eh bien ! madame, je sais ce qui me reste. J'ai l'honneur de vous saluer.

(Il sort.)

GERMAINE, *seule.*

Il est très gentil... Mais ce n'est qu'un héros ! Et qu'est-ce que c'est aujourd'hui qu'un héros ?

(Entre Tencier.)

SCÈNE VI

GERMAINE, TENCIER.

GERMAINE.

Et maintenant, moi, je vais chez Colette ! A tout à l'heure, Tencier...

TENCIER.

Et si par hasard je vois Julien ?

GERMAINE.

J'ai comme une idée que je le verrai avant vous... Au revoir.

TENCIER.

Je vous reconduis, permettez, je vous reconduis.

(Ils sortent. Dès qu'ils sont sortis, par la gauche, paraît Brancour, par la droite.)

SCÈNE VII

BRANCOUR, puis TENCIER.

BRANCOUR, *parlant à la cantonade.*

Anna, portez les malles et les valises dans la chambre...

TENCIER, *rentrant.*

Comment! C'est toi!

BRANCOUR.

Oui, mon vieux, oui...

TENCIER.

Tu sais que Germaine sort d'ici?

BRANCOUR.

Tu me l'apprends. Ta bonne, toujours discrète, m'a dit que tu étais avec une femme, mais j'ignorais que ce fût la mienne... Ah! d'abord, que je te souhaite ta fête. *(Il lui tend la main.)* Et puis je vais t'annoncer une bonne nouvelle. Je viens m'installer chez toi.

TENCIER.

Tu viens t'installer?...

BRANCOUR.

Chez toi! Oui, mon ami... Anna est en train de me dresser un lit dans la bibliothèque.

TENCIER.

Ah çà! qu'est-ce qui te prend? Tu ne vas pas réintégrer le domicile conjugal?

BRANCOUR.

Non, mon ami, je n'ai plus qu'un domicile, le tien.

TENCIER, — un temps.

J'en suis enchanté. Alors, tu crois que Germaine t'a trompé?

BRANCOUR.

Oui.

TENCIER.

Avec Le Hercheur?

BRANCOUR.

Oui.

TENCIER.

Tu en es bien sûr?

BRANCOUR.

Non.

TENCIER.

Alors?...

BRANCOUR

Mais elle est allée chez Le Hercheur... Ça, j'en suis certain... Elle me l'a avoué... *(Arisant les plats d'étain.)* Ah! Ah! *(Il prend la carte de Germaine et lit.) Germaine Brancour avec ses meilleurs vœux de fête.* Tiens! voilà le prétexte qui lui a servi à pénétrer chez Le Hercheur... par la boutique d'une revendeuse! Mes compliments, tu fais un joli métier!

TENCIER.

Tu devais finir par me mettre cette affaire sur le dos... Mais ça m'est égal... L'important, c'est ce que, toi, tu as décidé?

BRANCOUR.

Voici. D'abord, en quittant Germaine, hier soir, je suis allé au cercle où j'ai changé de vêtements...

19

TENCIER.

Tu as joué?

BRANCOUR.

J'ai pris une banque et, tout en réfléchissant à la situation, j'ai perdu dix mille francs. Toi qui as passé par là, tu sais comme ces petites épreuves vous amollissent, et je suis allé coucher à l'hôtel, complètement abruti. Mais en me réveillant ce matin, je suis revenu à la réalité et j'ai examiné les différentes solutions.

TENCIER.

Voyons un peu?

BRANCOUR.

La première était de prendre ça en souriant et d'accepter comme tant de maris cette belle devise du ménage moderne : « Jamais deux sans trois! »

TENCIER.

Nous ne sommes pas de cette école-là...

BRANCOUR.

J'aurais pu aussi provoquer Le Hercheur et le tuer ce matin ou tout au moins le blesser à l'avant-bras...

TENCIER.

C'eût été un scandale.

BRANCOUR.

C'est ce que j'ai voulu éviter... Je me suis donc décidé pour la séparation.

TENCIER.

Mon pauvre Julien, tu vas être très malheureux!

BRANCOUR.

Non, parce que je vais enfin sortir de la période d'indécision. Et non seulement je ne vais pas être malheureux, mais j'ai l'intention de me distraire comme je ne l'ai jamais fait. Car je suis en train de m'apercevoir que je n'ai pas eu de jeunesse et que je n'ai possédé qu'une femme mariée : la mienne. Ça ne peut pas durer. Aussi ai-je pris une résolution énergique.

TENCIER.

Tu ne fais que ça... Et quelle est cette résolution ?

BRANCOUR.

C'est de me jeter immédiatement dans la débauche, ce qui est peut-être la meilleure revanche sur la trahison de la femme. As-tu essayé de la débauche, toi, vieux Tencier ?

TENCIER.

Oui, souvent.

BRANCOUR.

Et qu'est-ce que ça donne ?

TENCIER.

Des courbatures.

BRANCOUR.

Mais je te parle au point de vue moral...

TENCIER.

Au point de vue moral ça donne le dégoût de soi-même.

BRANCOUR.

Parfait. Quand je me dégoûterai, le monde me dégoûtera moins. Je vais donc essayer de me dégoûter avec Colette.

TENCIER.

Avec Colette ?... Toi ! Ce n'est pas une mauvaise idée !

BRANCOUR.

N'est-ce pas? Je prévoyais ce que tu me répondrais. Aussi je lui ai donné rendez-vous chez toi.

TENCIER.

Chez moi !... Tu es fou ! Je ne veux pas que tu rencontres Colette ici !...

BRANCOUR.

Je ne te demande pas ton avis... Tu me donnes l'hospitalité avec tous les risques qu'elle comporte. J'ai téléphoné à cette enfant, et je l'attends d'un instant à l'autre.

TENCIER.

Je m'y oppose absolument...

BRANCOUR.

Il fallait me dire ça plus tôt... Tu es un terrain neutre.

TENCIER.

Encore !

BRANCOUR.

Tout doit se passer chez toi.

ANNA, *entrant.*

Une dame demande monsieur Brancour.

TENCIER.

Monsieur Brancour y va... Tu n'as pas la prétention de la recevoir ici?

BRANCOUR.

Faites entrer, Anna... *(A Tencier.)* Reste, tu n'es pas de trop... Je veux que tu voies.

TENCIER.

Pour qui me prends-tu?
(Entre Colette.)

SCÈNE VIII

Les Mêmes, COLETTE.

COLETTE, *serrant la main de Brancour.*

Vous m'avez téléphoné de venir à onze heures chez Tencier... Vous voyez, je suis exacte. Bonjour, Tencier... Comment ça va? Je n'étais jamais venue chez vous... C'est très gentil... Je reviendrai.

TENCIER.

Bonjour, madame Colette.

COLETTE, *à Brancour.*

Et peut-on savoir pourquoi vous m'avez téléphoné?

BRANCOUR.

Je vais vous le dire. *(A Tencier qui fait mine de se retirer.)* Quelle manie tu as de toujours vouloir t'en aller... Reste donc... tu es un terrain neutre. *(Il le force à se rasseoir.)*

TENCIER.

Tu abuses... tu abuses...

COLETTE, *à Brancour.*

Eh bien?

BRANCOUR.

Colette, je vous ai fait venir pour vous dire ce que je ne peux vous dire décidément que devant Tencier. Colette, je vous aime...

COLETTE.

Bien. Ecoutez ça, Tencier, c'est très gentil...

TENCIER.

Ce qu'il faut entendre quand on est chez soi !...

BRANCOUR, à *Colette.*

Vous êtes jolie, vous êtes gaie, vous ne considérez pas avec une gravité exagérée les choses de l'amour... Vous êtes tout à fait la femme qu'il me faut en ce moment...

COLETTE, *allant embrasser Tencier.*

Merci, mon cher Tencier, merci...

BRANCOUR, *continuant.*

Pour des raisons qu'il serait trop long de vous expliquer, je vais habiter ici !

COLETTE.

Ah ! bah !

TENCIER.

Si je veux !

BRANCOUR.

Je suis déjà installé... Toute résistance serait inutile. C'est donc ici, Colette, que j'aurai le plaisir de vous rencontrer, si toutefois vous consentez à me rendre visite de temps en temps.

COLETTE.

Mais avec joie...

TENCIER.

Je ne vous gênerai pas ?

COLETTE.

Au contraire, mon ami, au contraire... J'ai beaucoup d'estime pour vous.

TENCIER.

Écoutez, mes enfants... j'ai une meilleure idée. Je vais vous laisser mon appartement qui ne tarderait pas à devenir inhabitable pour moi et je vais faire un petit voyage.

BRANCOUR.

Tiens! tiens! tiens! moi aussi, j'ai une idée... Si nous laissions Tencier ici et si nous partions?

TENCIER.

Ça, ça vaudrait mieux!

COLETTE, *étonnée.*

Ensemble?

BRANCOUR.

Parfaitement.

COLETTE.

En voyage?

BRANCOUR.

En voyage.

COLETTE.

C'est sérieux?

BRANCOUR.

Très sérieux.

COLETTE, *à Tencier.*

C'est vrai, Tencier?

TENCIER.

Il paraît.

COLETTE.

Mais, je suis ravie... Où allons-nous?

BRANCOUR.

En Italie... Tiens! si on allait en Italie?... Êtes-vous déjà allée en Italie?

COLETTE.

Non. Mon mari devait m'y mener, nous avons divorcé au moment de partir... Oh! les lacs!... Et Venise! Et Florence! Et quand ce voyage?

BRANCOUR.

Ce soir !

COLETTE.

C'est Germaine qui doit être contente! C'était
son rêve!

BRANCOUR.

Germaine ne vient pas avec nous...

COLETTE.

Comment? Votre femme ne nous accompagne
pas?

BRANCOUR.

Ne vous occupez pas de ce détail.

COLETTE.

Mais c'est très grave, mon ami, c'est très grave!

TENCIER.

C'est le joli scandale parisien.

COLETTE, à *Tencier.*

Ils sont donc brouillés?

TENCIER.

Mais je n'en sais rien... C'est insupportable, à
la fin... Ce n'est pas à moi qu'il faut le demander,
c'est à lui...

COLETTE, à *Brancour.*

Vous êtes brouillé avec Germaine?

BRANCOUR.

Oui...

COLETTE.

Tout à fait brouillé?

BRANCOUR.

Tout à fait...

COLETTE.

Qu'est-ce qui s'est donc passé?

BRANCOUR.

Je vous raconterai ça en route. Ça nous fera un sujet de conversation. Voulez-vous partir, oui ou non?

COLETTE.

Je ne demande pas mieux... je ne demande pas mieux...

BRANCOUR.

Vous n'avez pas l'air enthousiasmée.

COLETTE.

Si! si!...

BRANCOUR.

Alors, ce soir sept heures et demie, gare de Lyon.

COLETTE.

A ce soir, mon ami, à ce soir... *(Un temps.)* Vous êtes bien décidé?

BRANCOUR.

Tout ce qu'il y a de plus décidé... Vous me trouverez sur le quai à sept heures.

COLETTE.

Alors, à sept heures... Dites donc, Tencier? Pourquoi ne viendriez-vous pas avec nous?

TENCIER.

Ah! non, par exemple!

COLETTE.

Vous ne trouvez pas ça un peu risqué, ce que nous allons faire là?

TENCIER.

C'est tout simplement idiot!

COLETTE.

N'est-ce pas?

BRANCOUR.

Je vais faire mes préparatifs... A sept heures,
sur le quai, ma petite Colette.

COLETTE.

A sept heures, mon ami, à sept heures. Et le
premier arrivé attendra l'autre.

*(Brancour lui serre la main et sort par le fond à
droite.)*

SCÈNE IX

TENCIER, COLETTE.

TENCIER.

Voyons, Colette, nous sommes seuls... laissez-
moi vous parler sérieusement. Est-ce que vous
allez faire cette folie ?

COLETTE.

Mais il n'y a pas moyen de faire autrement, je
suis pincée... Je m'étais pourtant bien promis de
ne pas arriver à ces extrémités. Le ménage à
trois, tant qu'il voudra... mais le ménage à deux,
ça, c'est différent. Je sors d'en prendre...

TENCIER.

Écoutez, Colette, vous commencez à me devenir
tout à fait sympathique.

COLETTE.

Nous en resterons là, voulez-vous ? Quelle histoire tout de même ! Je suis dans une impasse !...

(Entre Anna.)

ANNA, *à Tencier.*

Madame Brancour.

TENCIER.

Diable! *(A Colette.)* Vous ne tenez pas à la rencontrer?

COLETTE.

Non, par exemple! *(Réfléchissant.)* Eh bien, si... J'ai une inspiration. Tencier, veillez à ce que Julien ne vienne pas nous déranger.

TENCIER.

Vous m'inquiétez.

COLETTE.

Allez-vous-en! Allez-vous-en! C'est des affaires de femmes... Vous n'y comprendriez rien. *(Elle le conduit à droite après avoir fait un signe à Anna. Entre Germaine.)*

SCÈNE X

GERMAINE, COLETTE.

GERMAINE.

C'est vous, Colette? Qu'est-ce que vous venez faire ici?

COLETTE.

Ma chère, je vous attendais...

GERMAINE.

Comme ça se trouve, je viens de chez vous... Et qu'avez-vous à me dire, chère Colette?

COLETTE.

Oh! mon Dieu! ce sont de ces choses qui sont graves ou pas graves, suivant le point de vue auquel on se place...

GERMAINE.

Alors, elles doivent être graves. Je vous écoute, Colette, je vous écoute...

COLETTE.

D'abord, il faut me promettre de ne pas me demander de détails... ni de noms... Je vous dis tout, mais j'ai promis le secret.

GERMAINE.

Soyez tranquille, je le garderai.

COLETTE.

Voici. J'ai reçu ce matin... tout à l'heure... la visite d'une amie... d'une amie commune à nous deux, qui vous aime beaucoup. Car je vous affirme qu'elle a beaucoup d'amitié pour vous...

GERMAINE.

Vous me faites trembler.

COLETTE.

Et cette amie m'a raconté une histoire !...

GERMAINE.

Voyons, Colette, dépêchez-vous.

COLETTE.

Bref... elle a flirté avec votre mari...

GERMAINE.

C'est tout ce qu'on peut demander à une amie.

COLETTE.

Il paraîtrait même que le flirt est allé assez loin... pour que... Ma foi, tant pis ! Je vous raconte tout parce qu'on doit se soutenir entre femmes ! Votre mari doit partir ce soir avec elle pour l'Italie...

GERMAINE.

Tiens ! Tiens !

COLETTE.

M'a-t-elle menti ? Dit-elle la vérité ? Il n'y a que vous qui puissiez l'apprécier.

GERMAINE.

Vous êtes une bonne amie, Colette. Et quelle est votre opinion, vous qui êtes désintéressée dans cette affaire ?

COLETTE.

Mon opinion, c'est qu'ils font tous les deux une grosse bêtise... lui surtout... parce que, je peux bien vous le confier, cette femme ne vous vaut pas.

GERMAINE.

Vous êtes sévère... Et que feriez-vous à ma place ?

COLETTE.

Moi, il me semble que j'empêcherais coûte que coûte mon mari d'aller ce soir à la gare de Lyon...

GERMAINE.

Et après ? Si Julien aime cette femme et que cette femme aime Julien, ils partiront plus tard, voilà tout !

COLETTE.

Je ne le crois pas... Écoutez, ça, je ne le crois pas... A mon avis, il n'y a eu entre eux que de la coquetterie...

GERMAINE.

Oui... je connais ça...

COLETTE.

N'est-ce pas ?

GERMAINE.

On cause avec un monsieur... il ne vous déplaît pas... il ne vous plaît pas non plus... On le rencontre tout le temps sur son chemin, on finit par le traiter en camarade... on lui laisse dire des choses qu'on n'a pas l'air d'entendre et qu'on ne devrait pas écouter. On pense : « Bah! il n'est pas dangereux, il est amusant, et je m'en débarrasserai quand je voudrai. » Et tout à coup, on s'aperçoit qu'il est dans votre intimité et qu'il n'en veut plus sortir... On croyait ne lui accorder que de petites faveurs sans importance, on lui a donné des droits. Et il suffit d'un hasard pour que tout ça devienne un drame.

COLETTE.

Oh! comme c'est vrai !

GERMAINE.

Et alors, il faut se tirer de là ou sauter le pas ! Moi, je suis bien décidée à ne pas le sauter. Et vous?

COLETTE, — un temps.

Moi? Qu'est-ce que vous insinuez?

GERMAINE, tout à coup.

Regardez-moi bien dans les yeux, Colette. Ça ne vous dit rien d'aller voir les lacs d'Italie avec mon mari! Hein?

COLETTE.

Voulez-vous que je sois franche? Eh bien, ça ne me dit rien du tout! Au revoir, Germaine.

GERMAINE.

A la bonne heure! J'avais deviné. Mais vous savez? je vous remercie tout de même!

COLETTE.

Il n'y a pas de quoi!... Mais, moi, je suis une bonne fille, prenez garde aux autres... A propos, votre mari est là... il fait vos malles.

GERMAINE.

Eh bien, je vais l'aider... Au revoir, Colette.

SCÈNE XI

GERMAINE, BRANCOUR.

GERMAINE, à la porte.

Julien !... Tu es là ? Je peux te dire un mot ?
Oh ! ce ne sera pas long...

BRANCOUR, arrivant.

Je suis là, en effet... Qu'y a-t-il ?

GERMAINE.

Il y a que tu n'es pas gentil, mon ami... C'est
la première fois que tu pars en voyage et que tu
ne me dis pas au revoir...

BRANCOUR.

Mais je ne pars pas... Qui t'a raconté çà ?

GERMAINE.

Voyons... pourquoi des cachotteries avec moi,
maintenant ? Puisque nous sommes séparés...
puisque tu as commencé à découcher... et puisque
tu as pris une maîtresse !

BRANCOUR.

Pardon ! je n'ai pas pris de maîtresse.

GERMAINE.

Tu n'as pas eu le temps ? Ça ne tardera pas.
Mais je ne t'adresse pas de reproches... Tu es
dans ce que les maris ordinaires appellent leur

droit... Tu vas donc partir avec une petite femme...
très jolie, d'ailleurs. Tu aurais pu choisir plus mal
parmi mes amies intimes. Tu as du goût, mes
compliments...

BRANCOUR.

C'est Tencier qui t'a raconté cette histoire?

GERMAINE.

Je l'ai devinée... Et je trouve ça excellent pour
toi. Ça te fera du bien... Tu as besoin de connaître
les femmes, car tu ne les connais pas! Et celle-là
est tout à fait ton affaire, tout à fait. En voilà une
qui saura t'apprendre ce que c'est que la coquetterie et la trahison, la vraie... celle qui compte...
Le cours supérieur, enfin! Et quand elle aura fait
ton éducation, ce sera à moi de te recueillir si je
suis encore disponible, on ne sait jamais!

BRANCOUR.

Tu te trompes sur mes intentions. Tu affectes
de rire, mais tu crois que j'agis par rancune...
C'est une erreur, je n'ai plus aucune rancune
contre toi et je ne songe pas à me venger. Je ne
songe qu'à oublier et, pour cela, que veux-tu?
chacun a son caractère, il faut que je me sépare
de toi pendant quelque temps... C'est la seule
solution possible... Ensuite, nous verrons.

GERMAINE.

C'est parfait, mon ami, c'est parfait... Je ne te
retiens pas. En fait de solution, moi, j'en avais
envisagé une autre... Tu vas rire. Je me figurais,
me retrouvant près de toi, repentante de ma
coquetterie, de mon imprudence, si tu veux,
navrée de t'avoir causé du chagrin... et décidée
dorénavant à être gentille comme je ne l'avais

jamais été... Crois-tu que j'étais romanesque et démodée?... Heureusement, tu es là pour me redonner le ton !

BRANCOUR.

Pardon, c'est toi qui as commencé. Moi, je ne suis pas romanesque, évidemment... mais j'ai mes petites qualités. Je fais honneur à ma signature, et, quand je me méfie d'un associé, je n'y vais pas par quatre chemins, je retire mes fonds...

GERMAINE.

Et tu les portes dans une autre banque?... Prends garde à la faillite ! Allons, je n'insiste pas... Tu raisonnes très bien... tu raisonnes en industriel.

BRANCOUR.

Tu n'as pas épousé un poète...

GERMAINE.

Non, mais je croyais avoir pris un mari et non un gérant!... Tu m'as administrée comme une entreprise de tout repos... Eh bien, non, mon ami... La femme la plus pure, la plus vertueuse a besoin d'une surveillance, d'une attention continuelle qui lui donne confiance en soi... Une femme, et même une femme légitime, ça ne se règle pas comme une machine, ça se soigne comme un objet d'art !...

BRANCOUR.

Il faut le temps, ma petite, et il faut vivre...

GERMAINE.

Le voilà, l'argument du travail, je l'attendais ! Il en a démoli des ménages, celui-là ! Vous autres, quand vous avez dit que vous travaillez, vous avez tout dit, vous vous croyez quittes ! Seulement, il y a des gens qui n'ont rien à faire, eux, que la cour à votre femme et que vous accueillez aimablement en pensant : « Bah ! ça l'occupera, et, pendant ce temps-là, je travaillerai tranquille ! » Et puis, quand ça nous occupe trop, vous devenez tout à coup enragés ! Vous perdez toute indulgence, toute notion de justice, vous cassez tout et vous filez avec la première petite femme venue !...

BRANCOUR.

Tu aurais pu me dire tout ça avant !

GERMAINE.

Avant, je n'y pensais pas !

BRANCOUR.

C'est dommage !

GERMAINE.

Ça va peut-être te gâter ton voyage, ce que je te débite-là... Mais, rassure-toi, une fois dans le *sleeping*, tu n'y penseras plus.

BRANCOUR.

D'abord, je ne suis pas encore parti !

GERMAINE.

Oh ! non, mon ami, non... tu ne peux plus te dérober... Un homme comme toi doit faire honneur à sa signature ! Tu as un client qui t'attend à sept heures sur le quai de la gare de Lyon... Ne le mécontente pas, il te quitterait... *(On frappe.)* Entrez.

(Entre Anna.)

ANNA.

Une lettre pour monsieur Brancour.

GERMAINE.

Ah ! Ah ! Lis ton courrier, mon ami...

BRANCOUR.

Tu permets ?

GERMAINE.

Comment donc !

(Sort Anna.)

BRANCOUR, *lisant.*

Ah ! par exemple !

GERMAINE.

Je sais de qui est cette lettre...

BRANCOUR.

Tu ne peux pas t'en douter.

GERMAINE.

Si ! Elle est de Colette.

BRANCOUR.

En effet.

GERMAINE.

Veux-tu que je te dise ce qu'il y a dedans ?

BRANCOUR.

Je serais curieux...

GERMAINE.

C'est très simple. *(Elle récite en tournant le dos à Brancour et face au public.) Mon cher ami, Décidément, je ne veux pas faire notre malheur à nous deux et même à nous trois... Je ne vous aime pas et vous ne m'aimez pas davantage. Vous aimez votre femme et vous avez bien raison, car elle vaut mieux que moi. Je le lui ai dit tout à l'heure. Quant à vous, vous êtes un brave homme qui n'êtes pas fait pour toutes ces complications... Vous en*

*arriveriez trop vite à regretter un mouvement de
colère et d'orgueil blessé... Je préfère rester votre
amie, même de loin. Cordialement à vous, Colette.*
Ce n'est pas ça à peu près qu'il y a dans la lettre ?

BRANCOUR.

Oui, mais elle résume en trois mots sur sa
carte : *Impossible de venir ce soir gare de Lyon.*

GERMAINE.

C'est une femme qui ne sait pas développer !
Ah ! mon pauvre Julien... tu n'as pas de chance.

BRANCOUR.

Tant pis, je partirai seul... ou j'emmènerai
Tencier !

GERMAINE, *changeant de ton.*

Allons, tiens ! Je veux bien te faire une conces-
sion, mais ce sera la dernière. Eh bien, si tu n'es
pas un sauvage, c'est avec moi que tu partiras, tu
entends ? c'est avec moi !

BRANCOUR.

Oui, n'est-ce pas ? et j'emporterai le doute
insupportable que tu as été la maîtresse de Le
Hercheur !... Et tu crois que je pourrai visiter les
musées dans ces conditions-là.

GERMAINE.

Mais tu ne peux pas les visiter dans de meilleures conditions.

BRANCOUR.

Vraiment !

GERMAINE.

Il t'est arrivé une aventure inespérée, une de
ces aventures qui font comprendre la vie... et qui
éveillera en toi, simple industriel, le poète qui

dormait... Tu avais trop de certitude, vois-tu ?
et, par conséquent, aucune sensibilité. Il te manquait l'inquiétude et le doute, car on n'attache pas
de prix au bien dont on est trop sûr... C'est ça,
mon ami, qui faisait défaut à notre ménage...

BRANCOUR.

Et maintenant, je ne suis plus sûr de toi et tu
n'es plus sûre de moi !

GERMAINE.

Parfaitement. Et comme nous n'avons pas cessé
de nous aimer, nous serons tenus en éveil...
Nous nous méfierons l'un de l'autre, et alors,
nous nous méfierons de nous-mêmes, ce qui nous
permettra de parvenir très unis et très défiants
à une vieillesse avancée.

BRANCOUR.

Ah ! il y a tout de même quelque chose de
meilleur dans une bonne certitude, et ce que je
donnerais pour l'avoir !

*(La porte de droite s'ouvre. Paraissent Tencier et
Hector.)*

SCÈNE XII

Les Mêmes, TENCIER, HECTOR.

TENCIER, à *Hector*.

Mais pardon, mon ami, pardon... Vous envahis-
sez ma maison ! Je suis ici chez moi !

HECTOR.

Ça m'est égal, monsieur, ça m'est égal...

Monsieur Brancour est ici, il faut que je lui parle...

GERMAINE.

Encore vous, Le Hercheur !

BRANCOUR.

Flûte ! voilà d'Artagnan !

HECTOR.

Deux mots, monsieur... Veuillez m'écouter... Oh ! pardon, madame, vous ne m'empêcherez pas de parler... Je suis peut-être ridicule, mais je suis sincère, et, en outre, je suis un galant homme.

BRANCOUR.

Ah çà ! Le Hercheur... qu'est-ce que c'est que ces façons-là !

HECTOR.

Oh ! vous... ne faites pas le dilettante, je vous prie ! J'ai été ridicule un mois, c'est tout ce que je peux supporter. Je ne me laisserai pas berner davantage ! Madame vous a prouvé qu'elle était innocente, tant mieux, car c'est vrai ! Elle vous a dit qu'elle s'était moquée de moi et vous avez trouvé ça très comique, je ne le regrette pas ! Je lui ai même proposé de l'épouser et elle a refusé cette offre dans des termes que je ne vous pardonnerai jamais ! Enfin ! vous vous êtes réconciliés sur mon dos, c'est très bien ! Je n'ai donc plus rien à espérer, je suis libre et je viens vous dire : « Monsieur, vous m'avez insulté hier soir sans raison. Un de nous est de trop ! »

GERMAINE, à Brancour.

Mon chéri, mon chéri, vrai, je n'espérais pas ça !...

BRANCOUR.

Ni moi, par exemple, ni moi !

HECTOR.

Qu'est-ce que vous dites encore tous les deux !

BRANCOUR.

Je dis, Le Hercheur, que j'ai une envie folle de vous embrasser !

HECTOR.

Monsieur, je ne comprends pas l'ironie et, quand je la rencontre sur ma route, je la châtie !

BRANCOUR.

Ne vous emportez pas, Le Hercheur, je vous trouverai une compensation. Evidemment, je ne peux pas vous donner ma femme, j'en ai absolument besoin pour voyager...

GERMAINE.

Voulez-vous Colette ?

HECTOR, *furieux.*

Madame !

BRANCOUR.

Voulez-vous Fernande ?

TENCIER.

Ah ! non... je m'y oppose !

HECTOR.

Nous sommes dans la gaieté, monsieur. Je vois que vous refusez de vous battre !

BRANCOUR.

En effet, Le Hercheur, je ne me battrai pas avec vous parce que je ne vous en veux plus...

Au contraire, j'ai une certaine admiration pour
vous, car vous êtes une force de la nature !

HECTOR, à *Germaine.*

Ce qui signifie que je suis un idiot, n'est-ce pas?

GERMAINE.

Pas du tout !... Vous êtes un homme très
utile... Car ce sont les gens comme vous qui
font comprendre aux femmes ce qu'il y a de délicieux dans le mariage et dans la vie simple de
tous les jours !...

HECTOR.

Vous avez raison, madame, et je me rends
compte de l'illusion dans laquelle j'ai vécu. Je ne
suis pas un homme de ces temps-ci. J'aurais dû
naître il y a deux ou trois siècles, quand l'honneur n'était pas un sujet de plaisanterie...
Malheureusement, cela ne dépendait pas de moi.
Madame, j'ai l'honneur de vous saluer. *(Il sort.)*

TENCIER.

J'espère que vous allez me laisser mon appartement, maintenant !

BRANCOUR, à *Germaine.*

Tu me pardonnes, ma chérie?

GERMAINE.

Nous verrons ça.

HÉLÈNE ARDOUIN

COMÉDIE EN CINQ ACTES

*Représentée pour la première fois au théâtre du Vaudeville,
le 14 mars 1913.*

PERSONNAGES

SÉBASTIEN RÉAL, 25 ans . . . . . . MM. Rozenberg.

PIERRE ARDOUIN, 30 ans . . . . . . Guilton.

BAROIS, 28 ans . . . . Lérand.

CABANIÈS . . . . Joffre.

BALANIER . . . . Dorgel.

MOULAINE . . . . Nexdaille.

SERVAL . . . . Mistreo.

BISHOP . . . . Thust.

PALADINO . . . . Flateau.

HÉLÈNE ARDOUIN, 25 ans . . . . . Mˡˡᵉˢ Vera Sergine.

MADAME ARDOUIN, 50 ans . . . . . Emilienne Dux.

MADEMOISELLE MESSANY, 50 ans. Ellen-Andrée.

MARGUERITE RÉAL, 16 ans . . . . Sarah-Davids.

MADAME LA HOUBELLE . . . . . . Géraldi.

MADAME BALANIER . . . . Fravel.

MADAME MOULAINE . . . . Leprince.

LUCIE GRÈGE . . . . Gabrielle Marcy

Invités — Invitées.

HÉLÈNE ARDOUIN

ACTE PREMIER

Dans la petite ville de Villensel. Sur le Rhône. Chez les Ardouin. Le salon, riche, vieux, arrangement très distingué et sans tristesse. Après-midi. Mois de mai.

SCÈNE PREMIÈRE

PIERRE, Le Domestique, puis BAROIS.

PIERRE.

Vous prendrez la voiture et vous porterez ma valise à la gare pour le train de cinq heures... le train de Grenoble.

LE DOMESTIQUE.

Est-ce que j'attendrai monsieur à la gare ?

PIERRE.

Si vous voulez.

LE DOMESTIQUE.

Alors, j'attendrai. Monsieur viendra donc à pied ?

PIERRE.

J'irai à pied, parfaitement.

LE DOMESTIQUE.

Bien, monsieur.

(Il sort. Entre Barois.)

PIERRE.

Bonjour, cher professeur... C'est moi que vous venez voir?

BAROIS.

Vous, un peu, mais c'est surtout votre femme... On ne la dérange pas?

PIERRE.

On la dérange d'autant moins qu'elle va être seule tout l'après-midi, car je suis obligé de m'absenter.

BAROIS.

Vous allez loin, sans indiscrétion?

PIERRE.

A Grenoble, pour affaire. Je compte revenir demain soir. Et quoi de neuf, à part ça?

BAROIS.

Jamais grand'chose de neuf à Villensel, cher ami. Ah! pourtant, j'oubliais... Il faut être juste... Aujourd'hui, par exception, nous avons un petit incident.

PIERRE.

Ah!

BAROIS.

Il paraît — mais est-ce bien vrai? — que la petite Berthe Riffard, la fille du propriétaire du Lion d'Or... Vous la connaissez?

PIERRE.

Vaguement. Eh bien! que lui arrive-t-il?

BAROIS.

Elle a quitté la maison paternelle.

PIERRE.

Bah ! Et quand ça ?

BAROIS.

Hier soir, mon ami.

PIERRE.

Toute seule ?

BAROIS.

On ne quitte jamais la maison paternelle toute seule. Mais, dans l'espèce, on ne sait pas avec qui est partie cette enfant.

PIERRE.

Et le père, qu'est-ce qu'il dit ?

BAROIS.

Il crie partout depuis ce matin... Il s'apprêtait même à déposer une plainte quand il a reçu une lettre de la jeune fille qui l'a complètement édifié.

PIERRE.

Et que contient cette lettre ?

BAROIS.

Mademoiselle Riffard déclare à son père qu'elle veut vivre sa vie et qu'il n'y a pas moyen de faire ça dans une auberge.. Le père Riffard ignorait ce que signifie cette expression, « vivre sa vie ». Je la lui ai expliquée.

PIERRE.

Et il a compris ?

BAROIS.

Il s'est écrié : « Quelle coquine ! » Alors, je suppose qu'il a compris. Eh ! eh ! c'est le premier enlèvement de jeune fille à Villensel depuis vingt ans !

PIERRE.

Je vois que vous en prenez votre parti.

BAROIS.

Très bien... Évidemment, ce scandale éclaterait dans la haute bourgeoisie de Villensel, ça ferait plus de bruit, mais tel quel c'est encore un sujet de conversation pour deux ou trois jours.

PIERRE, *riant.*

Dites donc, Barois... tâchez que ce ne soit pas un sujet de conversation avec ma mère... Elle n'aime pas beaucoup ce genre-là.

BAROIS.

Soyez tranquille. Je connais madame Ardouin et je l'admire.

PIERRE.

Malgré son austérité?

BAROIS.

A cause de son austérité. Mon cher, les femmes austères, c'est ce qui empêche nos provinces de devenir des faubourgs de Paris. *(Entre Hélène.)* Ah! chère madame... Comment allez-vous?

HÉLÈNE.

Bien. Merci. *(A Pierre.)* Tu es prêt?

PIERRE.

Oui. Le temps d'écrire une lettre et je pars... Je te retrouve ici dans un instant. Mais ce n'est pas la peine de m'accompagner à la gare.

HÉLÈNE.

Comme tu voudras.

PIERRE.

Où est donc Germaine?

HÉLÈNE.

Elle est sortie un instant avec sa grand'mère.

PIERRE.

Je voudrais bien l'embrasser. Elle était un peu
pâlote, ce matin.

HÉLÈNE.

Ce n'était rien... sois tranquille.

PIERRE.

Et toi ?

HÉLÈNE, souriant.

Moi... ?

PIERRE.

Oui... Tu vas bien ?

HÉLÈNE.

Parfaitement. Quelle question !

PIERRE.

Les palpitations dont tu te plaignais ces
jours-ci ?

HÉLÈNE.

Elles ont disparu... Elles reviendront... ce n'est
pas grave... As-tu prévenu ta mère de ton voyage?

PIERRE.

Je ne l'ai pas aperçue depuis que j'ai reçu cette
dépêche... Mais je crois qu'elle rentre... Je reviens vous embrasser toutes les deux... Vous,
Barois, si je ne vous revois pas, à demain ou
après-demain au plus tard.

(Il serre la main de Barois et sort.)

SCÈNE II

BAROIS, HÉLÈNE.

HÉLÈNE, *très cordialement.*

J'espère que vous venez me faire une visite, et non pas rester cinq minutes et vous en aller courir je ne sais où comme d'habitude... Asseyez-vous donc.

BAROIS.

Non seulement je viens vous faire une visite, chère amie, mais encore cette visite a un but intéressé.

HÉLÈNE.

Vous m'intriguez.

BAROIS.

Voici. Mon ami Réal désirerait vous présenter ses hommages et vous faire ses adieux.

HÉLÈNE.

Monsieur Réal... Sébastien Réal!

BAROIS.

Oui. Il quitte définitivement Villensel où il ne peut arriver à se créer une situation, et il va habiter Paris.

HÉLÈNE.

C'est lui qui vous a prié de faire cette démarche auprès de moi?

BAROIS.

A l'instant.

HÉLÈNE.

Et pourquoi ne voulait-il pas venir ici tout seul

sans cette puissante recommandation? Ce n'est
pas à cause de mon mari, j'espère?

BAROIS.

C'est à cause de votre belle-mère... Les deux
familles Ardouin et Réal ont toujours été un peu
brouillées : on n'a jamais su pourquoi? Ça se
perd dans la nuit des temps. Et madame Ardouin
est une femme qui n'oublie pas...

HÉLÈNE.

Bah! elle n'est pas si terrible... Vous pouvez
dire à monsieur Réal que je l'attends cet après-
midi, et que je serai très contente de le recevoir...
Quel garçon singulier!

BAROIS.

Extrêmement bien doué, mais qui n'est pas à
sa place. Il a été bousculé par le drame de famille
le plus fréquent chez nous, la ruine... et il avait
l'âge où le manque soudain d'argent arrête toute
carrière... Il allait se présenter à l'École... Il a
fallu y renoncer. C'est la vie interrompue et à
refaire... Ah! il aura du mal à se remettre en
équilibre.

HÉLÈNE.

Et comment cette famille s'est-elle ruinée?
C'étaient des gens très raisonnables. Par des spé-
culations?

BAROIS.

Non. En vivant bien, tout simplement. Le père
Réal s'imaginait toujours qu'il allait plaider une
grosse affaire, et, en attendant, il dépensait chaque
année le double de ses revenus pour que tout le
monde autour de lui fût heureux. C'était un
homme exquis, qui a laissé en mourant sa famille
dans la détresse. L'an dernier, madame Réal est

morte à son tour et Sébastien est resté seul avec
sa sœur, à vingt-cinq ans. Enfin! comme c'est un
garçon très énergique, il se tirera de là, mais il
sera secoué, qu'il ne se fasse pas d'illusions!

HÉLÈNE.

Vous le connaissez depuis longtemps?

BAROIS.

Depuis toujours...

HÉLÈNE, *souriant.*

Vous a-t-il jamais raconté notre petite histoire?

BAROIS.

Vous avez eu une histoire, à vous deux?

HÉLÈNE.

Mais oui...

BAROIS.

Sébastien et vous?

HÉLÈNE.

Parfaitement.

BAROIS.

Il ne m'en a jamais parlé... Quel cachotier!
Voilà encore un de ses défauts : l'excès de discrétion! Arrivons à l'histoire...

HÉLÈNE.

Faut-il la dire?

BAROIS.

Immédiatement... sans ça, je vais la deviner.

HÉLÈNE, *toujours souriant.*

Eh bien! monsieur Réal et moi, nous avons
failli nous marier...

BAROIS.

Ah bah! Et y a-t-il indiscrétion à vous demander
quelques détails?

HÉLÈNE.

Il n'y a eu aucun détail. Nos familles avaient des propriétés voisines. Nous nous rencontrions souvent, et nous avions fait le projet de nous marier. Nous avions seize ans... C'est l'âge où on se dit ces choses-là en riant.

BAROIS.

Et puis, un jour, l'irrésistible Pierre Ardouin s'est présenté.

HÉLÈNE.

Et je l'ai épousé parce que ça faisait plaisir à mon père.

BAROIS.

Et parce que vous l'aimiez!

HÉLÈNE.

Parce que je l'aimais, comme vous dites... J'oubliais cette raison... Avouez que vous n'avez pas perdu votre après-midi?

BAROIS.

Je m'explique maintenant...

HÉLÈNE.

Que vous expliquez-vous?

BAROIS.

Eh bien! mais... l'insistance de Sébastien... son désir de vous revoir... Votre belle-mère a-t-elle connaissance de cette petite aventure?

HÉLÈNE.

Non... non... Dieu merci! Il ne manquerait plus que ça!

MADAME ARDOUIN, entrant.

Hélène...?

HÉLÈNE.

Ma mère?

MADAME ARDOUIN.

Ah! monsieur Barois... Bonjour.

BAROIS.

Chère madame Ardouin, je vous présente mes hommages.

MADAME ARDOUIN.

Que vous disais-je, Hélène? Il sera impossible de garder cette bonne... elle est distraite dans la rue. Elle regarde tous les passants... Je ne lui confierai plus votre fille... Et je vous conseille de lui faire des observations avant que nous trouvions à la remplacer.

HÉLÈNE, *vivement*.

Je crois bien! Et tout de suite... Elle est rentrée?

MADAME ARDOUIN.

Oui.

HÉLÈNE, à *Barois*.

Je ne bouge pas de la maison... Dites à monsieur Réal que je l'attends.

(*Elle sort.*)

MADAME ARDOUIN, à *Barois*.

Ah! oui... j'ai appris la nouvelle, en effet. Les Réal sont complètement ruinés... Moi, je m'en doutais depuis longtemps... Et le jeune homme va chercher fortune à Paris.

BAROIS.

Exactement cela, madame. Il va la chercher.

MADAME ARDOUIN.

Je souhaite qu'il la trouve, mais cela m'étonnerait.

BAROIS.

Vous me permettez de ne pas lui transmettre cette parole de découragement?

MADAME ARDOUIN.

Il ne la vérifiera que trop tôt.

BAROIS, *prenant congé.*

Chère madame...

MADAME ARDOUIN.

Au revoir, monsieur Barois. *(Allant à l'autre porte pendant que sort Barois.)* Au fait... *(Appelant.)* Hélène...!

SCÈNE III

HÉLÈNE, MADAME ARDOUIN, *puis* PIERRE.

HÉLÈNE, *revenant.*

Quoi, ma mère?

MADAME ARDOUIN.

Ce n'est donc pas vous qui allez vous promener, ma chère enfant? J'ai vu qu'on attelait.

HÉLÈNE.

Non, c'est Pierre qui doit avoir donné l'ordre... Il prend le train de cinq heures pour Grenoble... Il vous cherchait tout à l'heure pour vous l'annoncer.

MADAME ARDOUIN.

Qu'est-ce que c'est que cette histoire? Pierre va à Grenoble? A quel propos? Il n'en était pas question à déjeuner!

HÉLÈNE, *voyant entrer Pierre avec son pardessus sous le bras.*

Il va vous expliquer.

PIERRE, *à sa mère.*

Oui, figure-toi... J'ai reçu tantôt, pendant que tu étais en visite, un télégramme de Verteil qui arrive de Tunisie... Des camarades lui offrent un dîner ce soir à Grenoble... et je tiens à me joindre à eux. Verteil est un ami de vingt ans. J'ai été au lycée avec lui... Eh bien! tu es fâchée?

MADAME ARDOUIN.

Non. Mais je trouve ce voyage bien précipité...

PIERRE.

Ma pauvre maman, il ne s'agit pas d'un voyage... Grenoble est à deux heures d'ici...

MADAME ARDOUIN.

Et quand reviens-tu?

PIERRE.

Demain soir... demain soir... je te le promets.

MADAME ARDOUIN.

J'ai besoin d'avoir une conversation sérieuse avec toi.

PIERRE,

A mon retour.

MADAME ARDOUIN.

Tu ne me demandes même pas à quel propos!

PIERRE.

Non, maman, parce que ça ne peut pas être bien urgent et que ça me ferait manquer le train... Ah! il faut que je m'en aille... *(S'approchant de sa mère.)* Eh bien! maman...?

MADAME ARDOUIN.

Quoi?

PIERRE.

Tu ne m'embrasses pas?

MADAME ARDOUIN.

Si! *(Elle l'embrasse.)*

PIERRE.

Comme tu es soupçonneuse, maman!

MADAME ARDOUIN.

Je ne suis pas soupçonneuse, je suis inquiète...
et si tu veux savoir pourquoi...

PIERRE, *riant.*

A mon retour, maman, à mon retour.

MADAME ARDOUIN.

Soit! Nous allons t'accompagner à la gare.

PIERRE.

Non... non... ne vous dérangez pas. D'ailleurs,
Hélène attend des visites... Et moi, j'ai une course
à faire avant de partir... Au revoir, mère... au
revoir, Hélène, à demain.

(Il les embrasse toutes les deux et sort.)

SCÈNE IV

HÉLÈNE, MADAME ARDOUIN.

MADAME ARDOUIN.

Il me semble que vous n'avez pas insisté beaucoup pour l'accompagner.

HÉLÈNE.

Il n'... ait pas l'air d'y tenir.

MADAME ARDOUIN.

Et, dans ces cas-là, vous n'insistez pas?

HÉLÈNE.

Jamais, ma mère.

MADAME ARDOUIN.

Vous avez tort... Ma chère enfant, je profite de cette occasion pour vous dire franchement que je ne suis contente ni de Pierre ni de vous, mais surtout de vous.

HÉLÈNE, *souriant.*

Naturellement.

MADAME ARDOUIN.

Si vous croyez que je ne devine pas ce qui se passe dans votre ménage... Vous n'aimez pas mon fils !

HÉLÈNE.

J'ai pour mon mari l'affection que je dois avoir et qu'il mérite.

MADAME ARDOUIN.

Oui... je vois... Quelqu'une des pimbèches que vous recevez ici a dû vous dire que votre mari vous trompait... et vous n'avez pas mieux demandé que de le croire.

HÉLÈNE.

Je n'y ai jamais fait la moindre attention.

MADAME ARDOUIN.

Alors, qu'avez-vous à lui reprocher?

HÉLÈNE.

Rien. Est-ce qu'il se plaint?

MADAME ARDOUIN.

Lui! Il ne s'aperçoit même pas de votre froideur, le pauvre enfant! C'est la bonté même... C'est un naïf! Il ne remarque ni les airs dédaigneux que vous prenez à chaque instant...

HÉLÈNE.

Moi!

MADAME ARDOUIN.

Oui, vous!... Mais formulez donc vos griefs

une fois pour toutes... D'ailleurs, ce n'est pas nécessaire, je les connais! Quand je pense que vous ne vous consolez pas encore de ce mariage! Et ce qu'il m'a fallu employer pour vous décider à épouser mon fils, c'est fantastique! Un garçon que toutes les jeunes filles de Villensel se disputaient...

HÉLÈNE.

Elles se le disputent même encore...

MADAME ARDOUIN.

Et vous en riez! Vous n'êtes pas jalouse... Voilà ce qui me dépasse... Vous ne trouvez peut-être pas Pierre assez beau pour vous... ! Qu'est-ce qu'il vous faut!

HÉLÈNE.

Vous vous aigrissez bien inutilement, ma mère. Ce qui est fait est fait. Si c'est un mal, vivons avec. Ça durera ce que ça durera.

MADAME ARDOUIN.

Ça durera toujours, c'est moi qui vous l'affirme.

HÉLÈNE.

C'est fort possible. En tout cas, Pierre est très heureux. N'est-ce pas l'essentiel pour vous et pour lui? Vous n'avez qu'à le regarder. Il est gai, rien ne le trouble, il s'amuse de toutes les façons, il voyage... Vous venez même de voir avec quelle facilité il se déplace... Je ne connais pas d'homme plus satisfait que lui de son sort.

MADAME ARDOUIN.

Et tout cela vous est parfaitement indifférent?

HÉLÈNE.

Cela me préoccupe moins en effet que l'éducation de ma fille et que mes devoirs de mère.

MADAME ARDOUIN.

Oh! je n'ai pas d'observations à vous faire de ce côté-là.

HÉLÈNE.

Je vous en sais gré.

MADAME ARDOUIN.

Mais cela ne suffit pas. L'avenir de votre mari et de votre ménage devrait être aussi une de vos préoccupations. Autre chose, maintenant, et de plus direct... Vous êtes riches tous les deux. Mais vous le seriez davantage et plus solidement si Pierre ne restait pas dans l'oisiveté. Vous avez dépensé l'année dernière dix mille francs de plus que vos revenus.

HÉLÈNE.

Ce n'est pas moi qui les ai dépensés, je vous assure.

MADAME ARDOUIN.

Que m'importe! Je ne vois que le résultat. Il est inquiétant. Je destinais Pierre au notariat. Pourquoi ne l'y poussez-vous pas?

HÉLÈNE.

Il a l'intention, je crois, d'acheter une étude à la première occasion.

MADAME ARDOUIN.

Il s'en présente une en ce moment-ci. Voilà pourquoi je désirais causer avec lui. Soyez assurée d'une chose, c'est que je ne laisserai pas la situation s'aggraver. Notre nom et notre famille sont parmi les plus anciens du pays : aucune tache, aucun scandale ne les a jamais atteints. Et coûte que coûte, je saurai les préserver de la déchéance. C'est mon orgueil. Je m'étonne que vous ne le partagiez pas.

HÉLÈNE.

Je le partage, soyez-en sûre, ma mère.

MADAME ARDOUIN.

Là, mon enfant, pardonnez-moi ce qu'il y a parfois de sévère dans mes paroles. Je n'ai jamais en vue que votre bonheur et votre intérêt.

HÉLÈNE.

Je le sais et c'est ce qui fait, ma mère, que je reste si calme, quoi que vous disiez.

(Entre la bonne.)

LA BONNE, à Hélène.

Monsieur Sébastien Réal, madame.

HÉLÈNE.

Bien. *(A madame Ardouin.)* Vous permettez que je le fasse entrer?

MADAME ARDOUIN.

Oui, mais je me retire. Je ne tiens pas à le voir. Ces Réal me sont antipathiques. Au revoir, mon enfant. Je vais jusque chez mon notaire que je n'ai pas trouvé tout à l'heure, et je reviens.

(Elle sort.)

HÉLÈNE, à la bonne.

Introduisez monsieur Réal.

SCÈNE V

SÉBASTIEN, HÉLÈNE.

SÉBASTIEN.

Je vous remercie de m'avoir permis de vous faire mes adieux...

HÉLÈNE.

J'aurais été navrée que vous ne vinssiez pas, et
même un peu fâchée contre vous... Ce départ est
donc définitif?

SÉBASTIEN.

Oui, madame, je le crois.

HÉLÈNE.

Et il est nécessaire?

SÉBASTIEN.

Il l'est devenu.

HÉLÈNE.

Je sais, en effet, que vous avez eu à vous
débattre à la mort de votre mère dans une situation très compliquée et très difficile... Elle n'a
donc pas pu s'arranger?

SÉBASTIEN.

Elle l'est, en ce sens que je la connais enfin
entièrement.

HÉLÈNE.

Est-elle aussi grave que vous le pensez?

SÉBASTIEN.

Oh! rien n'est très grave à mon âge, quand le
ressort n'est pas faussé et que l'amertume ne
s'est pas installée en nous... Au fond, mon aventure est celle de tant de jeunes gens aujourd'hui
que ce n'est pas la peine d'en parler.

HÉLÈNE.

Ça dépend à qui... Il me semble que vous
auriez pu trouver une situation à Villensel...
Barois vous aurait aidé. C'est vous qui ne voulez
pas rester ici.

SÉBASTIEN.

C'est impossible. La province est merveilleuse
pour y suivre une carrière paisible et ordonnée,

mais elle devient vite inhabitable aux irréguliers ou aux réfractaires. Et j'en suis un maintenant!

HÉLÈNE

Et c'est à Paris que vous allez?

SÉBASTIEN.

Oui, madame.

HÉLÈNE.

Et vous allez au hasard, sans relations, sans lettre de recommandation?

SÉBASTIEN.

J'en ai plein mes poches. J'en ai une pour Moulaine, notre député... Mais je ne m'en servirai pas...

HÉLÈNE.

Pourquoi? Oh! mais mon père le connaît très bien, monsieur Moulaine!

SÉBASTIEN.

Et moi donc! C'est pour ça que je n'irai pas le voir. Il me promettrait une place... il me ferait attendre six mois avant de me donner une réponse et pendant ce temps-là, je mourrais de faim, ce que je suis décidé à ne faire sous aucun prétexte.

HÉLÈNE.

Vous riez de ces choses-là?

SÉBASTIEN.

Ça m'empêche d'en avoir peur. J'ai aussi une lettre de recommandation pour le chef d'une usine très importante... Ce que j'ai appris ne me sera pas inutile pour ce métier-là. D'ailleurs, il faut vivre. C'est une préoccupation tellement forte qu'elle vous empêche de vous égarer dans des raisonnements et des nuances. Il n'est plus question de discuter ni de se plaindre, mais d'agir. Vraiment la réalité est bonne : elle vous maintient debout, lucide et quelquefois même très gai.

SÉBASTIEN.

HÉLÈNE.

Ah! vous avez raison... Mieux vaut lutter, mieux vaut se défendre, mieux vaut souffrir même que de traîner sa vie dans une situation morne et sans lumière, sans issue! *(Un temps.)* Et votre sœur, vous l'emmenez?

SÉBASTIEN.

Non. Elle va rester ici chez une de nos parentes qui veut bien s'en charger, en attendant que je puisse la prendre avec moi... En somme, oui, je pars un peu au hasard, je ne sais pas trop ce que je vais faire; il est possible que je ne revienne plus à Villensel, et c'est pourquoi j'ai tenu à vous faire mes adieux, qui sont peut-être de véritables adieux.

HÉLÈNE.

Oh! que je suis triste de ce que vous me dites... Comme il est cruel de voir ses amis s'éloigner... même ceux qu'on ne voit que rarement, et qui vous tiennent au cœur plus qu'ils ne croient.

SÉBASTIEN.

Comme ce n'est pas pour moi que vous dites ça, je suis tranquille.

HÉLÈNE.

Si, c'est pour vous... Car je n'oublierai jamais que nous nous sommes connus presque enfants, que votre père et le mien étaient des amis et qu'ils avaient songé à nous unir... La vie en a décidé autrement.

SÉBASTIEN.

Vous voyez que vous n'auriez pas été bien heureuse.

HÉLÈNE.

Parce que vous êtes pauvre ?

SÉBASTIEN.

Il n'en faut souvent pas plus, je vous assure.

HÉLÈNE.

Vous n'auriez pas été pauvre puisque j'étais riche... Tenez ! ne parlons pas légèrement de ces souvenirs qui sont sacrés pour moi et qui s'étendent sur toute ma jeunesse. A de certaines heures, ils me sont encore très chers et aujourd'hui que nous allons être séparés, ils m'envahissent sans que je puisse les écarter.

SÉBASTIEN.

Moi aussi, Hélène, je suis ému tout d'un coup... Est-ce bizarre ! Depuis quelques années, je vous aperçois à peine de temps en temps... Il me semblait que nous étions devenus des étrangers, et voilà que j'ai le cœur serré comme à une séparation... Et je comprends pourquoi, maintenant, c'est que je vous ai aimée...

HÉLÈNE.

Vous !

SÉBASTIEN.

Oui, moi, moi !

HÉLÈNE.

Quel enfant vous êtes ! Si vous m'aviez aimée, vous me l'auriez dit.

SÉBASTIEN.

Mais je vous l'ai dit.

HÉLÈNE.

Bien peu...

SÉBASTIEN.

Si, pourtant, je vous aimais !... Peut-être pas d'une façon profonde, car j'étais si ambitieux à ce moment-là, que tous mes sentiments étaient dominés par mes projets d'avenir, par mes idées de victoire !... Mais le moindre geste de vous me paraissait délicieux et m'attirait... Je comparais souvent votre sourire avec celui des autres femmes, et alors, j'avais envie de courir à vous et de vous prendre dans mes bras !... Puis, un jour, j'ai appris que vous alliez vous marier... J'étais en plein deuil de famille, ma déception et ma colère s'y sont noyées... Et puis d'autres deuils ont suivi et mon existence a été dure. Mais je n'ai jamais pu vous voir auprès de votre mari sans éprouver la sensation que j'avais été humilié et vaincu !

HÉLÈNE.

Pas plus que moi... Croyez-vous que j'ai fait un mariage d'amour ?

SÉBASTIEN.

Pourquoi l'avez-vous fait ?

HÉLÈNE.

Pourquoi ? Parce que j'ai été lâche ! J'ai même été si lâche, tout ce qui s'en est suivi est tellement de ma faute, j'en suis tellement le seul être responsable que je ne me plains pas et que j'en arrive à supporter mon existence !...

SÉBASTIEN.

Et j'entends dire que vous êtes si heureuse !

HÉLÈNE.

Oui, pour tout le monde, nous sommes le ménage modèle, le chef-d'œuvre du ménage... Nous sommes riches et nous sommes jeunes... Comment une femme n'adorerait-elle pas ce beau garçon si élégant ? Mais ce qu'on ne sait pas... Oh ! non, tenez... arrêtons-nous, c'est absurde de vous faire des confidences, à vous, et au moment où vous partez! En quoi ça peut-il vous intéresser? Pardonnez-moi, Sébastien... Je suis infiniment heureuse, voilà la vérité.

SÉBASTIEN.

Non... non... dites!... Vous avez commencé... Ce qu'on ne sait pas?... dites?... Allez, dites?...

HÉLÈNE.

Eh bien! ce qu'on ne sait pas... c'est que ce beau garçon que j'ai épousé me trahit sans cesse et de la façon la plus vile... C'est qu'il est inconscient, médiocre et ennuyeux... C'est que je l'ai épousé sans l'aimer, affolée par mon père, saisie dans l'intrigue de tout une ville, victime des calculs d'une femme qui trouvait cette union avantageuse pour son fils...

SÉBASTIEN, *lui prenant la main.*

Oh! Ma pauvre Hélène!

HÉLÈNE.

Lorsque j'ai eu ma fille, il n'a même pas eu à cette occasion la tendresse soudaine qui prend les hommes les plus vulgaires... Je lui aurais tout pardonné. Maintenant, c'est fini. Notre union n'est plus qu'une plate série d'habitudes. Quoi qu'il fasse, c'est l'indifférence. Et quand je le vois, devant une femme qui passe près de lui, cambrer ses reins et faire son étalage de bel homme, je n'éprouve qu'un sentiment : le dédain! Ah! mon ami, comme à de certaines heures de la vie, en regardant dans le passé, la vue s'éclaircit brusquement! Comme on voit ce qu'il aurait fallu faire, bravement, malgré les parents, malgré le monde, malgré les conventions! Oh! les minutes qu'au prix de dix ans d'existence on

22

voudrait revivre de nouveau... Celles où on n'a pas écouté son cœur, où on a dit : oui, au lieu de dire : non !

SÉBASTIEN, *lui prenant les deux mains.*

Je suis navré, Hélène... Je ne savais rien, moi, je ne soupçonnais rien... Quand je pense que vous auriez pu être ma femme !... et qu'il suffisait peut-être... Et je suis obligé de partir... Je ne peux pas rester près de vous, être votre ami... non, je ne peux pas... Il faut absolument que je quitte ce pays... Je n'ai plus de quoi vivre, ma petite maison est vendue... Je pars avec cinq cents francs dans ma poche !

HÉLÈNE.

Et moi qui suis si riche ! Quelle horreur !

SÉBASTIEN.

Oh ! ne me plaignez pas, Hélène ! Je vais courir une aventure, mais je vais la courir avec confiance, avec toutes mes forces, sans remords, comme on va à un combat loyal... Mais c'est vous, vous... que je laisse ici... Après tout ce que je sais à présent, il me semble que je vous abandonne.

HÉLÈNE.

Non, Sébastien, car je vais penser à vous souvent... Et cette confidence que je vous ai faite m'est une espèce de réconfort, de revanche qui me soulage le cœur... Je vous suis très reconnaissante de ne m'avoir pas oubliée, Sébastien... Qui sait ? nous nous retrouverons peut-être !

SÉBASTIEN.

Comment ? peut-être... Mais bientôt, Hélène, bientôt... Et je veux que vous m'écriviez !

HÉLÈNE.

Quelle folie ! Nous n'allons pas commencer à nous écrire maintenant... C'est votre sœur qui me racontera ce que vous devenez. Ah ! si elle pouvait avoir un jour besoin de moi !... Allons ! adieu, Sébastien !

SÉBASTIEN.

Au revoir, ma chère Hélène.

HÉLÈNE.

Au revoir ? non... Vous ne retournerez plus ici, je le sens.

SÉBASTIEN.

Alors, c'est vous qui viendrez peut-être à Paris.

HÉLÈNE.

Disons-nous tout de même adieu, comme si nous ne devions plus nous revoir.

(Ils se prennent de nouveau les mains. Entre la femme de chambre.)

LA FEMME DE CHAMBRE.

Mademoiselle Réal.

HÉLÈNE.

Mais qu'elle entre ! qu'elle entre !

SCÈNE VI

LES MÊMES, MARGUERITE.

HÉLÈNE.

Nous parlions de vous, justement.

(Elle l'embrasse.)

MARGUERITE.

Bonjour, madame. Sébastien vous a raconté ses projets, n'est-ce pas ? Je ne l'accompagne pas à

Paris parce que je suis trop jeune. Mais j'irai le rejoindre bientôt.

SÉBASTIEN.

Dès que j'aurai acquis une grande fortune.

MARGUERITE.

Non, avant... Dès que tu auras seulement de quoi me loger. C'est promis.

HÉLÈNE.

Monsieur Réal aurait bien tort de se priver d'une compagne comme vous.

MARGUERITE.

D'autant plus que je suis de très bon conseil, connaissant son caractère comme je le connais... Ah ! oui, je le connais bien ! Allez, madame, entre frère et sœur on s'observe sans s'en douter et rien ne vous échappe. Tenez, il a une chose contre lui, Sébastien. Il sait prendre admirablement les grandes résolutions, mais il ne sait pas prendre les petites. Et dans la vie, n'est-ce pas, madame, ce sont les petites qu'il faut prendre le plus souvent. Moi, par exemple, ce serait le contraire. Dans une circonstance capitale, j'hésiterais, je me conduirais peut-être très maladroitement, tandis que dans les détails de l'existence, je suis extrêmement raisonnable... Vous voyez comme nous nous compléterions, Sébastien et moi !

HÉLÈNE.

Est-il capable d'écouter vos conseils ?

MARGUERITE, riant.

Tout son avenir dépend de là... Je ris, mais j'ai tellement pleuré hier soir que j'en ai le droit... C'est hier soir que nous avons décidé son départ.

HÉLÈNE.

Et où allez-vous demeurer ?

MARGUERITE.

Chez notre tante d'Arley qui m'offre l'hospitalité... J'ai besoin d'ailleurs de compléter mon éducation. Je vais donc bien travailler et, l'année prochaine, je te rejoins.

HÉLÈNE.

A moins que je ne vous marie d'ici là.

MARGUERITE.

Non, je ne me marierai pas, parce que je serais trop difficile... et jamais je n'épouserai quelqu'un qui croirait me sauver en m'épousant... Je ne me marierai pas par à peu près.

SÉBASTIEN.

Ne dis donc pas d'enfantillages.

MARGUERITE, à Hélène.

Il appelle ça des enfantillages !... Allons ! ne bavardons plus... Je suis venue te chercher d'abord pour embrasser madame Ardouin et ensuite parce qu'il te manque des papiers et que tu n'auras que le temps de te les procurer.

HÉLÈNE.

Quand arriverez-vous à Paris ?

MARGUERITE.

Demain, à six heures du matin... Pourvu qu'il n'attrape pas froid dans le train et qu'il ne débarque pas avec un bon rhume ! Tu m'enverras une dépêche tout de suite... Et je vous la communiquerai, madame, si ça peut vous faire plaisir.

HÉLÈNE.

Ah! certes oui, ma chérie!...

MARGUERITE.

Vous permettez que nous nous retirions!

HÉLÈNE, *réfléchissant et allant à un petit bureau.*

Monsieur Réal, voulez-vous vous charger d'une petite commission pour moi?

SÉBASTIEN.

Certes...

HÉLÈNE, *écrivant.*

J'ai à Paris une vieille cousine, mademoiselle Messany, que vous avez peut-être rencontrée autrefois à la campagne, chez mon père.

SÉBASTIEN.

Je me la rappelle parfaitement.

HÉLÈNE.

C'était une femme excellente, d'une bonté admirable... Allez un de ces jours lui porter ce mot de ma part... Et vous verrez comme elle vous recevra... Et si vous ne le faites pas pour vous, faites-le pour moi.

SÉBASTIEN.

Je n'y manquerai pas, madame, je vous le promets.

MARGUERITE.

D'ailleurs, il ne faut pas qu'il vive comme un sauvage... Ah! la sauvagerie! Méfie-toi, Sébastien, tu as ce défaut-là... Madame, c'est le garçon le moins sociable qu'il y ait au monde... Je compte beaucoup sur Paris pour le civiliser... Allons, viens!

HÉLÈNE, *lui tendant la main.*

Bonne chance, monsieur Réal.

SÉBASTIEN, *lui baisant la main.*

Merci, madame.

HÉLÈNE, *reconduisant Marguerite.*

A quand, nous deux ?

MARGUERITE.

Ah ! à bientôt, si vous voulez ! le temps que je sois un peu moins triste... En ce moment, je suis assez gaie, mais vous comprenez, ça ne durera pas...

HÉLÈNE, *l'embrassant.*

Oui, ma chère Marguerite... oui... je comprends.

(*Sébastien salue encore une fois et sort.*)

SCÈNE VII

HÉLÈNE *seule*, puis LE DOMESTIQUE.

HÉLÈNE *reste un instant seule. Paraît le domestique.*
Au domestique.

Monsieur est parti ?

LE DOMESTIQUE.

Oui, madame. Et, en partant, il m'a prié de remettre cette lettre à madame.

HÉLÈNE.

Donnez.

(*Le domestique sort.*)

SCÈNE VIII

HÉLÈNE, *seule, puis* MADAME ARDOUIN.

HÉLÈNE, *décachète la lettre et la lit sans faire un geste d'étonnement, sans un froncement de sourcils, puis la pose sur la table.*

Ah! quel misérable homme! Eh bien! tant mieux!

(Entre madame Ardouin.)

MADAME ARDOUIN.

Dites donc, ma chère Hélène, savez-vous pourquoi votre mari a retiré hier quarante mille francs de chez son notaire?

HÉLÈNE.

Oui, madame... C'est pour s'enfuir avec une fille! *(Lui donnant la lettre.)* Tenez!

MADAME ARDOUIN.

Qu'est-ce que vous me chantez là, vous devenez folle, n'est-ce pas?

HÉLÈNE.

Mais lisez donc, madame... Voilà la lettre que je reçois... Votre fils me l'a adressée de la gare... en quittant Villensel...

MADAME ARDOUIN.

Ah! le malheureux! le malheureux! Mais je pars... je pars à l'instant!...

HÉLÈNE.

Inutile, madame... vous n'empêcherez rien ni moi non plus... Votre fils invoque une passion irrésistible et la fatalité...

MADAME ARDOUIN.

Ma pauvre chérie?... que j'ai été injuste ! Quelle douleur pour vous ! et pour moi quelle destruction de toute ma vie ! Quel écroulement ! Quel déshonneur pour la famille? Oh ! le malheureux garçon ! Et connaissez-vous cette femme avec qui il est parti ?

HÉLÈNE.

Oui, madame... il était son amant depuis longtemps...

MADAME ARDOUIN.

Oh ! je sais qui... je m'en doute... j'en avais l'affreux soupçon... Mademoiselle de Quernois... Une des plus vieilles familles du pays... Elle est jolie... Oh ! c'est abominable !

HÉLÈNE.

Non, madame, ce n'est pas mademoiselle de Quernois, qui est une très honnête fille, c'est mademoiselle Riffard.

MADAME ARDOUIN.

La fille de l'aubergiste.

HÉLÈNE.

Oui, madame, tout bonnement.

MADAME ARDOUIN.

Ah ! il ne nous manquait plus que ça ! La fille d'un aubergiste, quelle indignité ! Que faire, ma pauvre enfant, que faire?

HÉLÈNE.

Lisez ! Votre fils se met à ma disposition pour le divorce.

MADAME ARDOUIN.

Le divorce ! Oh ! jamais !... Je vous en conjure, Hélène, ne prenez pas de résolution précipitée... Ne faisons pas un scandale affreux de ce qui n'est encore qu'un malheur secret!... Non... pas de divorce... Votre père lui-même vous le déconseillera...

HÉLÈNE.

Ce n'est pas moi qui le demande, c'est mon mari.

MADAME ARDOUIN.

Attendez! Certes, je suis indignée contre mon fils, il a des torts immenses... Mais moi qui le connais mieux que vous, je sais ce qu'il y a de superficiel jusque dans ses fautes. Il est de ses hommes qui sont assez longs à s'assagir, mais qui, à un moment donné, s'assagissent pour toujours... et deviennent les meilleurs, les plus fidèles des maris... Il est bon! Il a un enfant! il reviendra!

HÉLÈNE.

Que m'importe!

MADAME ARDOUIN.

Je vous dis qu'il regrettera cet égarement passager. Il le regrettera amèrement... Ne brusquons rien... Oui, je sais, vous n'avez aucune raison de me croire... Vous n'avez pas connu son père dont il est le vivant portrait... Son père, ma chère Hélène, m'a fait en détail, pendant cinq ans, ce que Pierre vous a fait en une fois. J'ai souffert avec la résignation d'une chrétienne et l'obscur pressentiment que je finirais un jour par être la plus forte. C'est ce qui est arrivé. Mon mari est revenu à moi et ne m'a plus quittée. Il a été du jour au lendemain, sans transition, sans effort, un époux accompli. Il s'était marié cinq ans trop tôt, voilà tout...

HÉLÈNE.

Je veux bien, madame, ne faire aucun acte brusque. Et je consens donc à rester provisoire-

ment dans une situation fausse, et tout à fait
contraire à ma dignité, mais c'est à mon père et
à vous que je fais ce sacrifice.

MADAME ARDOUIN.

Merci, mon enfant.

HÉLÈNE.

Seulement, j'y mets une condition expresse.

MADAME ARDOUIN.

Laquelle?

HÉLÈNE.

Il ne me convient plus de rester à Villensel :
je veux m'éloigner des bavardages et des observations de cette société qui m'est devenue into-
lérable et élever ma fille comme je l'entends !

MADAME ARDOUIN.

Quitter Villensel! Me quitter... Me priver de
ma petite-fille !

HÉLÈNE.

Vous n'en serez pas privée, madame.

MADAME ARDOUIN.

Et où irez-vous?

HÉLÈNE.

Chez mon père d'abord. Puis, je verrai.

MADAME ARDOUIN.

Mais vous rendez-vous compte que le moyen
d'atténuer le scandale serait justement de ne pas
nous quitter et d'y tenir tête ensemble !

HÉLÈNE.

Le scandale, ce n'est pas moi qui l'ai provoqué. J'avais accepté la vie telle qu'elle était. Je
n'étais jamais sortie du devoir ni de l'honneur et
je n'en serais jamais sortie. Malgré la conduite
de mon mari, je serais toujours restée une femme

loyale. Je puis en répondre. Mais aujourd'hui la situation a changé. Pierre abandonne sa femme et sa fille d'une façon vraiment lâche, vraiment abominable. Il brise, sans remords, ma vie d'épouse et de mère pour suivre sa passion ou son plaisir. Eh bien! je me considère à mon tour comme libre, comme entièrement dégagée vis-à-vis de lui et de vous. Je veux essayer de me redresser contre ce malheur et contre cette déchéance injustes. Je ne les accepte pas, je ne me résigne pas! C'est bien le moins, avouez-le!

MADAME ARDOUIN, *la regardant et brusquement.*

Et dire que vous êtes peut-être satisfaite du drame qui fond sur notre famille!

HÉLÈNE.

Non, madame, mais je ressens un dégoût profond.

MADAME ARDOUIN.

Hélène, j'ignore vos intentions véritables et le fond de votre pensée. Mais sachez ceci. Au-dessus de vos sentiments, il y a l'avenir de la famille et la considération. Et il restera toujours quelqu'un pour les défendre : moi!

HÉLÈNE.

Contre votre fils, alors?

MADAME ARDOUIN.

Contre tout le monde!

HÉLÈNE.

Ce n'est pas l'heure de me menacer, madame.

MADAME ARDOUIN.

En attendant, je suis obligée d'accepter vos conditions. Nous verrons plus tard.

HÉLÈNE.

En effet.

MADAME ARDOUIN.

Quand comptez-vous partir?

HÉLÈNE.

Aujourd'hui.

MADAME ARDOUIN.

Sans vous concerter avec moi sur l'attitude que nous devons prendre!... Sans voir ni consulter personne!

HÉLÈNE.

Ce qu'on peut penser, dire ou murmurer m'est indifférent.

MADAME ARDOUIN, *changeant de ton avec effort.*

Allons, mon enfant, ne nous heurtons pas davantage. Je suis bien certaine que vous finirez par être plus conciliante et surtout plus affectueuse vis-à-vis de moi qui suis aussi cruellement atteinte que vous pouvez l'être. Oublions donc ce que nous nous sommes dit d'un peu dur...

HÉLÈNE, *radoucie.*

Je ne demande pas mieux, ma mère.

MADAME ARDOUIN.

Nous ne sommes pas devenues tout à coup des étrangères et encore moins des ennemies. Voulez-vous m'embrasser, Hélène?

HÉLÈNE.

Avec plaisir.

(*Elle l'embrasse.*)

MADAME ARDOUIN.

Moi, maintenant, je retourne chez le notaire.

(*Elle sort.*)

ACTE II

Chez mademoiselle Messany. Un salon. Au lever du rideau, Hélène déplace un petit meuble, puis un paravent.

SCÈNE PREMIÈRE

HÉLÈNE, MADEMOISELLE MESSANY.

MADEMOISELLE MESSANY.

Veux-tu que je t'aide?

HÉLÈNE.

Merci. Comme ça, c'est très bien.

MADEMOISELLE MESSANY.

Tu n'en finiras donc jamais de changer ces meubles de place?

HÉLÈNE.

Nous recevons dans notre nouvel appartement pour la première fois. Il faut que ce soit parfait.

MADEMOISELLE MESSANY.

Mais c'est parfait, je t'assure. C'est de très bon goût. Tu n'auras que des compliments.

HÉLÈNE.

Avouez qu'on ne pouvait pas toujours demeurer rue du Luxembourg?

MADEMOISELLE MESSANY.

Hé! j'y étais depuis vingt-cinq ans... Je m'y
plaisais. Mais je finirai par m'habituer ici, quoique
ce soit un peu grand... Où servira-t-on le thé?

HÉLÈNE.

Dans ce salon, naturellement. Je vous donne
du mal, hein?

MADEMOISELLE MESSANY.

Tant mieux, ma chérie, tant mieux... Je n'avais
jamais entendu rire autour de moi, ça me change.
Ah! si on m'avait dit l'année dernière que j'avais
encore une famille...

HÉLÈNE.

Et qu'elle allait vous envahir!...

MADEMOISELLE MESSANY.

Moi qui comptais finir ma vie dans la plus
grande tristesse...

HÉLÈNE.

Décidément, on n'est sûr de rien... *(Allant à elle.)*
Ma cousine, ma chère cousine, laissez-moi vous
répéter pour la centième fois depuis un an que
vous m'avez sauvé la vie...

MADEMOISELLE MESSANY.

Non, par exemple!

HÉLÈNE.

Que sans vous, je me serais trouvée seule et
que j'aurais fini par perdre la tête...

MADEMOISELLE MESSANY.

Tais-toi! tu n'es qu'une enfant!

HÉLÈNE.

Que vous m'avez reçue, accueillie comme...

MADEMOISELLE MESSANY.

En voilà assez!

HÉLÈNE.

Que vous soignez ma fille comme si elle était la vôtre, et que vous m'avez laissé bouleverser toutes vos habitudes avec une bonté qui me fait venir les larmes aux yeux quand j'y pense...

MADEMOISELLE MESSANY.

Je voudrais voir ça!

HÉLÈNE.

Je m'arrête parce que je me suis juré de ne plus pleurer maintenant qu'à la dernière extrémité et quand je ne pourrais plus faire autrement.

MADEMOISELLE MESSANY.

A la bonne heure... Va, ma chérie, on connaît ton histoire, tout le monde est pour toi, et tu finiras par oublier toutes les abominations qui te sont arrivées.

HÉLÈNE.

Je les ai oubliées déjà... Je vous assure... J'ai oublié mon mari, j'ai oublié ma belle-mère... Je ne me rappelle même plus que j'ai été mariée, et il me semble que mon enfant n'est que de moi... et que je l'ai créée toute seule par un effort extraordinaire de volonté.

MADEMOISELLE MESSANY.

Et tu finiras par être heureuse?

HÉLÈNE.

Oui. Il y a des malheurs qui vous abattent, mais il y en a d'autres qui vous ressuscitent.

MADEMOISELLE MESSANY.

Ah! maintenant, je te laisse, je vais préparer

les gâteaux. Nous n'attendons personne d'ici à
une heure?

HÉLÈNE.

Que monsieur Sébastien Réal qui m'a promis
d'arriver un peu avant, parce que nous avons à
causer.

MADEMOISELLE MESSANY.

Il daigne enfin venir à un de tes dimanches, ce
petit-là!... Ce n'est pas malheureux! N'importe,
il est gentil... Nous aurons aussi monsieur Barois, j'espère, puisqu'il est à Paris?

HÉLÈNE.

Mais je crois bien... Il y aura des « pays ».
Vous êtes contente, ma cousine?

MADEMOISELLE MESSANY.

Eh! oui... *(Entre Sébastien.)* Eh! le voici... Bonjour...

(Elle lui tend la main.)

SÉBASTIEN.

Mes hommages, mademoiselle... *(A Hélène.)* Bonjour, madame.

HÉLÈNE.

Bonjour, monsieur.

MADEMOISELLE MESSANY.

Dites, monsieur Sébastien, j'ai une idée...
Tantôt, quand tout le monde sera parti, restez
donc à dîner avec nous, nous ne serons que tous
les trois.

HÉLÈNE.

Oui... voyons... acceptez.

SÉBASTIEN.

Avec grand plaisir, mademoiselle.

23

MADEMOISELLE MESSANY.

Je vous ferai une tarte dont vous me direz des nouvelles... Ça vous est égal que je vous quitte un instant? J'en ai des occupations, le dimanche!

(Elle sort.)

SCÈNE II

SÉBASTIEN, HÉLÈNE.

SÉBASTIEN.

C'est vraiment une bonne créature.

HÉLÈNE.

N'est-ce pas? Ah! je me reproche quelquefois de m'être cachée d'elle, ne pas tout lui avoir avoué, franchement, nettement.

SÉBASTIEN.

Elle ne se doute pas de... notre histoire?

HÉLÈNE.

Elle est même incapable d'y songer. Elle me parle de toi avec une candeur merveilleuse et quelquefois elle essaye de m'expliquer ton caractère, crois-tu? Et j'ai toujours envie de lui répondre : *(Allant à Sébastien et contre lui, passionnément.)* « Mais, ma cousine, je le connais mieux que vous, ce garçon-là! Je l'aime, il est à moi. J'étais perdue, vouée à la résignation la plus basse ou à la trahison. Il est venu. Avec son amour, il a refait ma vie de femme. Et je ne peux pas plus regarder en face l'idée de le perdre que l'idée de mourir. »

(Ils s'embrassent.)

SÉBASTIEN.

Et pourquoi ne le lui dis-tu pas ?

HÉLÈNE.

Oh ! je n'ai pas peur de la scandaliser : j'ai peur de l'étonner. Mais je suis très capable de lui faire un jour cette surprise... Ah ! ne perdons pas de temps. Que je t'explique avec qui tu vas te rencontrer cet après-midi. Quand je pense que j'ai des amis tous les dimanches et qu'il y en a un qui ne vient jamais et que c'est toi... Et encore j'ai choisi le dimanche parce que c'est le seul jour où tu sois libre... Enfin ! je te tiens... et de gré ou de force il faudra que tu te décides à faire des relations... Ecoute bien. Nous avons d'abord madame La Houbelle. Madame La Houbelle est une vieille dame qui est l'auteur d'un livre de philosophie admirable...

SÉBASTIEN.

Ce n'est pas elle qui en est l'auteur, c'est son mari. Il est vrai qu'il est mort.

HÉLÈNE.

L'as-tu lu ce livre ?

SÉBASTIEN.

Non, mais je peux en parler.

HÉLÈNE.

Ça suffit. Tu verras aussi monsieur et madame Moulaine. Depuis un an que tu es à Paris, tu n'as pas rendu visite à monsieur Moulaine qui est le député de ton pays. Ce n'est pas convenable. C'est monsieur Moulaine lui-même qui m'a demandé à faire ta connaissance... Ne souris pas, mon chéri... C'est un homme éminent... Non, n'exagérons rien, ce n'est pas un homme éminent... Mais

Moulaine, avec tout ce qui est autour de lui, sa fortune, sa femme, son siège au Parlement, des tas de petits services rendus à tout le monde, un salon politique et littéraire où il faut que tu ailles, je m'en charge...

SÉBASTIEN.

Ce sera gai!

HÉLÈNE.

Avec tout ça, Moulaine est une espèce de puissance, mettons une demi-puissance... En tout cas, c'est un homme à ménager.

SÉBASTIEN.

Je m'engage à le ménager.

HÉLÈNE.

As-tu entendu parler de Serval?

SÉBASTIEN.

Jamais.

HÉLÈNE.

Il viendra aussi. Serval, c'est un homme du monde... c'est-à-dire...

SÉBASTIEN.

N'insiste pas, j'ai compris.

HÉLÈNE.

Les Balanier, monsieur et madame Balanier. Tu m'as dit que tu avais visité une de leurs usines... N'est-ce pas?

SÉBASTIEN.

Oui.

HÉLÈNE.

Ils en ont d'autres dans les Pyrénées, je crois... Tu pourras causer avec monsieur Balanier. Sa femme est très élégante, tu verras... Ah! que je n'oublie pas. J'ai invité l'autre jour monsieur Cabaniès que madame La Houbelle m'a présenté, à un thé chez elle. Monsieur Cabaniès, c'est l'homme dont on parle le plus à Paris en ce moment.

SÉBASTIEN.

Pourquoi?

HÉLÈNE.

Parce que c'est l'impresario d'une artiste italienne, la Graza, qui va chanter à Paris pour la première fois. Tâche de retenir tout ça!...

SÉBASTIEN.

Et d'où connais-tu ces gens-là?

HÉLÈNE.

Par madame Moulaine qui était très liée avec ma famille... Et je veux que tu les connaisses aussi. Tu entends, Sébastien? il le faut. Tu ne peux pas rester dans la situation où tu es!... Il y a un abîme entre ton intelligence, l'éducation que tu as reçue et le métier que tu fais... Ah! l'autre jour, quand je t'ai aperçu sous ce hangar, en train de graisser une machine la blouse sur le dos, la sueur au front, j'ai eu le cœur remué... Je n'ai rien voulu te dire sur le moment... Mais je suis rentrée désespérée!

SÉBASTIEN.

Écoute, ma chérie, nous ne devrions jamais avoir ces conversations-là, et nous les avons sans cesse. Je veux bien, puisque ça te fait plaisir, être présenté à Moulaine, à madame La Houbelle, et même à cet impresario... C'est parfait, ça m'amusera. Mais qu'il n'y ait pas de malentendu entre nous. Je t'aime, je suis ton amant, mais je suis aussi un jeune homme qui a besoin de gagner sa vie, qui a réfléchi à ce qu'il devait faire pour cela et qui en est le meilleur juge. J'ai l'inten-

tion de devenir plus tard un industriel, un grand
industriel, si je le peux, et non un homme élégant
qui se met en habit tous les soirs pour faire la
cour à de vieilles dames influentes. Je t'ai confié
cent fois mes projets. Je me sens très capable de
faire en mécanique des inventions intéressantes.
En tout cas, c'est le métier que je préfère et
celui où mes études ne me sont pas inutiles. Il est
donc tout naturel que je manie des machines et
que je passe une blouse pour ne pas me salir.
Quand j'enlève ma blouse, tu vois que je peux
encore mettre une redingote.

HÉLÈNE.

Et la porter très bien. C'est pour ça que j'insiste.

SÉBASTIEN.

Mais ce n'est pas la peine de t'apitoyer sur
mon compte.

HÉLÈNE.

Si seulement tu ne me dissimulais pas tes
misères ou simplement tes soucis !

SÉBASTIEN.

Je ne te les raconte pas en détail parce que
tu les exagères et que tu es portée à voir ma situation sous un jour romanesque pour ne pas dire
tragique.

HÉLÈNE.

Elle peut le devenir. Elle l'a été souvent. Il y a
des jours où tu n'as pas eu de quoi dîner. C'est une
honte ! C'est abominable !

SÉBASTIEN.

Ah ! j'ai joliment eu tort de te l'avouer... Va !
je t'assure que tu attaches au fait de ne pas dîner
une fois par hasard une importance excessive...

Car ça m'est arrivé une fois, tu entends? une
seule fois.

HÉLÈNE.

C'est déjà trop! Toi dont le père était avocat,
dont le grand-père était notaire et qui a eu un
oncle procureur de la République!

SÉBASTIEN, *riant.*

Et tu oublies ce fameux aïeul du Midi dont je
t'ai souvent parlé. Celui qui me donnait des
conseils d'ordre et d'économie quand j'avais dix
ans, conseils qui se terminaient invariablement
par cette conclusion : « Mon enfant, arrange-toi
pour ne pas manquer quand tu seras vieux ! »
Et il ajoutait en tirant de larges bouffées de sa
pipe : « Moi, j'ai toujours eu peur de manquer. »
Toute sa philosophie se bornait à cette terreur.
Seulement, mon aïeul avait des rentes et une maison et une peur atroce de les perdre. Tandis que
moi qui n'ai rien, je suis bien forcer de regarder
l'avenir avec sérénité !

HÉLÈNE.

Et tu ne comprends pas que c'est un supplice,
pour moi de penser que je suis riche, que j'ai
dix fois plus d'argent qu'il ne m'en faut, tandis
que tu es obligé de gagner ta vie durement?

SÉBASTIEN.

Mais, ma chérie, dans notre liaison, c'est justement cette inégalité qui est poignante et délicieuse,
qui met dans notre amour une ardeur de plus et
qui est le secret même de notre bonheur !

HÉLÈNE.

C'est un sacrilège de dire ça !

SÉBASTIEN.

Tu ne sais pas combien c'est vrai ! Quand tu arrives dans ma chambre et que je te tiens contre moi, toutes les humiliations de la journée, tout ce qu'il y a de rude dans ma vie, tout cela dans tes bras se transforme en amour et en force ! Je sens que tu m'appartiens et que je dispose de toi. C'est une espèce d'égoïsme puissant qui me protège contre l'amertume ou contre la révolte ! Vois-tu ? on ne s'aime pas dans le rêve et dans l'idéal, ce n'est pas vrai. On s'aime dans la réalité, chacun avec tout son caractère et avec toutes ses passions. Un avare aime en avare ; un ambitieux aime en ambitieux. Moi, je t'aime avec tout ce qu'il y a dans mon existence de pièges, de dangers et de risques.

HÉLÈNE.

Oh ! je n'ai pas la prétention d'organiser ta vie à ma guise. Ce serait trop beau ! Mais comment veux-tu que je ne m'intéresse pas à tout ce qui te touche ? Tu sais ce que tu es pour moi, à quel point je t'aime ! Tu ne peux pas plus douter de mon amour que de ma soumission à tous tes désirs... J'ai une fille et j'ai toi, et le reste du monde ne m'est qu'un prétexte à penser à vous deux... Alors, est-ce que je peux accepter sans souffrir cette inégalité que tu trouves délicieuse parce que ton orgueil s'en arrange ? Je n'ai pas d'orgueil, moi !

SÉBASTIEN.

Mais toi aussi tu es toute ma vie. Crois-tu que j'oublie quel réconfort magnifique ton amour m'a apporté ? Tiens ! ce jour que tu maudis et où un ensemble de circonstances sur lesquelles je n'insiste pas m'a conduit à me passer de nourriture...

HÉLÈNE.

Je parie que c'est le jour où je t'ai demandé de m'inviter à dîner ?

SÉBASTIEN.

Tu tombais bien, comme tu vois. Eh bien ! ce jour-là, je me suis promené dans les rues jusqu'à dix heures du soir et je n'ai pas eu une seconde de découragement ni d'inquiétude pour mon avenir. Je n'ai pas maudit la société une seule fois... Et pourquoi étais-je d'une humeur si conciliante ? À cause de toi, ma chérie, à cause de ton amour et parce qu'il m'était impossible de me croire pauvre, puisque je t'avais ! Il y a des gens que l'amour rend anarchistes, moi, c'est l'amour qui m'a empêché de le devenir !

HÉLÈNE.

Et tu te serais cru déshonoré si tu m'avais emprunté vingt francs pour dîner ?

SÉBASTIEN.

Pas du tout. Ne prononçons pas de grands mots... Mais il me semble que si je le faisais, je perdrais un peu de la carrure, du sang-froid imperturbable dont j'ai besoin en ce moment pour ne pas sombrer... Je traverse cette partie de mon existence comme sur une corde raide, mon salut est une question d'équilibre ! Eh bien ! si je me mettais à accepter de toi, même par hasard et même une somme insignifiante, mon équilibre se trouverait compromis... Vois-tu, ma chérie, je constate qu'en conservant certaines habitudes, en m'appuyant sur certaines idées, je reste assez courageux et assez solide d'esprit. Et il me semble, au contraire, qu'en les abandonnant, je me désarmerais et je deviendrais tout de suite lâche. Alors, je les garde. Va, Hélène, n'essaye pas de me les arracher, ce serait un malheur !

HÉLÈNE.

Non, je n'essayerai pas, Sébastien. Je te connais trop et je ne te blesserai jamais... Jamais je ne te demanderai rien qui t'enlèverait ta supériorité sur moi. Tu en as besoin pour m'aimer, je le sais, tu es comme ça. Mais ne m'interdis pas de me mêler un peu à ton existence... Sois tranquille, je le ferai doucement, avec des mains très délicates, avec le cœur d'une amie... Alors, tu me promets d'être aimable, spirituel, civilisé ?

SÉBASTIEN.

Je ne dirai pas un mot, je te le promets.

HÉLÈNE.

Je voudrais voir ça !

(Entre Barois.)

SCÈNE III

Les Mêmes, BAROIS.

HÉLÈNE.

Ah ! Barois... C'est gentil de venir me voir...

BAROIS.

Bonjour, chère amie... que je vous regarde d'abord... Vous n'avez jamais été si jolie... oui... vous êtes rayonnante... *(A Sébastien.)* Bonjour, mon vieux. Je sors de chez toi... je voulais t'emmener.

SÉBASTIEN.

Pour combien de temps es-tu à Paris ?

BAROIS.

Toutes les vacances de Pâques. *(A Hélène.)* Villensel est inhabitable depuis votre départ.

HÉLÈNE.

Et on parle toujours de moi, là-bas ?

BAROIS.

Euh ! de temps en temps... votre belle-mère a arrangé une histoire... On croit, en général, ou on feint de croire que vous allez vous réconcilier avec votre mari. Ce qui a arrêté le scandale.

HÉLÈNE.

Alors, tout le monde est content... Vous dinez ce soir avec nous ?

BAROIS.

Je suis désolé, je ne peux pas... Je dîne avec le chef de Cabinet du ministre... A propos, Sébastien, es-tu libre demain ?

SÉBASTIEN.

Parfaitement.

BAROIS.

Alors, je t'emmène à la Comédie Française... Résil m'a des places... Résil, c'est le chef de Cabinet. Tu acceptes ?

SÉBASTIEN.

Avec plaisir. Je ne suis jamais allé à la Comédie-Française, ça se trouve bien.

BAROIS.

Répète !

SÉBASTIEN.

Quoi ?

BAROIS.

Depuis un an que tu es à Paris, tu n'es jamais allé à la Comédie-Française!

SÉBASTIEN.

Jamais.

BAROIS.

C'est navrant! Que veux-tu que je te dise, c'est navrant! Et ce qu'il y a de plus grave, c'est que tu te tiens à l'écart de la vie parisienne, de la vie mondaine par principe, plutôt que par goût...

HÉLÈNE.

C'est exactement ce que je disais à monsieur Réal quand vous êtes entré... Comme je suis contente! Oui, monsieur Réal, oui, nous sommes tous contre vous.

SÉBASTIEN, *riant*.

Alors, je dois avoir raison.

BAROIS, à *Hélène*.

Hein?... toujours la même erreur de raisonnement. Considérer qu'on a raison quand on n'est de l'avis de personne... Eh bien! mon vieux, tu es dans une très mauvaise voie... Il y a longtemps que je te l'écris. Mets-toi bien ceci dans la tête. Aujourd'hui, on n'arrive plus seul; on n'arrive même plus le premier. On arrive en bande, très près les uns des autres et les coudes au corps. Si on veut faire le malin et sortir du peloton, on vous laisse en route et puis tout est dit. Nous sommes à l'époque des associations et des grandes armées. Tant pis pour les solitaires et tant pis pour les francs-tireurs! Toi, tu t'es

lancé dans une aventure sans consulter aucun de
tes amis. C'est parfait! Mais maintenant que tu
es à Paris, conduis-toi comme à Paris et non
plus comme en province et observe les règles du
jeu. Eh bien! les règles du jeu, c'est de respecter
les hiérarchies et les situations, et de ne pas se
croire l'égal des gens dont on a besoin. Mon
cher, un monsieur ne nous rend pas un service
pour le seul plaisir de nous être agréable. Il nous
le rend pour nous démontrer qu'il est plus fort
que nous et que nous serions très embêtés s'il
refusait de nous le rendre. C'est ce qu'on appelle
la serviabilité. Mon Dieu! je ne dirai pas que
c'est très amusant et que ça ne nous force pas à
de petits sacrifices d'amour-propre, mais c'est
comme ça. La vie était peut-être moins compliquée autrefois, en Grèce, par exemple, aux pieds
de l'Acropole...

SÉBASTIEN.

Evidemment, mon cher professeur.

BAROIS.

Mais nous ne sommes pas aux pieds de l'Acropole, nous sommes aux pieds de la Tour Eiffel,
ce qui fait une rude différence.

HÉLÈNE.

Et que trouvez-vous à répondre à cela, monsieur
Réal?

SÉBASTIEN.

Rien, madame, absolument rien, je suis ter-
rassé. Il a raison, et quand un homme a raison à
ce point-là, il faut se taire. Parce que si on lui
réplique, il continue et il n'y a plus moyen de
l'arrêter.

BAROIS.

Mon vieux, ton embarras à me répondre vient

simplement de ceci : tu n'as pas d'idées générales. Tu n'as pas de conception générale de la
vie...

HÉLÈNE.

Voilà !

BAROIS.

On te demanderait ce que c'est que la vie,
qu'est-ce que tu répondrais?

HÉLÈNE.

Oui...

SÉBASTIEN.

Des enfantillages.

BAROIS.

Mais encore, essaye de dire quelque chose.

HÉLÈNE.

On vous écoute.

SÉBASTIEN.

Je cherche... Eh bien! la vie, c'est ce que tout
le monde est en train de faire au moment où
nous parlons.

BAROIS.

Ah! Ah! soit... J'accepte ta définition, mais
alors, étant données les contingences...

SÉBASTIEN.

Fais attention, il y a une dame.

BAROIS, *riant.*

Oui... au fait... quel bavard je fais... Excusez-
moi, Hélène, j'allais encore me lancer.

(Entre madame La Houbelle.)

SCÈNE IV

Les Mêmes, MADAME LA HOUBELLE,
MADAME MOULAINE, *accompagnée de* MADE-
MOISELLE MESSANY.

MADAME LA HOUBELLE, à *Hélène.*

Bonjour, mon enfant...

HÉLÈNE.

Que c'est charmant, madame, d'être venue
aujourd'hui...

MADAME LA HOUBELLE.

Je vous l'avais promis... *(Madame Moulaine et
Hélène se serrent la main. Madame La Houbelle continue.)*
Et d'ailleurs, je le disais à madame Moulaine
dans l'ascenseur, vous m'êtes infiniment sympathique.

HÉLÈNE.

Oh! Madame.

MADAME LA HOUBELLE.

Pour des tas de raisons, dont la principale est
que vous êtes une des rares femmes qui écoutiez
encore les conseils de vieilles personnes comme
moi...

HÉLÈNE.

Ce ne sont pas des conseils que vous me donnez, madame, ce sont des cadeaux que vous me
faites.

MADAME LA HOUBELLE, *lui serrant la main.*

Voilà des mots qui me font du bien...
(A mademoiselle Messany qui s'avance.) Chère mademoiselle, comment vous portez-vous?

MADEMOISELLE MESSANY.

Merci, madame... parfaitement... Vous allez prendre une tasse de thé?

MADAME LA HOUBELLE.

Certes oui... mais dans quelques minutes seulement.

HÉLÈNE, à madame Moulaine.

Est-ce que j'aurai le plaisir de voir monsieur Moulaine cet après-midi?

MADAME MOULAINE.

Oui, chère amie, il me suit...

HÉLÈNE, à madame La Houbelle, voyant Sébastien et Barois qui se sont rejoints et qui causent un peu au fond et leur faisant signe de la tête.

Voulez-vous me permettre, madame, de vous présenter monsieur Paul Barois, professeur de philosophie?...

MADAME LA HOUBELLE.

Ah! Ah! de philosophie!

HÉLÈNE, présentant Sébastien.

Et monsieur Sébastien Réal... (Hésitant.) ingénieur... (A madame Moulaine.) Monsieur Réal...

MADAME MOULAINE.

Monsieur... Cher monsieur Barois...

HÉLÈNE, bas à Sébastien.

Je t'ai appelé ingénieur... Nous sommes dans le monde, il faut un peu exagérer...

MADAME LA HOUBELLE, appelant de la main Sébastien et Barois.

Asseyez-vous, messieurs, venez là... (Elle les fait asseoir de chaque côté de son fauteuil.) que nous causions un peu... Un philosophe et un savant, me voilà certaine de passer un bon après-midi...

HÉLÈNE, *à madame Moulaine.*

Et quand ont lieu définitivement les représentations de la Graza?

MADAME MOULAINE.

Il y a eu un retard dû je ne sais à quel incident... Mais voici Serval qui va nous le dire.

(Entre Serval, puis monsieur et madame Balanier.)

SCÈNE V

LES MÊMES, SERVAL,
puis MONSIEUR *et* MADAME BALANIER.

SERVAL, *allant baiser la main d'Hélène,*
puis de madame La Houbelle et de madame Moulaine.

Pourquoi la Graza ne viendra pas à Paris avant le mois prochain? Toujours la même chose... Une brouille, la vingtième, avec Cornari... Des gifles échangées à Palerme. Et il faut que tout Paris attende la réconciliation. C'est admirable!

MADAME LA HOUBELLE.

Qui vous a raconté cette histoire?

SERVAL.

Qui voulez-vous que ce soit? C'est Cabaniès.

MADAME LA HOUBELLE.

Alors?...

BAROIS, *bas à Sébastien de qui il s'est rapproché en se levant.*

Cabaniès, c'est l'impresario de la Graza. Retiens ça.

SÉBASTIEN, *même jeu.*

Bon.

21

BAROIS.

Et Cornari...

SÉBASTIEN.

Cornari, c'est l'amant de la même Graza...
J'avais compris... Merci.

HÉLÈNE, *amenant Sébastien et Barois.*

Cher monsieur Serval, voulez-vous me permettre de vous présenter deux de mes amis?
(Elle murmure les noms de Réal et de Barois.) Monsieur
Serval... *(Entrent monsieur et madame Balanier.)* Ah !
que c'est gentil... Venez... venez. Monsieur Serval était justement en train de raconter...

MADAME BALANIER.

. Des histoires sur Cabaniès et sur la Graza, je
parie?

HÉLÈNE.

Justement.

MADAME BALANIER.

Je les connais. Cabaniès a dîné chez nous
hier.

BALANIER.

Car chez qui Cabaniès n'avait-il pas dîné
depuis un mois?

(Saluts et présentations pendant ces répliques.)

MADAME LA HOUBELLE, à *Hélène.*

Vous vous le rappelez, Cabaniès? Je vous l'ai
présenté jeudi dernier.

HÉLÈNE.

Je crois bien. Je l'ai même invité à tout
hasard à venir aujourd'hui...

MADAME MOULAINE.

Figurez-vous que nous l'avons rencontré tout
à l'heure. Il s'est précipité sur mon mari...

HÉLÈNE.

Oh ! s'il avait la bonne idée d'accompagner monsieur Moulaine !

BAROIS, à Sébastien, à part.

Serval est commanditaire de l'Opéra, et il est l'amant de Lucie Grège.

SÉBASTIEN.

Bon.

BAROIS.

Je te dis cela pour que tu ne fasses pas de gaffes.

SÉBASTIEN.

Je n'en ai pas envie.

BAROIS.

Ce sont des choses qu'il faut savoir, mon cher...

HÉLÈNE, approchant.

Qu'est-ce que vous marmottez-là, tous les deux ? *(A Sébastien, le prenant par la main.)* Venez... venez que je vous présente à monsieur Balanier...

(Elle le conduit et fait les présentations à voix basse. Le deux hommes se serrent la main. Hélène revient vers madame La Houbelle sur un signe de celle-ci.)

MADAME LA HOUBELLE, à Hélène.

Mon enfant ?...

HÉLÈNE.

Chère madame ?

MADAME LA HOUBELLE.

Ce jeune homme dont vous m'avez parlé l'autre jour et à qui vous portez de l'intérêt, c'est monsieur Réal, n'est-ce pas ?

HÉLÈNE.

Oui, madame.

MADAME LA HOUBELLE, *d'un mouvement de tête.*

Celui-ci ?

HÉLÈNE.

Celui-ci.

MADAME LA HOUBELLE.

Bien. Mais avant de m'occuper de lui et pour savoir dans quelle mesure je dois le faire, une question : lui portez-vous de l'intérêt seulement ou un vif intérêt ?

HÉLÈNE.

C'est le frère d'une de mes meilleures amies.

MADAME LA HOUBELLE.

Alors, nous disons un vif intérêt ?

HÉLÈNE.

C'est cela, madame.

MADAME LA HOUBELLE.

Dans ce cas, j'en causerai avec Moulaine et à nous deux nous ferons beaucoup. Et je fais toujours plus que je ne promets.

HÉLÈNE.

Je vous en aurai, madame, une gratitude profonde.

SERVAL, *continuant.*

Oui... Cabaniès a fait un coup de maître .. Mais si l'affaire rate, il est coulé à Paris... Je le regretterais, car c'est un homme intelligent et un vieil ami à moi

BALANIER.

Qui n'est pas un vieil ami à vous ?

SERVAL.

Peu de gens, en effet, mais Cabaniès est un des plus anciens. Je l'ai connu il y a vingt ans dans des tripots où il jouait la pièce de cent sous...

Aujourd'hui, il a cinq millions à lui... Mon Dieu ! oui, ils ont fini par être à lui !

BALANIER.

De quel pays est-il, Cabaniès ? Espagnol ?

SERVAL.

Il est Portugais. Il y a des gens qui le croient Américain, d'autres Smyrniote ou Turc. On a même été jusqu'à dire qu'il était Français... Car il n'a aucun accent. Mais moi je suis sûr qu'il est Portugais parce que nous avons été conduits au poste ensemble autrefois... pour tapage nocturne... à la sortie du Cercle et il a fallu que l'ambassadeur de Portugal le fît réclamer. C'est comme ça que j'ai appris sa nationalité.

MADAME LA HOUBELLE.

Ça n'a d'ailleurs aucune importance.

SERVAL.

Pas l'ombre. C'était pour vous montrer que je connais Cabaniès depuis longtemps... Ici, je dois avouer qu'un beau jour il a disparu et qu'on ne l'a pas revu sur le boulevard pendant cinq ans... Naturellement, on a dit qu'il avait passé une partie de ce temps en prison, vous connaissez notre petit monde... En tout cas, Cabaniès qui était parti sans le sou est revenu avec la forte somme et ce n'est certainement pas en prison qu'il l'avait gagnée.

MADAME BALANIER.

A moins que ce ne soit, au contraire, la façon dont il l'avait gagnée qui l'ait conduit en prison.

SERVAL.

C'est tout de même quelqu'un, ce bonhomme-là !

MADAME LA HOUBELLE.

C'est une physionomie.

BALANIER.

Ces gens-là sont rarement Français, c'est dommage.

SERVAL.

Écoutez, ça vaut peut-être mieux... Enfin ! j'aime beaucoup Cabaniès et je suis un de ses souscripteurs. Qu'il ait des anicroches dans son passé, c'est possible ! Qu'il y ait des histoires louches à l'origine de sa fortune, ça ne nous regarde pas... Aujourd'hui Cabaniès est un homme qui va nous montrer la Graza et dont tout Paris s'occupe, je ne connais que ça.

(Apparaissent dans le fond Moulaine d'abord, puis Cabaniès.)

HÉLÈNE, *se levant.*

Ah ! monsieur Moulaine...

MOULAINE.

Et je vous amène, voyez qui !

HÉLÈNE.

Monsieur Cabaniès... Oh ! que vous avez bien fait !

(Elle lui serre la main et va serrer également la main de Cabaniès.)

SCÈNE VI

Les Mêmes, CABANIÈS, MOULAINE.

CABANIÈS.

Je me suis rappelé, madame, votre invitation de l'autre soir.

HÉLÈNE.

Mais j'y comptais bien.

CABANIÈS.

Trop aimable, madame... *(Il va d'abord à madame
La Houbelle et lui baise la main.)*

MADAME LA HOUBELLE.

Nous parlions de vous, monsieur Cabaniès.

CABANIÈS.

Ah ! ah ! tant mieux !... Messieurs... mesdames... *(Il baise des mains, serre des mains.)* Que je
vous rassure d'abord... La Graza débutera à Paris
dans un mois jour pour jour... Elle est réconciliée
définitivement avec Cornari... Je viens de recevoir un télégramme de Palerme ! Le télégramme
a été envoyé à sept heures du matin... ils ont dû
se réconcilier vers minuit ou minuit et demi,
d'après mes calculs. Vous lirez les détails dans
les journaux.

SERVAL.

Mon cher, la Graza à Paris, ce sera le couronnement de votre carrière d'impresario.

CABANIÈS.

J'aurai eu de la peine !... Mais que ne ferait-on
pas pour Paris ! Ah ! Paris !

MADAME LA HOUBELLE.

Avouez, monsieur Cabaniès, qu'on vous y reçoit
royalement ?

CABANIÈS.

Madame, je n'ai qu'une chose à vous répondre.
Je suis de Lisbonne, j'y ai toute ma famille, j'y
ai ma femme, mes enfants. Eh bien ! je n'y vais
jamais. Je ne me sens chez moi qu'à Paris... Ah !
ce qu'il y a à faire chez vous !

SERVAL.

C'est bien simple. A Paris, il y a tout à faire.

CABANIÈS.

En matière de théâtre, vous êtes dans l'enfance... Je le disais à Moulaine en venant ici... Voyez-vous, mesdames, je vous en fais juge... Est-ce qu'il ne devrait pas y avoir à Paris un théâtre exclusivement consacré à l'art étranger ? Un théâtre où on pourrait entendre d'un bout de l'année à l'autre les grands artistes du monde entier et qui serait le symbole de l'hospitalité parisienne ?

MADAME LA HOUBELLE.

Ce n'est pas douteux.

CABANIÈS.

Aidez-moi à réaliser ce projet, mesdames... Il est digne de vous... Quand je pense que j'ai failli ne pas trouver de local pour présenter la Graza ! A Paris, la ville cosmopolite par excellence !

MADAME LA HOUBELLE.

A propos, Cabaniès, j'ai une loge, n'est-ce pas ?

MADAME MOULAINE.

Moi aussi, bien entendu ?

CABANIÈS, *tirant un carnet de sa poche.*

J'inscris... vous pouvez être tranquilles, mesdames.

(*A ce moment, Barois se détache d'un petit groupe qu'il formait avec Balanier et Sébastien, pendant que Cabaniès parlait.*)

HÉLÈNE, *bas à Barois qui revient vers elle, désignant Sébastien et Balanier.*

Qu'est-ce que dit votre ami ?

BAROIS.

Il a trouvé son affaire... Il parle d'industrie et de machines avec Balanier.

HÉLÈNE.

Tant mieux! Laissons-les, laissons-les...

(Ils reviennent tous les deux vers le groupe de Cabaniès.)

MADEMOISELLE MESSANY, à madame La Houbelle.

Une tasse de thé, madame?

MADAME LA HOUBELLE.

Avec plaisir, mademoiselle, c'est mon heure.

(On sert le thé et les gâteaux pendant les répliques suivantes.)

BALANIER, à Sébastien.

C'est curieux... Je suis en train de remarquer que dans ce salon, plein de parisiens et de parisiennes, il y a deux messieurs dans un coin qui causent de machines agricoles... Vous me paraissez d'ailleurs connaître parfaitement la question et vous avez raison. Nos machines manquent de légèreté, de souplesse, en un mot, d'art.

SÉBASTIEN.

Elles sont copiées trop servilement sur les modèles américains.

BALANIER.

Construites, en effet, pour de vastes exploitations... ce qui n'est pas notre cas en France. J'en fais l'expérience dans les Landes, et puisque vous connaissez si bien ce pays-là...

CABANIÈS, se retournant.

Alors, Balanier, je vous réserve deux fauteuils?

BALANIER, allant à lui.

Parfaitement... Merci. *(A Sébastien.)* Cabaniès

nous rappelle à l'ordre... *(A Cabaniès.)* Oui, mon cher, figurez-vous que nous nous entretenions avec monsieur de tout autre chose que de théâtre... Excusez-nous.

MADAME LA HOUBELLE, *bas à Hélène.*

Tenez... Cabaniès... Voilà qui serait une excellente relation pour ce jeune homme!

HÉLÈNE.

Oh! certes... oui... Quelle bonne idée... Vous avez raison, madame!

MADAME LA HOUBELLE.

Venez donc un peu par ici, Cabaniès...

CABANIÈS.

A vos ordres, madame.

MADAME LA HOUBELLE, *baissant la voix.*

Avez-vous tous vos souscripteurs?

CABANIÈS.

Non, madame, pas encore... Mais je compte sur vous.

HÉLÈNE, *allant chercher Sébastien, et bas.*

Viens! que je te présente à Moulaine... *(Elle le conduit vers Moulaine.)* Monsieur le député, je n'ai pas eu le temps de vous présenter...

MOULAINE.

Réal?... le fils d'un de nos bons avocats du Dauphiné! Et il y a longtemps, mon jeune ami, que nous sommes à Paris?

SÉBASTIEN.

Quelques mois, monsieur le député.

MOULAINE.

Et je n'ai pas encore eu le plaisir de vous voir chez moi !

SÉBASTIEN.

J'ai craint d'abuser de votre temps.

MOULAINE.

Mon temps, mon ami, est à vous... il est à Barois... il est à tous mes compatriotes... Et je vois que nous n'avons pas suivi la carrière du papa et que nous avons reçu une forte éducation scientifique... Tant mieux ! tant mieux ! Vous êtes dans le vrai, jeune homme ! C'est ce qui nous a manqué à nous autres ! Enfin, puisque j'ai le plaisir de vous rencontrer, vous allez me faire l'amitié de dîner avec nous pour la fin de la semaine... nous fixerons le jour demain... et je vous enverrai un mot.

SÉBASTIEN.

Trop aimable, monsieur le député.

MOULAINE.

Nous aurons le ministre de l'Instruction publique... *(Souriant.)* J'espère que vos opinions politiques ne vous empêchent pas de dîner avec un ministre ?

SÉBASTIEN, *souriant aussi.*

Mes opinions politiques ?... Je vous avoue que je n'en ai pas.

MOULAINE, *vivement.*

Mais c'est un tort !

HÉLÈNE, *qui est restée près d'eux.*

Mais oui, monsieur Réal, c'est un tort, un grand tort !

MOULAINE.

Si vous n'avez pas d'opinions politiques à votre

âge, à quel âge en aurez-vous? Prenez les miennes, jeune homme!

SÉBASTIEN.

Je ne voudrais pas vous en priver.

MOULAINE.

Ah! Ah! nous sommes gai... et même un peu sceptique... Ma foi, ça ne me déplaît pas... A bientôt.

(Il lui tend la main.)

CABANIÈS, *se levant et à madame La Houbelle.*

Mais trop heureux, madame, de vous être agréable... *(Il s'avance vers Sébastien et ils restent seuls tous les deux dans un coin du salon pendant que les autres invités sont rangés autour de madame La Houbelle.)* Cher monsieur, madame La Houbelle vient de me parler de vous comme d'un garçon très distingué.

SÉBASTIEN, *étonné.*

Ah!

CABANIÈS.

D'ailleurs, il n'y a qu'à vous voir... Je suis sûr que vous n'êtes pas un polichinelle.

SÉBASTIEN, *riant.*

Merci.

CABANIÈS.

Oui... je m'exprime un peu brusquement... Mais ça ne fait rien. Je dis toujours à peu près ce que j'ai à dire. Un mot avant tout : vous suis-je antipathique?

SÉBASTIEN.

Quelle question!

CABANIÈS.

Réfléchissez. Moi, par exemple, je suis très sensible à la première impression... Etes-vous comme moi? Oui, vous ne savez pas où je veux en venir. Je vais vous le dire, ce sera plus simple.

J'ai remarqué que les préliminaires en affaires, ce n'est bon que si on veut rouler les gens. Et comme je ne songe pas à vous rouler, au contraire, je viens vous demander si, en principe, vous accepteriez une situation auprès de moi...

SÉBASTIEN.

Cette proposition est tellement imprévue...

CABANIÈS.

Je cherche justement quelqu'un en qui je puisse avoir une certaine confiance, confiance qui augmenterait à mesure que je le connaîtrais davantage, bien entendu.

SÉBASTIEN.

Mais, monsieur Cabaniès, je n'entends absolument rien aux choses de théâtre.

CABANIÈS.

Il y a théâtre et théâtre, mon cher monsieur... Vous, quand vous parlez théâtre, vous voyez des acteurs, des actrices... des pièces !... Pour moi, tout ça, c'est l'accessoire ! c'est le prétexte !... Et d'ailleurs, c'est toujours la même chose. Jamais ça ne fera de progrès. Mais ce qui est appelé à en réaliser d'immenses, c'est la décoration, la mise en scène, la mécanique théâtrale. Tout cela est encore dans l'enfance... Vous avez déjà vu des ballets ?

SÉBASTIEN.

Oui.

CABANIÈS.

Comment un corps de ballet arrive-t-il sur la scène ?

SÉBASTIEN.

Je ne sais pas.

CABANIÈS.

Par les coulisses, sans ordre, sans précision...

au petit bonheur... Moi, dans le théâtre que je rêve, on pressera sur un bouton et en une seconde il y aura cent cinquante danseuses en scène, amenées sur une planche mobile !... Et quand je pense qu'il faut encore des machinistes pour poser des décors, à notre époque ! Tout ça doit se faire par la force électrique... Ah ! si je vis !... Enfin, vous voyez par quel bout nous pouvons nous accrocher... Vous êtes un peu ingénieur. Eh bien ! c'est de la mécanique qu'il s'agit de faire... Autrement, je ne me serais pas adressé à vous. Je trouve qu'on ne fait rien de bon si on sort de son caractère et de sa ligne.

SÉBASTIEN.

C'est vrai.

CABANIÈS.

Donc ne nous pressons pas, vous avez tout le temps de vous consulter. Moi, d'abord, je ne bouscule jamais personne... Je vous propose de causer avec moi, un de ces jours, voilà tout. Remarquez qu'au bout d'un quart d'heure, je m'apercevrai peut-être que vous ne pouvez me servir à rien et vous, vous aurez reconnu que je vous dégoûte...

SÉBASTIEN, riant.

Cela m'étonnerait.

CABANIÈS.

Moi aussi... mais enfin, il faut tout prévoir. Alors, on se rencontre un de ces jours ?

SÉBASTIEN.

Sauf l'avantage de vous revoir, cela m'engage à si peu de chose que j'accepte avec plaisir.

CABANIÈS.

Voulez-vous que nous déjeunions demain ensemble ?

SÉBASTIEN.

Je regrette. Il faut que je déjeune près de l'usine.

CABANIÈS.

A quelle heure vous levez-vous pour aller à l'usine ?

SÉBASTIEN.

A sept heures.

CABANIÈS.

Voulez-vous passer chez moi demain à six heures et demie ?

SÉBASTIEN.

Du matin ?

CABANIÈS.

Plus tôt, si vous voulez... Je dors très peu. A cinq heures je suis debout, c'est même l'heure où je suis le plus lucide.

SÉBASTIEN.

Eh bien ! alors, à six heures et demie, demain.

CABANIÈS.

Hôtel Jenkins... Et je suis convaincu que nous n'en resterons pas là.

(Il lui serre la main et s'éloigne.)

MADAME BALANIER, *se levant, à Hélène.*

Chère amie, nous prenons congé de vous.

BALANIER.

Chère madame...

HÉLÈNE.

Déjà !

MADAME BALANIER.

Il le faut, hélas ! chère amie.

CABANIÈS, à *Hélène*

Au revoir, madame, et merci de ce bon accueil.

(A Moulaine qui se retire aussi.) Je descends avec vous, Moulaine... Où est donc Serval ?

BALANIER.

Il est parti tout doucement. C'est son habitude. A cette heure-ci, il rentre chez lui et il dort jusqu'à sept heures, pour se préparer à recevoir sa petite amie.

MOULAINE.

Au revoir, mon cher Barois. Je vous écrirai, c'est convenu.

BAROIS.

Mon cher député...

MADAME MOULAINE, *à mademoiselle Messany.*

Au revoir, mademoiselle.

(Sortent les Moulaine, les Balanier et Cabaniès. Restent en scène madame La Houbelle, Barois, Sébastien qui causent tous les deux. Barois mange un gâteau.)

SCÈNE VII

MADAME LA HOUBELLE, HÉLÈNE, MADEMOISELLE MESSANY, BAROIS, SÉBASTIEN.

MADAME LA HOUBELLE.

Ma chère amie, cet après-midi a été excellent pour vous... Vous avez été simple et cordiale. Il y a eu chez vous quelque chose qui a ressemblé à de la conversation... Cela devient de plus en plus rare... Mon enfant, il existe à Paris vingt-cinq grands salons, cinquante petits et une multitude d'endroits où l'on prend du thé... A partir d'aujourd'hui, vous êtes un des cinquante petits.

HÉLÈNE.

Je n'en demande pas tant, madame.

MADAME LA HOUBELLE, *se levant.*

Messieurs, au revoir.

BAROIS.

Madame...

SÉBASTIEN.

Madame...

MADAME LA HOUBELLE.

Nous allons nous voir souvent, je l'espère. Ne vous dérangez pas, je vous en prie.

MADEMOISELLE MESSANY.

Mais comment donc... Je vous reconduis.

MADAME LA HOUBELLE, *embrassant Hélène.*

Permettez que je vous embrasse, ma chère petite... A bientôt... à bientôt.

(Elle sort.)

SCÈNE VIII

SÉBASTIEN, HÉLÈNE, BAROIS.

BAROIS.

Ces gens sont charmants... voilà mon opinion ! *(A Sébastien.)* Mon cher, tu apprendras plus la vie et le monde dans une réunion comme celle-ci, en deux heures, qu'en dix ans de réflexions et de lectures... A demain, n'est-ce pas ?

SÉBASTIEN.

A demain.

HÉLÈNE.

A bientôt, monsieur l'intrigant... puisqu'on ne peut pas vous avoir ce soir.

(Barois baise la main d'Hélène et sort.)

25

SCÈNE IX

SÉBASTIEN, HÉLÈNE,
puis MADEMOISELLE MESSANY.

HÉLÈNE.

Que t'a dit monsieur Cabaniès? Raconte-moi vite !

SÉBASTIEN, *gaîment.*

Hein ! es-tu assez contente de m'avoir mis par tes petites manœuvres en rapport avec un homme bizarre et suspect !...

HÉLÈNE.

Cabaniès, suspect? Ne dis jamais de pareilles abominations, mon chéri !... Cabaniès est un homme d'une grande valeur et qui sera décoré après les représentations de la Graza... à titre étranger.

SÉBASTIEN.

Il n'en a pas d'autre... D'ailleurs, il ne me déplaît pas du tout.

HÉLÈNE.

Alors, s'il te propose une bonne place tu serais bien naïf de la refuser.

SÉBASTIEN, *gaîment.*

Et je parlais tout à l'heure de mon égoïsme ! Qu'est-ce que c'est à côté du tien? Tu ne t'occupes ni de mon caractère ni de mes goûts, mais de ton amour et tu suis ton dessein implacablement !

HÉLÈNE.

Avec cette légère compensation que le jour où

il faudrait me sacrifier pour toi, mon égoïsme irait jusque-là.

SÉBASTIEN.

Hélas ! j'en suis sûr !

HÉLÈNE.

Allons ! ne sois pas méchant et ne me gâte pas ma joie ! Car je suis extraordinairement heureuse aujourd'hui et de si peu de chose que ce bonheur doit durer au moins toute la journée.

(Entre mademoiselle Nessany.)

MADEMOISELLE MESSANY.

Ah bien ! par exemple !

HÉLÈNE.

Qu'y a-t-il, ma cousine ?

MADEMOISELLE MESSANY.

Ta belle-mère, mon enfant, ta belle-mère !

HÉLÈNE.

Madame Ardouin ?

MADEMOISELLE MESSANY.

Oui.

HÉLÈNE.

Ici ?

MADEMOISELLE MESSANY.

Ici !

HÉLÈNE.

Eh bien ! pourquoi n'entre-t-elle pas ?

MADEMOISELLE MESSANY.

Elle demande si tu peux la recevoir.

HÉLÈNE.

Quelle question ! Certainement ! *(A Sébastien.)* Je vous demande pardon, monsieur Réal...

SÉBASTIEN.

Je vous laisse, madame.

MADEMOISELLE MESSANY, à *Sébastien.*

N'oubliez pas l'heure du dîner. *(En sortant.)* C'est curieux, je connais cette femme-là depuis trente ans... Je ne peux pas m'y habituer.

HÉLÈNE.

Moi non plus, d'ailleurs. *(A Sébastien pendant que mademoiselle Messany est allée chercher madame Ardouin.)* Passe par ici, ce n'est pas la peine qu'elle te rencontre. A tout à l'heure.

(Elle reste seule un instant. Entre madame Ardouin.)

SCÈNE X

HÉLÈNE, MADAME ARDOUIN, *puis* MADEMOISELLE MESSANY.

MADAME ARDOUIN.

Ma chère enfant ! Comme je suis heureuse de vous revoir !

(Elle l'embrasse.)

HÉLÈNE.

Je regrette que vous ne m'ayez pas prévenue de votre arrivée, ma mère. Je serais allée vous attendre et je me serais occupée de votre installation.

MADAME ARDOUIN.

Ne vous inquiétez pas de cela. Je suis descendue chez une amie à moi, madame de Cernoy, que vous avez rencontrée dans le monde... Car vous êtes beaucoup allée dans le monde cet hiver... Oh! ce n'est pas un reproche. Vous recevez, vous tâchez de vous distraire, vous avez raison... Mais venons au but de mon voyage à Paris... *(Prenant la main d'Hélène et subitement émue.)* Ma chère Hélène, ma chère fille, j'ai une grande et heureuse nouvelle à vous annoncer. J'ai revu mon fils, j'ai revu votre mari.

HÉLÈNE, *froidement.*

Ah! il est rentré à Villensel?

MADAME ARDOUIN.

Non, pas encore... Il m'avait écrit de venir le rejoindre à Marseille. J'y suis restée trois jours avec lui... Ah! que vous ai-je dit, autrefois, ma chère Hélène?... Rappelez-vous mes paroles... Ce n'est qu'un égarement passager. Eh bien! je ne me trompais pas, j'ai retrouvé Pierre tendre et repentant, tel que mon cœur de mère le souhaitait.

HÉLÈNE.

J'en suis heureuse pour vous, madame

MADAME ARDOUIN.

Perdez donc cet air glacé que vous prenez sans cesse avec moi, ma chère enfant... C'est une attitude injuste, je vous assure... Il n'est pas question de mon bonheur, il est surtout question du vôtre... Oui, du vôtre... Car, écoutez bien ceci. Pierre a complètement rompu avec cette femme, complètement, et toute cette histoire est déjà loin.

HÉLÈNE.

Je ne suppose pas, madame, que vous soyez venue m'offrir de me réconcilier avec lui?

MADAME ARDOUIN.

Ce n'est pas moi qui vous l'offre, Hélène. C'est votre mari lui-même.

HÉLÈNE.

Pierre?... Pierre?... Comment? il ose me proposer! Il est fou! il est fou!

MADAME ARDOUIN.

Attendez... attendez!... Il m'a supplié de faire une démarche auprès de vous... Il vous demande pardon... Il se conduira désormais avec vous de façon à vous faire oublier ses fautes... Et il vous conjure, Hélène, il vous conjure d'oublier le passé...

HÉLÈNE.

Cette prière ne peut pas me toucher, madame. Pierre a quitté sa maîtresse? Il en prendra une autre. Je ne crois pas à son repentir et je n'y croirai jamais. Si ce repentir eut été sincère, mon mari eut déjà trouvé le moyen de l'exprimer directement.

MADAME ARDOUIN.

Il ne l'a pas osé par délicatesse, par timidité vis-à-vis de vous!... Mais j'ai la conviction profonde, j'ai la certitude absolue qu'en reprenant la vie commune, vous trouverez en Pierre le compagnon, l'ami, l'époux idéal que nous souhaitons toutes! En outre nos deux familles si fortement atteintes par le scandale de l'an dernier seraient consolidées. Votre père et moi n'aurions pas une vieillesse pleine de remords, ce qui est une considération pour laquelle je m'adresse à votre cœur. Et vous n'êtes pas sans avoir réfléchi non plus au tort considérable que causerait à votre fille la séparation de son père et de sa mère si elle se prolongeait. Je viens donc chercher, ma chère Hélène, le mot de votre bouche qui vous fera rentrer chez moi, Pierre et vous, ensemble,

comme mes enfants... Car vous êtes mes enfants
tous les deux. Vous ne répondez pas ?

HÉLÈNE, *pâle.*

Je suis... je suis très émue...

MADAME ARDOUIN.

Je vous comprends, ma chérie.

HÉLÈNE, *après un temps et un effort sur elle-même.*

Voulez-vous, madame, que pour nous épargner
une conversation pénible, douloureuse, nous
réglions la situation définitivement par un oui ou
par un non ?

MADAME ARDOUIN.

Je ne demande pas mieux, mon enfant... En
effet, un oui ou un non, ça suffit. Alors, c'est oui,
je suppose ?

HÉLÈNE.

C'est non !

MADAME ARDOUIN.

Non ?... Non ?... définitivement ?

HÉLÈNE.

Définitivement.

MADAME ARDOUIN.

Oh !

HÉLÈNE.

Je suis prête à accepter la solution que vous
préférerez, mon mari et vous. Nous répugnons
au divorce, je crois cependant qu'à la longue
nous y serons réduits. En attendant, comme nous
ne pouvons pas rester dans la position équivoque
et déplaisante où nous sommes, je vais prendre
l'initiative de réclamer la séparation légale.

MADAME ARDOUIN.

Qu'est-ce que j'entends?... C'est insensé! La séparation, et le divorce ensuite! Jamais!

HÉLÈNE.

Trop de temps s'est écoulé. Un rapprochement entre Pierre et moi est impossible et n'a plus de sens. Je ne suis plus sa femme, je ne suis plus la femme qu'il a épousée... Nous sommes des étrangers. Je ne le connais plus!

MADAME ARDOUIN.

Et voilà le résultat de vos réflexions de cet hiver?

HÉLÈNE.

Oui, madame.

MADAME ARDOUIN.

Voilà ce que vous inspire le repentir sincère et loyal de votre époux!... de ce garçon, imprudent, certes, mais bon et généreux! Je comprenais votre colère sous le coup de l'offense, mais je vous trouve un an après aussi irréductible! C'est cela qui n'a plus de sens ou plutôt qui en a un trop clair!

HÉLÈNE.

Que voulez-vous dire, madame?

MADAME ARDOUIN.

Regardez-moi donc en face si vous l'osez!

HÉLÈNE.

Tenez!

MADAME ARDOUIN.

Dans vos yeux, il y a de la haine pour mon fils et pour moi!

HÉLÈNE.

Quelle erreur, madame... il n'y a aucune haine. Il n'y a même plus le souvenir de l'offense. Il y a la révolte et le refus de tout mon être!...

MADAME ARDOUIN.

Malheureuse !

HÉLÈNE.

Plutôt que de reprendre la vie commune, plutôt que d'être exposée encore à tous les simulacres et à toutes les hypocrisies d'autrefois, je me tuerais !

MADAME ARDOUIN.

Quelle femme êtes-vous donc devenue ! C'est vous qui osez me parler sur ce ton ! C'est vous qui marchez sur votre devoir, sur l'honneur, sur l'affection de mon fils !

HÉLÈNE.

Oh ! madame... arrêtons-nous... Pourquoi prolonger cet entretien ? Il ne peut pas avoir de conclusion. Vous ferez ce que vous croirez devoir faire.

MADAME ARDOUIN.

Je fouillerai votre existence !... J'en ferai sortir l'infamie qui doit s'y cacher !

HÉLÈNE.

Faites. En attendant, permettez que je me retire. Je vais appeler ma cousine qui vous tiendra compagnie.

(Elle va à la porte.)

MADAME ARDOUIN, *se levant et la retenant par le bras au moment où elle entr'ouvre la porte.*

Alors, je vois que toutes les considérations que je pourrais invoquer seraient inutiles. Nous allons passer à un autre ordre d'idées. Hélène, je ne suis pas arrivée hier. Je suis à Paris depuis trois jours. On m'a beaucoup parlé de vous.

HÉLÈNE.

Eh bien ?

MADAME ARDOUIN.

Eh bien ! je ne croyais pas ce qu'on m'a dit. Je me refusais à croire à cette honte. A présent, je n'en doute plus. Vous avez un amant !

HÉLÈNE, *froidement.*

Vous vous trompez, madame.

MADAME ARDOUIN.

Et cet amant est le petit Sébastien Réal !

HÉLÈNE, *après un instant de silence et de réflexion, revenant vers madame Ardouin.*

Eh bien ! tenez ! finissons-en avec ce cauchemar ! Mettons un abîme entre nous, l'aveu après lequel tout sera fini, l'aveu qui chassera tous les fantômes du passé, les dégoûts, les humiliations et les misères !... Oui, madame, j'ai un amant et vous l'avez nommé... Et comme votre fils ne m'a jamais aimée et que vous le savez bien, je ne pense même pas vous insulter en vous faisant cet aveu !

MADAME ARDOUIN.

Vous ne pensez pas m'insulter ! Et vous avez trahi mon fils ! Mon fils trompé par sa femme ! par cette femme, lui ! Et j'aurai vu ça, moi ! Mais vous n'êtes rien à côté de Pierre ! Et sa faute disparaît sous votre crime !

HÉLÈNE.

Je suis prête à en répondre devant vous et devant lui ! Allez donc le lui dire !

MADAME ARDOUIN.

Non, je n'irai pas lui faire connaître le plus sanglant des outrages !... Mais je suis là, et c'est à moi maintenant que vous aurez affaire. Ou vous rentrerez dans ma maison, aux pieds de votre mari, soumise et inclinée, ou nous nous disputerons votre fille la loi à la main !

HÉLÈNE.

Je me défendrai, madame...

MADAME ARDOUIN.

Vous ferez bien. Au revoir.

MADEMOISELLE MESSANY, *entrant.*

Mais qu'y a-t-il donc ?

MADAME ARDOUIN.

Je vous salue, mademoiselle.

(Elle sort.)

SCÈNE XI

HÉLÈNE, MADEMOISELLE MESSANY, *puis* SÉBASTIEN

(Hélène chancelle dès que madame Ardouin est sortie et n'a que le temps de s'asseoir sur un fauteuil. Mademoiselle Messany court à elle et la retient.)

MADEMOISELLE MESSANY.

Qu'est-ce que tu as?... Hélène?... *(Elle lui tape les mains.)* Hélène... ma petite...

HÉLÈNE.

Un peu d'étouffement, comme j'en ai quelquefois...

MADEMOISELLE MESSANY, *prenant un flacon.*

Respire... respire bien...

HÉLÈNE.

Merci.

MADEMOISELLE MESSANY, *lui tapant dans les mains.*

Hélène... voyons !...

HÉLÈNE.

Cette femme me fera du mal, je le sens...

(*Elle se renverse, prête à s'évanouir.*)

MADEMOISELLE MESSANY, *la prenant dans ses bras.*

Elle s'évanouit !...

HÉLÈNE, *balbutiant.*

Non... non... ça va mieux...

(*Entre Sébastien.*)

MADEMOISELLE MESSANY.

Venez... monsieur Sébastien... tenez-la... je vais chercher le médecin...

SÉBASTIEN, *accourant.*

Qu'est-ce qu'elle a ?...

HÉLÈNE, *le reconnaissant.*

Ah ! c'est toi !

SÉBASTIEN, *affolé, à genoux à côté d'elle et sans prendre garde à mademoiselle Messany.*

Oui, ma chérie... c'est moi...

HÉLÈNE.

Ce n'est plus rien... c'est passé... ne t'inquiète pas...

(*Elle se relève.*)

MADEMOISELLE MESSANY, *stupéfaite.*

Ils se tutoient !... Eh bien ! Ça !

HÉLÈNE, *allant à elle.*

Oui, ma cousine... oui... vous savez notre secret, maintenant.

MADEMOISELLE MESSANY.

Par exemple !... Écoutez... je ne sais pas quoi vous dire, moi !... Si je m'attendais !...

HÉLÈNE, *souriant.*

Voulez-vous encore de moi, ma cousine ?

MADEMOISELLE MESSANY.

Quelle question ! Mais plus que jamais, ma pauvre enfant ? Ça n'empêche pas que tu aies commis une grande faute... Mais enfin, tu as des excuses, et si je remontais dans ma vie, qui sait si je ne trouverais pas une minute où j'aurais bien voulu commettre cette faute-là ? *(Les regardant qui se tiennent par la main.)* Oui... oui... vous deviez vous aimer, c'était fatal.

ACTE III

Le cabinet de Cabaniès, au Cirque. Pendant le dernier entr'acte des représentations de la Graza. Pièce composite et luxueuse. Grand divan, table, téléphone.

SCÈNE PREMIÈRE

SÉBASTIEN, CABANIÈS, *puis* DES MESSIEURS, *puis* BISHOP, *puis* LUCIE GRÈGE, *puis* PALADINO.

SÉBASTIEN, *se levant à l'entrée de Cabaniès.*

Eh bien ?

CABANIÈS.

Succès colossal ! Dix rappels... Vingt rappels !... Ça n'en finissait plus ! La Graza n'a jamais plus mal chanté, personne ne s'en est aperçu... Voilà ce qu'il y a de beau au théâtre ! Et vous ? vous n'avez pas eu la curiosité de voir ça ?

SÉBASTIEN.

J'ai écouté un instant... mais je suis si peu connaisseur !...

CABANIÈS.

Avez-vous déjà assisté à une course de taureaux ?

SÉBASTIEN.

Jamais.

CABANIÈS.

Vous n'avez qu'à regarder ce soir dans la salle. C'est exactement le même genre de public, et le même genre d'enthousiasme !... En voilà pour trente soirées de gala avec le maximum... C'est une affaire réglée... Si je vous disais que maintenant elle ne m'intéresse plus ?... Je suis comme ça ! Demain, nous passerons à un autre exercice. *(Lui tapant sur l'épaule.)* Sébastien, vous me plaisez beaucoup...

SÉBASTIEN.

Croyez bien, monsieur Cabaniès, que j'ai moi aussi une véritable sympathie pour vous.

CABANIÈS.

Je vous l'avais prédit. Nos deux caractères se sont accrochés.

SÉBASTIEN.

Sauf que vous me rétribuez trop généreusement pour les services que j'ai pu vous rendre.

CABANIÈS.

Vous êtes appelé à m'en rendre de bien plus grands... Vous commencez à être au courant de mes idées. Vous les mettez au point, quand je me perds dans les nuages... Par exemple, ce théâtre de Melbourne, j'y renonce... Il ne faut pas trop m'éparpiller. Vous avez raison... j'ai une tendance à m'éparpiller.

SÉBASTIEN.

Il me semble qu'il vaudrait mieux réunir les meilleures de vos affaires et les exploiter à fond...

CABANIÈS.

Vous avez mille fois raison ! Sébastien, je ferai votre fortune !

UN HABIT NOIR, *de la porte.*

Bravo, Cabaniès !

CABANIÈS.

Merci, Brazier.

DEUX JEUNES GENS.

Bravo ! Bravo !

CABANIÈS.

Ça va, hein !... Merci.

UNE JEUNE FEMME, *paraissant à la porte.*

Grand triomphe, mon petit Cabaniès !...

UNE AUTRE FEMME, *qui est avec elle.*

On peut aller embrasser Graza ?

CABANIÈS.

Oui... oui... Mais dépêchez-vous ! Vous savez
où c'est ?

LES DEUX FEMMES.

Oui... oui.

CABANIÈS, à *Sébastien.*

C'est assez amusant de réussir, tout de même...
Ah çà ! mais quelle heure est-il donc ? Onze
heures ! Bishop devrait être ici... Le Sud-Express
arrive à dix heures... Vous connaissez Bishop ?

SÉBASTIEN.

Pas du tout.

CABANIÈS.

C'est un de mes hommes que j'envoie en surveillance un peu partout... Il arrive de Lisbonne... Ah ! le voici.

BISHOP, *entrant.*

Bonjour, monsieur Cabaniès... Je suis en retard
parce que j'ai passé chez moi me mettre en habit.

CABANIÈS.

Bon ! bon ! pas d'explications ! Monsieur Réal, je vous présente Bishop, mon homme de confiance... Méfiez-vous de lui comme de la peste !

BISHOP.

Ah ! Ah !

SÉBASTIEN.

Monsieur...

CABANIÈS, à Bishop.

Alors, tu étais à Lisbonne avant-hier ?

BISHOP.

Oui, monsieur Cabaniès.

CABANIÈS.

Tu as vu ma femme ? Elle va bien ?

BISHOP.

Madame Cabaniès se porte à merveille... Elle m'a chargé de ses amitiés pour vous.

CABANIÈS.

Et les enfants ?

BISHOP.

Les enfants aussi.

CABANIÈS.

Tu t'es arrêté à San Polo ? (A Sébastien.) San Polo, c'est une ville de la frontière espagnole où j'ai une petite affaire qui ne va pas mal... (A Bishop.) Rien de neuf à San Polo ? Théâtre ? Casino ? tout ça va ?

BISHOP.

Oui... sauf un incident insignifiant...

CABANIÈS.

Tu vas me raconter ça... (A Sébastien.) Je reviens... (A Lucie Grège qui entre.) Eh bien, mademoiselle, Serval est-il content ?

26

LUCIE GRÉGE.

Oh ! ravi... comme tout le monde... D'ailleurs, vous allez le voir... *(A Sébastien.)* Ah ! monsieur Réal, je vous cherche.

SÉBASTIEN.

Moi, mademoiselle ?

LUCIE.

Oui. Serval m'a priée de vous inviter à souper ce soir après la représentation.

SÉBASTIEN.

Vous le remercierez bien de ma part, mademoiselle. Ça m'est impossible, malheureusement.

LUCIE.

Oh ! quel dommage ! Vous soupez dans une autre société ?

SÉBASTIEN.

Je ne soupe pas, mademoiselle.

LUCIE.

Vous rentrez, tout bonnement, comme ça, avec votre bonne amie, hein ? Comme on voit bien, à leur figure, quand les hommes ne veulent pas répondre !

SÉBASTIEN, *galement.*

C'est que je n'ai rien à vous répondre... Vous affirmez que j'ai une bonne amie et que je rentre avec elle... Comment le savez-vous ?

LUCIE.

Je le suppose... Mais ce n'est pas moi qui fais des potins... J'ai entendu dire par des camarades que vous aviez une maîtresse dans le monde.

SÉBASTIEN.

Bah !

LUCIE.

On prétend même que vous ne la trompez pas... C'est vrai ?

SÉBASTIEN.

Préférez-vous que ce soit vrai ?

LUCIE.

Ça m'est égal... Alors, vous refusez de souper avec nous ? Et si on insistait ?... Non ? Et si on insistait encore ?... Toujours non ? Vous ne me trouvez pas jolie ?

SÉBASTIEN.

On ne peut pas être plus jolie.

LUCIE.

Et vous n'essaierez pas un de ces jours de tromper votre maitresse, pour voir ?

SÉBASTIEN.

Pour voir quoi ?

LUCIE.

Pour voir comment c'est fait... êtes-vous bête ! Je vous préviens que je ferai encore une tentative, mais que ce sera la dernière... Vous avez tort de croire, mon cher, que je me jette à votre tête et que je n'ai aucune dignité.

PALADINO *entre et parle d'une voix mielleuse et lente.*

Monsieur Cabaniès ?...

SÉBASTIEN.

Il est sorti, monsieur, vous le rencontrerez dans les couloirs.

PALADINO.

C'est ici son bureau ?

SÉBASTIEN.

Oui, monsieur.

PALADINO.

Seriez-vous par hasard un de ses amis ?

SÉBASTIEN.

Je suis son secrétaire.

PALADINO.

Oh ! parfait... Alors, monsieur, vous me ren-
driez un véritable service en voulant bien lui
remettre ma carte... Comte Paladino... un grand
admirateur... il ne me connaît pas... mais je suis
chargé d'une commission pour lui... d'une commission très importante.

SÉBASTIEN.

Revenez dans un quart d'heure, vous le verrez
certainement.

PALADINO.

Trop aimable, monsieur. J'ai l'honneur de
vous saluer.

(Il sort.)

LUCIE.

Je vous quitte, moi aussi, mon petit Réal. A un
de ces jours et sans rancune.

SÉBASTIEN.

Et encore une fois, excusez-moi auprès de
Serval.

*(Entrent Barois et Hélène. Lucie Grège salue Hélène et
Barois et sort.)*

SCÈNE II

SÉBASTIEN, BAROIS, HÉLÈNE.

BAROIS.

Belle soirée ! Magnifique soirée !... Je n'ai pas

pu venir te serrer la main au premier entr'acte, madame La Houbelle m'a retenu dans sa loge.

SÉBASTIEN.

Tu es bien placé ?

BAROIS.

A côté d'Hélène, ce qui fait que nous pouvons échanger nos impressions.

HÉLÈNE, riant.

Et ce n'est pas pour vous les reprocher, elles sont bruyantes, vos impressions ! Quel enthousiasme !

SÉBASTIEN.

Je ne te savais pas si grand musicien !

BAROIS.

Ce n'est pas la musique qui m'emballe, mon cher !... ni les artistes !... ni la Graza. Elle chante même un peu faux, la Graza... entre nous... Non, ce qui est prodigieux, dans une soirée comme celle-ci, c'est l'ensemble, c'est le total de tous les éléments qui la composent, la scène, la salle, les femmes, le luxe, et jusqu'aux autos qui sont à la porte du théâtre ! Tout ça se mêle dans notre esprit avec la musique, les décors, la lumière... On ne sait plus dans quel pays on se trouve ni à quelle époque ! Et on a l'impression d'être sous une énorme cloche de cristal qui nous isole du reste du monde ! Et quand je pense qu'hier je faisais une classe de philosophie dans un collège de province !

SÉBASTIEN.

Voilà ce que tu aurais dû dire à tes élèves !

BAROIS.

Mon vieux, pour des provinciaux comme nous, sais-tu ce qu'il y a de plus frappant à Paris, aujourd'hui ? C'est qu'il peut nous offrir des spectacles fabuleux, nous faire crier d'étonnement et d'admiration, mais qu'il est devenu incapable de nous émouvoir et de nous instruire. Il est trop tumultueux, trop fort ! C'est une espèce de monstre... Il a perdu la finesse et l'aristocratie que nous venions y chercher autrefois et qu'on ne trouvait que chez lui... Enfin ! ne regrettons rien, c'est autre chose ! C'est peut-être aussi beau ! Seulement, il faut s'y habituer... On n'est plus dans un salon, on est dans une gare énorme où chacun peut aller au guichet pourvu qu'il ait de quoi payer sa place...

SÉBASTIEN.

Et elle est chère !

BAROIS.

Oh ! toi, ne te plains pas... te voilà maintenant au bon endroit, restes-y ! Et surtout, ne laisse pas chiper ton tour !

SÉBASTIEN.

Si je te disais qu'on commence à me regarder de travers et que j'ai déjà des petits ennemis !

BAROIS.

Tu en auras de plus grands et davantage à mesure que tu monteras. Les ennemis, ça sert à mesurer la hauteur où on est.

HÉLÈNE.

Hein ! Barois... C'est pourtant nous deux qui avions raison contre ce jeune homme !... Vous rappelez-vous notre conservation du mois dernier ?

BAROIS.

Quel changement ! *(Riant.)* Et il est encore plus considérable que je ne croyais... dites donc !...

HÉLÈNE.

Hein ? Qu'avez-vous pensé quand je vous ai fait tout à l'heure mon petit aveu ? C'était convenu avec Sébastien que nous vous nommerions notre confident pour avoir un espion auprès de ma belle-mère. Voyons, soyez franc, quelle a été votre impression, quand je vous ai dit... en rougissant?...

BAROIS.

Quand vous m'avez dit, sans rougir d'ailleurs?... Eh bien ! le premier mouvement de surprise passé, j'ai été extrêmement satisfait.

HÉLÈNE.

Parole d'honneur ?

BAROIS.

Parole d'honneur ! C'est bien, c'est très bien, j'irai plus loin, c'est excellent !

HÉLÈNE.

Avouez, Barois, qu'il n'y avait pas autre chose à faire ?

BAROIS.

Encore fallait-il y penser ! Maintenant, mes enfants, vous savez que je suis votre camarade et votre ami.

HÉLÈNE.

Oui, je le sais...

BAROIS.

Et que si jamais vous aviez besoin de moi...

HÉLÈNE.

Merci, Barois ! En ce moment, madame Ardouin a l'air de se tenir tranquille, elle n'a pas donné suite à ses menaces, mais vous comprenez, ça ne durera pas. Elle doit préparer quelque coup.

BAROIS.

Mais non, mais non, ne croyez pas ça.

HÉLÈNE.

Si vous l'aviez entendue !...

BAROIS.

On dit certaines choses dans la colère et puis
on réfléchit... Oui... je sais... elle a dit que vous
vous disputeriez votre fille la loi à la main ! Et
vous avez eu très peur !... La loi à la main !
Qu'est-ce que ça signifie ? Ce sont des façons de
parler... Dans la réalité tout cela se traduit par
des transactions... On n'est jamais obligé de choisir
brusquement, sans préparation, entre son amour
et son enfant... Ce n'est pas vrai. La vie pose
les questions avec plus de nuances et d'une voix
moins impérieuse. Comme ce qui nous arrive
lui est parfaitement égal, elle nous laisse le temps
de devenir sages : il faut en profiter. Mes amis,
votre sort, c'est vous qui le jouez, vous deux
seuls. Ne vous occupez pas des autres. Sur ces
paroles consolantes, je vous demande la permission d'aller rôder un peu partout... Je suis venu
à Paris pour ça... *(A Hélène.)* A la fin de l'entr'acte,
je reviens vous prendre, n'est-ce pas ?

HÉLÈNE.

C'est ça.

(Sort Barois.)

SCÈNE III

SÉBASTIEN, HÉLÈNE.

HÉLÈNE.

Tu n'obtiendras jamais de moi que je te fasse une scène de jalousie à propos de cette demoiselle.

SÉBASTIEN.

De mademoiselle Lucie Grège ?

HÉLÈNE.

Parfaitement.

SÉBASTIEN.

Elle venait m'inviter à souper de la part de Serval.

HÉLÈNE.

Voilà deux fois depuis une semaine que je la rencontre dans ton bureau, mais je te jure que je n'y attache aucune importance... Tu es absolument incapable d'une trahison aussi vulgaire.

SÉBASTIEN.

Ni d'aucune autre.

HÉLÈNE.

Tu ne m'aimeras peut-être pas éternellement, mais je crois que tu auras du mal à aimer une autre femme.

SÉBASTIEN.

J'y songe si peu que j'ai l'intention bien arrêtée de t'emmener après le spectacle.

HÉLÈNE.

Où ça ?

SÉBASTIEN.

Chez moi.

HÉLÈNE.

Vraiment ?

SÉBASTIEN.

Et de te garder pour moi tout seul jusqu'à une heure avancée de la nuit.

HÉLÈNE, *souriant.*

J'ai donc une robe qui me va bien ?

SÉBASTIEN

Délicieusement bien... Tu veux ?

HÉLÈNE.

J'allais te le proposer. Maintenant, je m'en vais. Je te retrouve ici, à la fin ?

SÉBASTIEN.

Oui.

HÉLÈNE.

Quel triomphe, crois-tu ! Si je ne vois pas monsieur Cabaniès, tu lui feras tous mes compliments. Il est toujours très gentil avec toi ?

SÉBASTIEN.

De plus en plus.

HÉLÈNE.

Dis-moi que tu es heureux ? Oui, j'ai besoin que tu me le dises, car j'ai craint un instant d'avoir heurté ton caractère par mon insistance, par mes conseils. Non, n'est-ce pas ?

SÉBASTIEN, *souriant.*

Non... non !...

HÉLÈNE.

Tu ne regrettes plus que je t'aie arraché à l'état sauvage et errant?

SÉBASTIEN.

Pas encore.

HÉLÈNE.

Car tu l'as regretté un instant... tu as résisté... tu m'en as voulu... Ah! que j'étais navrée... Enfin! c'est fini!... Dis? tu ne souffres pas trop d'avoir de quoi dîner tous les soirs?

SÉBASTIEN.

Je m'y habitue insensiblement. Ce doit être une chose naturelle à l'homme.

HÉLÈNE.

Et surtout... tu m'aimes toujours comme autrefois? de la même façon libre et forte d'autrefois?

SÉBASTIEN.

Cet autrefois qui remonte à six semaines!

HÉLÈNE.

C'est beaucoup, puisque tu as devant toi une autre destinée... Ah! il y a des heures où j'ai peur de tout... brusquement, pour un mot, pour un geste de toi, pour un de tes regards qui m'échappe... Je suis absurde, je suis bête, et je t'aime! Heureusement, ça finit toujours par ce mot-là!

(Entre Cabaniès.)

SCÈNE IV

Les Mêmes, CABANIÈS, *puis* SERVAL *et* MADAME LA HOUBELLE, *puis, presque en même temps enrahissent le bureau les* BALANIER, *deux ou trois spectateurs, puis* MOULAINE *et* PALADINO.

CABANIÈS.

Madame, mes hommages... *(A Sébastien.)* Les couloirs sont excellents.

HÉLÈNE.

C'est l'enthousiasme, monsieur Cabaniès... Je vous cherchais pour vous apporter les compliments de madame La Houbelle...

CABANIÈS.

Je ne la verrai donc pas? *(Entre Serval.)* Ah ! Serval. Eh bien?

SERVAL.

Le délire, mon ami, le délire... Je suis bien content pour vous, Cabaniès... Il vous manquait cette soirée pour la consécration définitive, pour la grosse situation parisienne.

CABANIÈS.

Et je l'ai, cette fois-ci, il me semble!

SERVAL.

En plein. Maintenant, vous êtes tranquille, vous ne craignez plus rien et vous ferez à Paris ce que vous voudrez... mais il vous fallait ça. On vous guettait.

CABANIÈS, *lui serrant la main.*

Merci, Serval. Vous, vous m'avez toujours soutenu... je ne l'oublierai pas. *(Allant à la rencontre de madame la Houbelle.)* Ah! madame... que d'honneur... Je n'espérais pas...

MADAME LA HOUBELLE.

J'ai eu de la peine à arriver jusqu'ici... Madame Ardouin a dû vous transmettre ses félicitations...

CABANIÈS.

Oui, madame... Asseyez-vous, je vous prie.

MADAME LA HOUBELLE.

Grande soirée d'art, Cabaniès!... Désormais on ne pourra plus entendre la petite musique... Vous lui avez donné le coup de grâce...

MADAME BALANIER, *entrant sur ces derniers mots.*

Absolument. Vous avez créé un goût nouveau... Et quels décors! Quant à la Graza, il n'y a pas deux opinions dans la salle : elle est sublime!

CABANIÈS.

Elle a rarement été en forme comme ce soir!... *(Allant au-devant de gens.)* Cher ami... Merci... oui... je suis enchanté. *(A Moulaine qui entre suivi de madame Moulaine.)* Mon cher député... Chère madame... entrez. Je suis heureux de vous voir.

MADAME MOULAINE.

Et moi, je ne vous dis qu'un mot : c'est un miracle!

MOULAINE, *allant à Cabaniès, solennellement.*

Mon cher Cabaniès... *(Il s'arrête un instant pour qu'on fasse silence.)* Mon cher Cabaniès, je vous apporte les compliments du ministre qui a pris le plus vif intérêt à cette belle manifestation d'art...

MADAME LA HOUBELLE.

Oui, c'est bien vrai...

(Approbations et murmures.)

MOULAINE, *continuant, quand le silence est rétabli.*

... et qui me charge de vous annoncer que vous recevrez demain la croix de la Légion d'honneur.

MADAME LA HOUBELLE.

Très bien !

SERVAL, *enthousiasmé.*

Mon vieux camarade...

MADAME MOULAINE ET MADAME BALANIER.

Nos félicitations, monsieur Cabaniès...

BALANIER.

Et les miennes...

UN AUTRE MONSIEUR

Et les miennes...

CABANIÈS, *tendant théâtralement la main à Moulaine.*

Mon cher député, mon ami...

MOULAINE.

Oui ! votre ami...

CABANIÈS.

A la joie que j'éprouve en recevant cette haute distinction, je sens que je la méritais !

MOULAINE.

Cent fois !

CABANIÈS.

Il me faudrait votre éloquence pour vous remercier dignement, pour remercier l'illustre ministre... *(Murmures.)* Cette éloquence, malheureusement, je ne l'ai pas! Je me contente donc de vous dire que je suis touché jusqu'aux larmes de ce trop magnifique couronnement d'une existence tout entière consacrée à l'art!...

MOULAINE.

Tous vos amis, Cabaniès, s'associent à votre triomphe... N'est-ce pas?

PLUSIEURS VOIX.

Mais oui... certes... oui!... Très bien!

SERVAL.

Ah! Je crois qu'on commence le dernier tableau.

CABANIÈS.

Il est très court... mais c'est la danse dans le gouffre... Ne le manquez pas...

MADAME LA HOUBELLE.

Je vous ferai signe un de ces jours, Cabaniès.

CABANIÈS.

Trop aimable, madame...

(Mouvement de sortie.)

BAROIS, à *Hélène.*

Vous venez, Hélène?

HÉLÈNE, à *Sébastien, bas.*

Tu m'attends ici?

(Tout le monde est sorti pendant ces répliques. Paladino est entré discrètement et reste, quand tout le monde est parti, avec Cabaniès et Sébastien.)

SCÈNE V

SÉBASTIEN, CABANIÈS, PALADINO.

CABANIÈS, à *Paladino qui s'avance vers lui le sourire aux lèvres.*

Vous désirez, Monsieur?

PALADINO.

Vous adresser d'abord mes sincères félicitations pour ce superbe effort artistique, seigneur Cabaniès, et pour la distinction dont vous venez d'être l'objet...

CABANIÈS.

Monsieur, je vous remercie... Et j'ai l'honneur de parler à...?

PALADINO.

Au chevalier Paladino, de Florence... Ce nom ne vous dit rien?

CABANIÈS.

Non, mais à partir d'aujourd'hui il va me devenir très sympathique.

(*Il lui tend la main.*)

PALADINO, *lui serrant la main.*

Avant de prendre congé de vous, cher seigneur Cabaniès, il faut que je vous dise encore deux mots.

CABANIÈS.

Je vous écoute.

PALADINO, *désignant Sébastien.*

Est-ce que je peux parler?...

CABANIÈS.

Parfaitement. Vous pouvez parler devant monsieur qui est mon secrétaire et mon ami.

PALADINO.

Oh! moi, ça ne me gêne pas... Alors, voici, cher seigneur. Je me trouvais il y a trois jours au casino de San Polo... Je suis très joueur, hélas! et je suis en train de perdre la fortune de mes aïeux dans tous les tripots de l'Europe... Que je suis bête! mon Dieu que je suis bête!

CABANIÈS.

Le casino de San Polo n'est pas un tripot, monsieur.

PALADINO.

Évidemment, puisque vous en êtes le principal actionnaire et le fondateur... Ce n'est donc pas un tripot, c'est seulement un lieu où l'on ne joue pas toujours avec une régularité parfaite...

CABANIÈS.

Monsieur!

PALADINO, très doux.

Et tel que vous me voyez, pas plus tard que jeudi dernier, l'administration m'a volé par des procédés extrêmement ingénieux une somme de vingt mille francs...

CABANIÈS, avec un dédain suprême.

Assez, monsieur, assez!... Veuillez vous retirer. L'administration de San Polo est au-dessus de tout soupçon.

PALADINO, toujours très correctement.

Elle n'en a pas moins été prise en flagrant délit... il y a eu scandale... On a roué de coups votre croupier... et on a cassé toutes les glaces de la salle de jeu... Il n'y a donc pas la moindre erreur. Et je suis très résolu, cher seigneur Cabaniès, à ne pas quitter ce bureau sans que vous

m'ayez remboursé les vingt mille francs que j'ai
perdu ce soir-là !

CABANIÈS, *froid et résolu.*

Monsieur, je dois vous prévenir qu'on ne
m'intimide pas... Sortez !

PALADINO, *s'asseyant.*

Oh ! non...

CABANIÈS.

Je vais vous faire jeter dehors !... (*A Sébastien.*)
Voilà à quoi on est exposé dans les affaires, mon
cher !

(*Geste de Sébastien qui écoute attentivement.*)

PALADINO.

Quel scandale inutile, un soir pareil !...

CABANIÈS, *furieux.*

Vous êtes un...!

PALADINO.

Non... cher seigneur, car si j'étais un maître
chanteur, comme vous alliez dire, je vous récla-
merais une somme supérieure à celle que j'ai
perdue... Rendez-moi mes vingt mille francs,
cher monsieur Cabaniès, car on m'a véritablement dévalisé cette somme... et désormais vous
n'aurez plus en moi qu'un admirateur enthou-
siaste... et vraiment je vous admire beaucoup,
mais il me faut mes vingt mille francs...

(*Il croise ses jambes.*)

CABANIÈS *va d'abord à lui, menaçant, puis réfléchit, s'arrête,
et se dirige vivement vers la porte de droite.*

Bishop !

BISHOP, *apparaissant.*

Monsieur ?

CABANIÈS.

Les rapports de San Polo...

BISHOP, *prenant dans son portefeuille.*

Voici, monsieur.

CABANIÈS.

Bien. Laisse-nous. (*Sort Bishop. Froidement, à Pala-dino.*) Veuillez me rappeler votre nom ?

PALADINO.

Chevalier Paladino.

CABANIÈS *consulte les papiers que lui a remis Bishop, puis :*

Paladino ?... Oui... Ah! Ah! bon... (*Il regarde Paladino, prend un carnet de chèques, en remplit un, puis à Paladino.*) Voici, monsieur. Oh! pas de remercie-ments, pas de discours... Plus un mot !

PALADINO.

Pardon ! Je tiens à votre estime...

CABANIÈS.

N'y comptez pas. C'est tout ce que vous désirez ?

PALADINO.

Absolument tout... Alors, je vais entendre le dernier acte... Quelle artiste, cette Graza ! Messieurs, j'ai l'honneur de vous saluer.

(*Il sort.*)

SCÈNE VI

SÉBASTIEN, CABANIÈS.

CABANIÈS.

Ce rastaquouère ! J'ai failli me fâcher, ma parole ! Au fait, Sébastien, je n'ai pas besoin de vous recommander la discrétion...

SÉBASTIEN.

Soyez tranquille, monsieur Cabaniès, il ne sortira jamais de ma bouche un mot qui puisse vous compromettre ni vous faire le moindre tort.

CABANIÈS.

D'autant plus, mon petit — je vous confie ça entre nous — qu'il y a un certain genre d'affaires dont je veux me débarrasser... Eh! que voulez-vous? au début d'une carrière, on prend ce qu'on trouve... on tire sur le gibier qui passe!... C'est comme ça que j'ai été amené à me mêler d'histoires de jeux que je vais jeter par dessus bord... Je ne vous dirai pas que j'ai des excuses. Car un homme comme moi n'invoque pas d'excuses : il est vainqueur ou vaincu, il perd ou il gagne, et il n'a pas d'opinion sur les moyens qu'il emploie pour gagner ou pour perdre... Eh! eh! ça vous paraît monstrueux ce que je vous débite là?

SÉBASTIEN.

Monstrueux, c'est le mot. Mais vous avez trop d'intelligence et même de cœur pour le dire sincèrement.

CABANIÈS.

Ce diable de Sébastien! Dites donc? j'espère que vous n'allez pas me prendre pour un coquin? Ça me ferait beaucoup de peine!

SÉBASTIEN, *froidement.*

Vous avez été trop bon pour moi et je vous ai trop d'obligation pour me permettre de vous blâmer...

CABANIÈS.

Eh! mon cher, que voulez-vous? J'ai toujours été un peu en dehors de la société... Je n'ai pas reçu d'éducation, je n'ai reçu que des coups... et ce que vous considérez peut-être comme des crimes, pour moi, c'étaient des faits de guerre, simplement... Mais aujourd'hui, c'est fini... L'ancien Cabaniès est mort. C'était un gaillard sans scrupules. Que le diable l'emporte ! *(Regardant sa montre.)* Sacrebleu ! Le rideau va baisser. Il faut que j'aille voir ça ! Ne vous en allez pas, au moins ! Nous allons finir la soirée quelque part !

(Sébastien répond par un geste vague. Sort Cabaniès.)

SCÈNE VII

SÉBASTIEN *seul*, puis HÉLÈNE.

(Il passe la main sur son front, va à la table, prend une plume, hésite, puis écrit fiévreusement. Entre Hélène.)

HÉLÈNE.

Je me suis dépêchée pour éviter les encombrements... Quelle cohue ! Tu es prêt ? *(S'approchant.)* A qui écris-tu ?

SÉBASTIEN.

A Cabaniès.

HÉLÈNE.

A quel propos ?

SÉBASTIEN, *continuant à écrire.*

Je me sépare de lui.

HÉLÈNE.

Tu te sépares ? Qu'est-ce que ça signifie ?

SÉBASTIEN.

Ça signifie que je ne veux plus avoir aucun rapport avec Cabaniès...

HÉLÈNE.

Tu ne veux plus être son secrétaire ?

SÉBASTIEN.

Non.

HÉLÈNE.

Pourquoi ?

SÉBASTIEN.

Parce que c'est un forban !

HÉLÈNE, stupéfaite.

Cabaniès !... un forban !...

SÉBASTIEN.

Oui, il n'y a pas d'autre mot !... Ce n'est pas un simple coquin, ni un fripon... c'est mieux qu'un malhonnête homme. C'est le forban !

HÉLÈNE.

Mais tu te trompes ! C'est de la folie ! Quelqu'un a intérêt à te tromper et à te mentir !... Forban ! un homme qui vient d'être décoré devant tout le monde !

SÉBASTIEN.

On ne décore pas en secret...

HÉLÈNE.

Écoute donc Moulaine en parler... et Serval... et tous les gens qui le connaissent !... Cabaniès est un homme de premier ordre ! *(Mettant la main sur la lettre que Sébastien a commencé à écrire.)* Je ne veux pas que tu écrives cette lettre, je ne veux pas !...

SÉBASTIEN.

Je te dis que j'ai la certitude absolue, la preuve, que Cabaniès vole au jeu ou qu'il laisse voler, c'est la même chose, dans une espèce de tripot qui lui appartient je ne sais où, en Espagne ou en Portugal... Tu penses bien que je n'irai jamais raconter ça à personne, mais je le sais, ça me suffit !... Désires-tu encore que je reste avec lui et que je devienne son associé ?

HÉLÈNE.

Je désire que tu réfléchisses, que tu ne prennes pas une résolution de cette importance dans l'énervement où tu es et que tu ne compromettes pas ton avenir par un coup de tête !

SÉBASTIEN, agacé.

Tu ne penses qu'à mon avenir ! Laisse-m'en un peu le maître ! Mon avenir sera bien autrement compromis si je vis auprès d'un individu louche et taré !

HÉLÈNE, subitement navrée.

Oh ! Sébastien, comme tu me réponds... C'est la première fois que tu me parles avec cette colère !

SÉBASTIEN, l'attirant à lui.

Excuse-moi, ma chérie... Mais je te supplie seulement de ne pas faire servir l'amour que j'ai pour toi à diminuer mon courage... J'en ai besoin plus que jamais et aussi de toute ma lucidité, car je ne me dissimule pas plus que toi la gravité de ce qui m'arrive...

HÉLÈNE.

Mais non... c'est moi qui ai exagéré... Va ! mon chéri aimé, ça n'a aucune gravité, au contraire... n'aie pas peur... Est-ce qu'avec ton intelligence, tes ressources, tes relations tu ne trouveras pas dix places pour une maintenant ?

SÉBASTIEN.

Ce n'est pas ça qui est grave !... Évidemment, je gagnerai toujours ma vie... Non, ce qui est grave, vois-tu, c'est autre chose... C'est que je ne me sens plus aussi sûr de moi qu'à mon arrivée à Paris... C'est que les quelques semaines que je viens de passer auprès de cet homme qui ne peut

pas faire un geste sans que l'argent sonne dans
toutes ses poches, m'ont donné à moi aussi un
peu de désir et de fièvre !... Est-ce que je savais
ce que c'est que l'argent, moi ! Je croyais que ça
se gagnait durement par le travail et par l'effort,
et je m'aperçois que ça se râfle avec de la chance...
Alors, à mon tour, je suis tenté... oui... oui, je
suis plus tenté que je n'ose me l'avouer à moi-
même. Tiens, tout à l'heure, pendant que Cabaniès me parlait... sur un ton d'inconscience qui,
autrefois, m'aurait fait bondir, je ne pouvais pas
m'empêcher de le regarder avec une certaine
complaisance... Je me sentais presque attiré vers
lui... et quand il est sorti, j'ai hésité d'abord à lui
écrire cette lettre, et maintenant, tiens, malgré
ce que je viens de te dire, je me demande si je ne
suis pas trop scrupuleux, trop difficile... Car j'ai
l'impression que je ferai ma fortune avec Cabaniès... Enfin ! il y a deux solutions qui s'offrent à
moi : la solution propre et la solution abjecte et
j'hésite !...

HÉLÈNE, *allant à lui et vivement.*

Non, Sébastien, tu n'hésites pas, ce n'est pas
vrai. Et je commettrais un crime vis-à-vis de toi
en t'engageant à devenir le complice d'un pareil
individu. Reste toi-même, Sébastien, dans ta
fierté, dans ta loyauté !... Va... écris à Cabaniès...
continue... Écrivons-lui ensemble... je vais
t'aider... Qu'est-ce que tu lui disais ? (*Elle lit le
commencement de la lettre.*) C'est très bien... très bien...
Dépêche-toi avant qu'il n'arrive...

(*Elle a amené Sébastien à la table.*)

SÉBASTIEN.

Alors, c'est entendu ? On jette Cabaniès par
dessus bord ?

HÉLÈNE.

On le jette !

SÉBASTIEN.

Allons ! *(Écrivant pendant qu'Hélène est penchée sur son épaule.)* « Monsieur... » *(Il cherche.)* Heu... « Vous comprendrez que dans ces conditions-là... »

HÉLÈNE, *suivant de l'œil.*

Oui... va... sois net... Parfait ! Parfait !

SÉBASTIEN, *écrivant.*

« ... il m'est impossible... »

HÉLÈNE, *appuyant.*

« Absolument impossible... » *(L'embrassant dans les cheveux.)* Signe et partons.

SÉBASTIEN, *pliant la lettre.*

Voilà !

HÉLÈNE.

Laisse la lettre sur la table, il la trouvera bien.

SÉBASTIEN.

Non. Je vais la lui faire porter. *(A Bishop qui sort de droite et traverse précipitamment la pièce.)* Monsieur Bishop, vous allez retrouver monsieur Cabaniès ?

BISHOP.

Dans sa loge... on sonne au rideau.

SÉBASTIEN.

Voulez-vous lui remettre cette lettre de ma part ? Vous serez bien gentil... Je suis obligé de sortir...

BISHOP.

Certainement, monsieur Réal...

(Il sort.)

SÉBASTIEN.

Où est mon chapeau ?... mon pardessus ?

HÉLÈNE.

Tiens, là... *(Écoutant.)* J'entends des applaudissements... C'est fini.

SÉBASTIEN.

Passons par le petit escalier.

HÉLÈNE.

Par ici ?

SÉBASTIEN.

Par ici, oui... Oh ! Cabaniès qui revient...
Filons vite !

CABANIÈS, *entrant la lettre à la main.*

Hé ! Sébastien, qu'est-ce que vous me dites
donc ?

SÉBASTIEN.

Lisez, monsieur Cabaniès...

*(Au moment où Cabaniès décachète la lettre, entre
Bishop suivi de quelques artistes costumés qu'on voit à
travers la porte.)*

BISHOP.

Monsieur Cabaniès ! monsieur Cabaniès !

*(Hélène et Sébastien s'arrêtent et regardent machinale-
ment.)*

CABANIÈS.

Quoi ?

BISHOP.

Vous n'entendez pas ? Toute la salle est debout !
On crie : « Cabaniès ! Cabaniès ! » Venez... venez !

CABANIÈS.

Tu es sûr ?

LES ARTISTES.

Oui, patron, oui... Dépêchez-vous... vous n'entendez pas ?

CABANIÈS.

C'est vrai ! c'est vrai !

BISHOP.

Vite ! vite ! ils s'impatientent !

CABANIÈS.

J'y vais, sacrebleu ! (*Se tournant vers Sébastien.*) Attendez-moi, Sébastien !... (*Prenant Bishop par les épaules et le poussant.*) Et toi, viens me traîner sur la scène.

(*Il sort à grands pas et en cambrant la poitrine.*)

SÉBASTIEN.

Est-il heureux !

HÉLÈNE.

Nous allons le traiter de forban toute la nuit !

(*Ils sortent.*)

ACTE IV

Même décor qu'au deuxième acte.

SCÈNE PREMIÈRE

HÉLÈNE, *seule, puis* MADEMOISELLE MESSANY.

(Au lever du rideau Hélène parcourt une lettre distraitement, s'arrête, regarde l'heure, va à la fenêtre. Entre mademoiselle Messany.

MADEMOISELLE MESSANY.

Hélène?... Ah! tu regardes par la fenêtre... Mais n'aie donc pas d'inquiétudes... Que veux-tu qu'il y ait? C'est un retard très naturel.

HÉLÈNE.

Le train est arrivé depuis deux heures de l'après-midi... Il en est cinq... Sébastien devrait être ici. Il n'avait qu'à passer chez lui... il ne faut pas trois heures pour ça!... J'aurais dû aller l'attendre à la gare.

MADEMOISELLE MESSANY.

Tu ne pouvais pas aller l'attendre puisqu'il est avec sa sœur... De quoi aurais-tu eu l'air? Voyons, sois raisonnable.

HÉLÈNE.

Je n'y pensais plus, moi, à celle-là !

MADEMOISELLE MESSANY

Qui, celle-là !

HÉLÈNE.

Sa sœur.

MADEMOISELLE MESSANY.

Tu ne savais pas qu'il avait une sœur ?

HÉLÈNE.

Mais si... Elle est même charmante... Elle a de l'intelligence et de la race. Mais qui aurait pu prévoir qu'elle resterait seule un jour et que Sébastien serait obligé de la prendre avec lui ? Elle va être terrible entre nous deux !

MADEMOISELLE MESSANY.

Tu ne penses qu'à ça, toi... Et comment se fait-il qu'elle soit seule tout à coup, mademoiselle Réal ?

HÉLÈNE.

Sa marraine, chez qui elle demeurait, vient de mourir... Je vous l'ai raconté.

MADEMOISELLE MESSANY.

Non, tu ne me l'as pas raconté... Tu crois que tu me dis les choses, et la plupart du temps, il faut que je devine... *(La regardant.)* Es-tu tourmentée, ma pauvre enfant ! Tu es pâle depuis quelques jours... Tu as des étouffements continuels !... Je suis sûre que tu souffres... moi qui te croyais heureuse !

HÉLÈNE.

On peut être heureuse et souffrir tout de même... D'ailleurs, c'est vrai... je souffre... je souffre depuis deux mois parce que Sébastien cherche une situation et qu'il n'en trouve pas...

Il en est réduit pour vivre à faire des travaux dans une librairie et des dessins dans une usine... Il court ou il travaille toute la journée... Un garçon de cette valeur! Alors son caractère s'aigrit et devient plus âpre, ça se comprend... Et le voilà maintenant avec cette charge nouvelle... Ah! que c'est dur! que c'est injuste!

MADEMOISELLE MESSANY.

Où va te mener cette liaison, ma pauvre enfant, avec les complications de ta vie d'un autre côté? Sébastien est un très honnête garçon. Il t'aime. Mais tu sais bien que tu ne peux pas être sa femme à moins de consentir à un scandale et à un procès qui pèserait lourdement sur l'avenir de ta fille... Tu ne feras jamais ça... As-tu des nouvelles de ta belle-mère?

HÉLÈNE.

Ah! oui... j'oubliais... Je viens de recevoir une lettre d'elle.

MADEMOISELLE MESSANY.

Et tu ne me le disais pas!... Voilà un événement! Elle t'écrit... ça, par exemple! Après ce qui s'est passé, c'est curieux!

HÉLÈNE, *prenant la lettre sur le bureau.*

Tenez... lisez!

MADEMOISELLE MESSANY, *peu à peu, à la lecture.*

Ah! bien... ça... *(Lisant.)* « Est-il possible que des femmes comme nous, unies par tant de liens si chers, se soient laissées entraîner à des sentiments de haine! » *(Parlé.)* Elle a raison... C'est très bien ce qu'elle fait là, ta belle-mère... *(Lisant.)* « Au revoir, ma chère fille, je vous embrasse. » *(Parlé.)* Nous nous étions trompées sur son compte, c'est une excellente femme.

HÉLÈNE.

S'il n'y a pas d'arrière-pensée là-dessous...

MADEMOISELLE MESSANY.

Quelle arrière-pensée peut-il y avoir? C'est ta situation à toi qui est mauvaise... mon avoué me l'a dit. En négligeant de faire constater l'absence de ton époux et les causes véritables de cette absence, tu as commis une imprudence... Tu t'es interdit toute revendication ultérieure. C'est l'avoué qui parle...

HÉLÈNE.

Je m'en aperçois.

MADEMOISELLE MESSANY.

Il est tout naturel aussi qu'avant d'engager un procès contre toi, madame Ardouin fasse une tentative suprême de réconciliation.

HÉLÈNE.

Bien inutile.

MADEMOISELLE MESSANY.

Elle ne t'en adresse pas moins des excuses...

HÉLÈNE.

C'est si peu dans son caractère!... Une femme qui m'a presque traitée de misérable!

MADEMOISELLE MESSANY.

On s'en dit bien d'autres dans les affaires de famille et ça ne tire pas à conséquence. Je t'assure, cette lettre est très sincère... Remarque le passage relatif à l'enfant, remarque-le. On ne te menace pas, cette fois-ci, on fait appel à ton cœur... Ton mari, certes, a de grands torts, et tu connais mon opinion... Mais quand je te la donnais, j'ignorais que tu avais des torts toi aussi... il ne faut pas te le dissimuler... On ne peut pas dire positivement que tu aies trompé ton mari puisqu'il t'avait abandonnée...Mais enfin, n'est-ce pas? tu as pris un amant, comme on dit, et tu étais mariée... Ce n'est pas grave, si tu veux, surtout avec les idées d'aujourd'hui; mais tu n'aurais pas pris d'amant, ça ferait une différence, tu serais dans une meilleure posture.

HÉLÈNE.

Et vous en concluez?

MADEMOISELLE MESSANY.

J'en conclus que puisque madame Ardouin oublie, tu dois oublier toi aussi...

HÉLÈNE.

Et me réconcilier avec mon mari!

MADEMOISELLE MESSANY.

Non, non... pas tout de suite... mais te faire peu à peu à l'idée de te réconcilier un jour avec lui... plus tard, à l'occasion, quand ça se trouvera... Il ne saura jamais ce qui s'est passé, cet homme, et ce n'est pas sa mère qui ira le lui dire.

HÉLÈNE.

Ma cousine, il y a des sentiments dont vous ne comprenez pas la force. Voyez-vous, si j'en étais réduite un jour à retourner auprès de mon mari, c'est qu'il serait arrivé de tels malheurs à votre petite Hélène qu'elle n'aurait plus longtemps à vivre...

MADEMOISELLE MESSANY.

En effet, il y a des choses que je ne dois pas comprendre, je suis trop vieille...

(Paraît la femme de chambre.)

LA FEMME DE CHAMBRE.

Mademoiselle Marguerite Réal.

HÉLÈNE, *étonnée, à la femme de chambre.*

Elle est seule?

LA FEMME DE CHAMBRE.

Oui, madame.

SCÈNE II

HÉLÈNE, MADEMOISELLE MESSANY, MARGUERITE.

MADEMOISELLE MESSANY, *allant à la porte.*

J'y vais... Oh! la chère petite... Qu'elle entre... Venez, mon enfant, venez... Qu'elle est belle! Je ne l'avais pas vue depuis des années, moi!

MARGUERITE.

Je me rappelle bien, mademoiselle.

HÉLÈNE, *l'embrassant.*

Chère petite Marguerite... Vous avez fait bon voyage?

MARGUERITE.

Excellent, très gai... nous sommes arrivés seulement y a une heure... et je dois avoir l'air un peu ahurie...

HÉLÈNE.

Vous êtes arrivée avec votre frère?

MARGUERITE.

Oh! oui... et une vieille bonne qui a voulu nous suivre à Paris... et qui a tellement peur que je ne me perde qu'elle ne me quitte pas d'une semelle... Ce qui fait qu'elle est dans votre antichambre. Nous avons deux visites à faire à des amis de la

28

famille, mais ma première a été pour vous, bien entendu...

HÉLÈNE.

Et pourquoi votre frère ne vous a-t-il pas accompagnée ?

MARGUERITE.

Il va venir me chercher ici, il m'a priée de vous le dire... Figurez-vous qu'il a trouvé chez lui une lettre lui donnant rendez-vous tout de suite.

HÉLÈNE.

Ah ! une lettre...

MARGUERITE.

Il n'y a pas de mystère, d'ailleurs. C'est une lettre de monsieur Balanier à qui il avait écrit pour lui demander une place dans une de ses usines.

HÉLÈNE.

En effet... il y a plus d'un mois qu'il avait eu cette idée. Monsieur Balanier, malheureusement, n'avait besoin de personne.

MARGUERITE.

Je sais... oui... Mais ça a peut-être changé, puisqu'il le convoque immédiatement.

HÉLÈNE.

Ah ! Tant mieux ! Ce serait tout à fait son affaire... Pourvu qu'il réussisse !

MARGUERITE.

J'en ai le pressentiment, croyez-vous ?

HÉLÈNE.

Moi aussi, moi aussi...

MARGUERITE.

Je vais donc attendre Sébastien, si vous le permettez.

MADEMOISELLE MESSANY.

Vous allez goûter, n'est-ce pas ?

MARGUERITE.

Oh ! non, merci, mademoiselle... Je ne prendrai rien.

MADEMOISELLE MESSANY.

Alors, je vais m'occuper de cette femme qui est avec vous... Vraiment, pas la moindre tasse de thé ?

MARGUERITE.

Pas la moindre, mademoiselle.

SCÈNE III

HÉLÈNE, MARGUERITE.

HÉLÈNE, *lui prenant les deux mains.*

Comme on se retrouve !

MARGUERITE.

Hein ! vous souvenez-vous de notre conversation de l'an dernier... le jour du départ de Sébastien ?

HÉLÈNE.

Oui, certes, je m'en souviens...

MARGUERITE.

J'avais l'intuition que nous ne serions pas séparés longtemps... et que bientôt il aurait besoin de moi ou que j'aurais besoin de lui, ce

qui est exactement la même chose... Quand je
pense qu'il hésitait à m'emmener !

HÉLÈNE.

Ah ! vraiment ? Et pourquoi ?

MARGUERITE.

Il faisait des tas d'objections qui auraient été
excellentes pour une jeune fille comme les autres,
mais qui, avec moi, ne tenaient pas debout... Il
sait parfaitement que je m'accommoderai de sa
situation quelle qu'elle soit et que je ne peux pas
le gêner, c'est impossible... N'est-ce pas ?

HÉLÈNE.

Non, certes, ma chérie... non, vous ne le
gênerez pas, au contraire... Est-ce que vous avez
déjà convenu de la façon dont vous vivriez ?

MARGUERITE.

Oui, tout est arrangé. Sébastien a un petit
appartement dans lequel je n'ai fait que jeter un
coup d'œil, mais qui est très suffisant pour nous
trois... car d'une manière comme d'une autre il
vaut mieux garder notre vieille servante. Vous
ne l'avez jamais visité, son appartement ? Non !
que je suis bête ! Excusez-moi... Il est très gentil,
très riant. Et quand il y aura une femme là
dedans, vous pensez ce que ce sera !

HÉLÈNE.

Vous allez faire le plus joli ménage de frère et
de sœur...

MARGUERITE, riant.

Je le crois !... Dame ! il restera la question
d'argent... mais, c'est extraordinaire, elle ne
m'inquiète pas outre mesure. J'ai dans son avenir
et dans le mien une confiance, comment dirais-je ?

physique... Oui, l'espèce de confiance qu'on a dans sa santé et dans sa vigueur... Il me semble que nous sommes tous les deux à la porte de la vie, qu'elle n'est pas encore ouverte pour nous, mais que ça ne tardera pas... et qu'alors, bras-dessus, bras-dessous, nous ferons une très jolie entrée.

HÉLÈNE.

Ah ! ma chère petite Marguerite, comme vous avez raison d'être gaie... et audacieuse !.... Vous êtes une créature marquée pour le bonheur.

MARGUERITE.

Je ne lui conseille pas de passer à portée de ma main... J'ai tort de dire ça, je serai peut-être très malheureuse...

HÉLÈNE.

Non ! non... jamais !... quelle folie !

MARGUERITE.

D'ailleurs, c'est absurde d'avoir ces sujets de conversation. A quoi ça mène-t-il ? A rien. Et ça vous laisse de la mélancolie, ce qui est un sentiment de gens riches et non de pauvres diables comme nous.

HÉLÈNE.

Quelle expérience vous avez déjà ! Vous aurez une très bonne influence sur votre frère.

MARGUERITE.

Hum ! c'est peut-être bien prétentieux de ma part. Enfin ! j'essayerai. Pauvre Sébastien ! il n'a pas eu beaucoup de chance jusqu'ici !...

HÉLÈNE.

Ah ! il vous a dit... c'est lui qui vous a dit qu'il n'avait pas eu de chance ?

MARGUERITE.

Pas positivement.., il ne se plaint jamais...
Mais il y a des nuances qui n'échappent pas.

HÉLÈNE.

Oui, il ne se plaint jamais, c'est vrai... Mais
enfin, il ne vous a pas dit, j'espère, qu'il avait
été... malheureux ?

MARGUERITE.

Oh ! non... Oh ! non !...

HÉLÈNE.

Ah !

MARGUERITE.

Et puis, vous et mademoiselle Messany vous
avez été si aimables pour lui !

HÉLÈNE.

Il vous a raconté que nous avions le plaisir de
le voir quelquefois ?

MARGUERITE.

Je crois bien ! Oh ! il vous aime tellement ! Il
vous trouve si intelligente.., si fine !... Je suis
certaine que vous lui avez donné de très bons
conseils et qu'il ne les a pas suivis... Au fond,
c'est un garçon sur qui personne n'a une influence
véritable.

HÉLÈNE.

Oui... oui... C'est vrai.

MARGUERITE.

Il n'y a que moi qui y parviendrai peut-être.
Ce qu'il faut éviter surtout en ce moment, c'est
qu'il se décourage. Et il y aurait des dispositions
malgré son énergie... Ça m'a frappée...

HÉLÈNE.

Moi aussi, moi aussi.

MARGUERITE.

Ah ! il est temps qu'il sente auprès de lui une affection lucide, un dévouement, une tendresse continuels... Il était trop seul... la solitude est très mauvaise pour lui.

HÉLÈNE, *les yeux humides.*

Ah ! que je le lui ai dit souvent... Mais il ne m'écoute pas... il ne m'écoute pas... J'aurais tant désiré lui être utile. J'ai fait ce que j'ai pu... je vous jure, Marguerite... J'ai essayé de le mettre en rapport avec plusieurs de mes amis... Mais il a un caractère très indépendant, vous le savez... Il se cabre facilement... et on a toujours peur de le blesser... Voilà pourquoi j'ai échoué... Vous ne vous imaginez pas le chagin que j'en éprouvais quelquefois... Mais vous, il vous écoutera plus que moi, vous êtes sa sœur... Moi, je ne suis qu'une étrangère...

(*Elle se retourne pour essuyer ses yeux.*)

MARGUERITE.

Et puis, nous nous associerons toutes les deux, voulez-vous, dans son intérêt ?

HÉLÈNE.

Oui, ma chérie, oui...

MARGUERITE.

Sans le lui raconter, bien entendu, parce que ce serait terrible.

(*Entre Sébastien.*)

SCÈNE IV

Les Mêmes, SÉBASTIEN.

SÉBASTIEN *s'avance vivement vers Hélène et lui baise la main.*

Madame...

HÉLÈNE, *lui serrant longuement la main.*

Bonjour, monsieur Sébastien... Nous vous attendions...

MARGUERITE.

En parlant de toi, naturellement... Eh bien ! as-tu vu monsieur Balanier ?

SÉBASTIEN.

Oui, je le quitte. Je crois que ça va s'arranger avec lui.

MARGUERITE, *à Hélène.*

Je le sentais... Que vous disais-je ?

SÉBASTIEN, *à Marguerite.*

Je te raconterai ça.

MARGUERITE.

Ce serait une bonne place ?

SÉBASTIEN.

Oui... oui... assez bonne.

HÉLÈNE.

Vous avez vu ma cousine, monsieur Sébastien ?

SÉBASTIEN.

Pas encore... Est-ce que je peux lui présenter mes devoirs ?

HÉLÈNE.

Elle serait très fâchée si vous ne le faisiez pas.

MARGUERITE.

Reste... reste... Moi, j'ai bien envie d'aller sans toi chez madame de Cernoy.

SÉBASTIEN.

Toute seule?

MARGUERITE.

Avec Clémence... D'abord, il est essentiel que tu prennes l'habitude de me laisser un peu circuler sans toi. En quittant madame de Cernoy, je rentrerai à la maison mettre de l'ordre. Ne t'occupe pas de moi... Et on dînera chez nous, si tu veux.

SÉBASTIEN, *souriant.*

C'est convenu, on dînera chez nous.

MARGUERITE.

Et un de ces jours, on invitera madame Ardouin.

HÉLÈNE.

C'est cela... D'ailleurs, je vais m'entendre avec votre frère pour qu'il me permette de vous accompagner de temps en temps.

MARGUERITE.

Oui... Oh! oui... Allons, je m'en vais... A tantôt, Sébastien... (*Elle lui prend la main et va embrasser Hélène.*) Et nous, à demain, peut-être.

HÉLÈNE.

A demain, certainement.

(*Sort Marguerite.*)

SCÈNE V

SÉBASTIEN, HÉLÈNE.

HÉLÈNE, *se jetant dans les bras de Sébastien dès que Marguerite est sortie.*

Ah ! enfin ! Comment vas-tu ? Que j'étais inquiète et tourmentée pendant ton absence !... Tu ne me disais presque rien dans tes lettres...

SÉBASTIEN.

Je comptais revenir plus tôt... J'ai eu là-bas toutes sortes d'affaires à arranger.

HÉLÈNE.

Je m'en doute, mon pauvre chéri... Quel gros changement d'existence pour toi !

SÉBASTIEN.

Oui, évidemment. Mais je ne pouvais guère laisser Marguerite chez quelque parente qui l'eut gardée par charité... Sa marraine, c'était différent.

HÉLÈNE.

Tu as eu raison de l'emmener... je crois bien... Tu as fait ton devoir... C'est ta sœur, c'est ta famille... Va ! sois tranquille, Marguerite n'apercevra rien de notre amour et quand il le faudra je saurai m'effacer devant elle. Mais ce qu'elle a pu me faire souffrir tout à l'heure, sans s'en douter ! Ce qu'elle a pu me torturer avec son sourire, avec sa grâce, avec sa joie de vivre désormais à ton côté ! Et la façon tranquille dont elle dispose de toi sans soupçonner que tu m'appartiens... Elle est délicieuse tout de même et je l'aime de tout mon cœur... Ah! n'y pensons plus, parle-moi de tes affaires... Tu as vu monsieur Balanier?

SÉBASTIEN.

A l'instant.

HÉLÈNE.

Raconte-moi...

SÉBASTIEN.

Voici ce qu'il m'a proposé... Et je t'en supplie, ne cède pas à ton premier mouvement qui va être de te révolter...

HÉLÈNE.

De me révolter?... Pourquoi? Qu'est-ce qu'il te propose donc? Par exemple, je suis curieuse de savoir!

SÉBASTIEN.

Attends donc... attends... Tu te rappelles que j'ai souvent causé avec lui de son domaine des Landes?

HÉLÈNE.

Des Landes... oui... Après?

SÉBASTIEN.

Ce domaine, il vient de l'agrandir dans des proportions considérables. Il a acheté des milliers d'hectares qu'il faut défricher avec des machines nouvelles...

HÉLÈNE.

Eh bien?

SÉBASTIEN.

Eh bien! il m'offre de me mettre à la tête de cette exploitation.

HÉLÈNE.

Toi! Il est insensé, ce Balanier! T'envoyer dans

les Landes défricher des marécages! Pourquoi pas dans l'Afrique centrale!

SÉBASTIEN.

J'étais aussi sûr que tu allais t'emballer...

HÉLÈNE.

Je ne m'emballe pas, je suis indignée... J'espère que tu as refusé catégoriquement... T'enfouir dans un désert, à ton âge! Renoncer à l'ambition, au succès!... Quitter Paris! Tu penses bien que ce n'est pas pour moi que je parle, n'est-ce pas? parce que moi, je m'arrangerai toujours pour te suivre... Je ne songe qu'à ton avenir... Et il faut même que Balanier ait un rude aplomb pour oser faire cette proposition à un garçon de ta valeur qui a dix fois plus de mérite et d'instruction que lui... Ils sont étonnants, ces gens-là!

SÉBASTIEN.

Balanier m'offre le poste où il suppose que je peux lui être utile. Le reste lui est complètement égal. Mettons-nous donc en présence de la situation réelle... qui n'est plus la même qu'il y a un an ou seulement quinze jours. J'ai maintenant la garde et la responsabilité de ma sœur et je n'ai plus le droit de courir certains risques ou d'attendre avec insouciance un hasard heureux. Comprends qu'il faut que je gagne de l'argent et que j'en gagne tout de suite. Je suis pris à la gorge!

HÉLÈNE.

Oui... Je le sais... Mais raison de plus pour rester à Paris. C'est là et non ailleurs que tu en gagneras de l'argent et par des moyens autrement brillants et dignes de toi. C'est dans ce milieu qui est le tien désormais.

SÉBASTIEN.

Non, il n'est pas le mien ! Voilà où est ton erreur, Hélène. Et je n'ai absolument rien de ce qu'il faut pour y réussir... Nous venons d'en faire l'expérience. Je n'ai pas la souplesse ni le genre d'esprit nécessaires ; je n'ai pas cette faculté que possède même un provincial comme Barois de s'adapter instantanément à des gens familiers et médiocres et de réclamer leur protection d'une façon qui les flatte. Je manque d'une certaine élégance de la parole et du geste, banale comme une poignée de main, mais aussi utile qu'elle ! Il y a des êtres devant qui je me raidis d'instinct et ce sont précisément ceux qui pourraient me servir... un Moulaine, un Serval à qui je suis naturellement antipathique... C'est comme ça, c'est comme ça... Chacun a son caractère, ses idées, sa chance... une sorte de ligne directrice suivant laquelle s'organisent tous les événements de sa vie... Eh bien ! moi, si je m'acharnais à vouloir faire ce que je suis, par ma nature, incapable de faire, dans six mois, je ne serais plus qu'une loque ou peut-être pis !

HÉLÈNE.

C'est incroyable comme tu exagères, comme tu vois les choses en noir !...

SÉBASTIEN.

Mais non... Est-ce qu'on sait jamais jusqu'où on descend, à Paris ? Ah ! je commence à en avoir rencontré sur le pavé, de ces individus qui perdent peu à peu tout scrupule et toute dignité ; qui vivent de tapages, d'abus de confiance, d'un tas de trucs que j'ai vus de près et qui me répugnent !

HÉLÈNE.

Quel rapport as-tu avec des individus pareils?
C'est inouï! Il n'y a pas d'homme mieux doué que
toi, au contraire, d'un caractère plus énergique,
d'un esprit plus clair. Tu as le don admirable
d'aller droit devant toi, d'agir face à la vie!
Rappelle-toi donc la manière légère et robuste
dont tu as traversé tant de rudes heures! J'étais
épouvantée de ton sang-froid, de ton allégresse.
Je tremblais pour toi et c'est toi qui me rassu-
rais. Mais tu as justement les qualités qui sont
les plus indispensables aujourd'hui!

SÉBASTIEN.

A quoi m'ont-elles mené? A devenir un instant
l'homme d'affaire d'un Cabaniès qui te tapait de
dix mille francs pour me créer une situation...
Ne nie pas, j'en suis sûr et je te dis que c'est
inadmissible, et tu le sais parfaitement. Remarque
que je ne me décourage pas du tout. La bataille
est perdue, mais on a le temps d'en gagner une
autre, comme a dit le héros! Seulement, c'est
à une condition expresse : voir les choses comme
elles sont. Or, je ne serai jamais l'homme d'une
de ces situations brillantes pour lesquelles il faut
plus d'habileté que de valeur véritable... Je ne
serai jamais le jeune homme à la mode, n'en
parlons plus, renonçons-y une fois pour toutes...
Alors, vois-tu, il vaut mieux que je m'éloigne
carrément, pendant un temps plus ou moins
long, et que j'aille n'importe où exercer honnê-
tement un métier honnête, un métier conforme
à mes aptitudes et à mes goûts.

HÉLÈNE.

Tu es décidé?

SÉBASTIEN.

Oui. Si je ne le fais pas, si je me remets à courir de place en place, je suis perdu, c'est réglé!

HÉLÈNE.

Soit! Si j'insistais, c'est parce que j'ai de ton avenir une conception différente de la tienne. Mais tu es le maître, Sébastien, je n'ai qu'à obéir. Qu'est-ce que ça me fait, après tout, d'être dans un endroit ou dans l'autre, pourvu que je sois près de toi... Il y a bien une ville dans les Landes, ou un village, ce n'est pas un endroit désert, c'est en France!

SÉBASTIEN, *allant à elle avec décision.*

Hélène, écoute-moi... Tu es bien sûre que je t'aime, n'est-ce pas? Que je suis incapable de te mentir, incapable de dissimulation et de fourberie... Eh bien! laisse-moi partir seul d'abord, reconnaître le terrain. Dès que j'aurai montré à Balanier qui je suis, de quoi je suis capable, il me trouvera une situation meilleure, j'en suis convaincu, et nous nous rejoindrons.

HÉLÈNE.

Ah! bien! par exemple! je t'abandonnerais quand tu vas mener une existence de sauvage! Je resterais des mois et des mois sans te voir! Jamais, tu entends, jamais!-A moins que tu ne me le défendes! Mais c'est impossible, n'est-ce pas? Tu ne m'empêcheras pas de te suivre! Dis?... Oh! c'est ça... c'est ça! Tu ne veux pas que je t'accompagne?

SÉBASTIEN.

Je vais avoir une vie très dure que je ne veux pas te faire partager!... Non! te vois-tu installée dans un village des Landes où j'irais te rendre visite la blouse sur le dos! Et ta fille, qu'est-ce qu'elle deviendrait dans cette combinaison? Je serais obligé de vous imposer toutes sortes de privations! Je souffrirais des sacrifices que tu serais forcée de me faire! Et un beau jour tu ne sais pas ce qui arriverait? Nous aurions assez de cette existence de sauvages, comme tu dis, nous aspirerions à du bien-être, à du luxe, et nous reviendrions à Paris où, cette fois-ci, je ferais le plongeon définitif! Eh bien! non, non et non! Je ne veux pas sombrer!

HÉLÈNE.

Tu ne sens donc pas que tu me déchires le cœur avec ces mots-là! C'est donc moi qui te fais sombrer! C'est donc moi que tu veux fuir! Tu as l'air de m'attribuer tes déceptions, toutes les injustices que tu as subies! Elles sont ignobles, je le reconnais... Mais ce n'est pas de ma faute pourtant, j'aurais donné mon sang pour te les épargner, tu le sais bien... Oh! quel travail affreux s'est fait dans ton esprit depuis quelques jours! Tu ne m'aimes donc plus que tu as déjà construit ta vie en dehors de moi?

(Elle tombe sur une chaise en pleurant.)

SÉBASTIEN.

Si! je t'aime, je ne cesse pas de t'aimer... Ce qui nous sépare et pas pour toujours... pas même pour longtemps, ce n'est pas ma volonté, c'est la force des choses, c'est la vie elle-même, c'est une espèce de machine implacable qui nous jette loin l'un de l'autre...

HÉLÈNE.

Ah! si tu m'aimais comme je t'aime, il n'y aurait n'y force des choses, ni machine impla-

cable qui aurait le pouvoir de nous séparer, même
une heure ! Tu irais chercher moins de subtibi-
lités au fond de ta conscience... tu n'aurais pas
tant de scrupules, tu n'invoquerais pas mon
enfant... Tout deviendrait simple, tout deviendrait facile et ton imagination cruelle ne dresserait
pas tant d'obstacles entre nous !

SÉBASTIEN.

Oui, j'hésite à t'entraîner dans une aventure
sans issue, j'hésite à faire preuve d'un égoïsme
effroyable et tu dis que je ne t'aime pas !... Oh !
je n'ignore pas ce que je devrais faire si j'étais un
amant véritable ! Au lieu de partir pour gagner
ma vie, je devrais te pousser au divorce, n'est-ce
pas ? Et ensuite, sans m'inquiéter du désastre et
des victimes, t'épouser et m'emparer de ta fortune ! Alors, tu ne douterais plus de mon amour !

HÉLÈNE, avec violence.

Mais conseille-moi donc de me réconcilier avec
mon mari, toi aussi ! Oui, voilà où tu en es
arrivé ! Tu acceptes cette pensée horrible !... Elle
vient de te traverser l'esprit, je l'ai vue passer
dans ton regard ! De cette façon tu serais bien
sûr que je ne reviendrais plus pour être ton
mauvais génie, puisqu'il paraît que je suis ton mauvais génie !... Va ! Va ! renvoie-moi à mon mari !
Il doit être dans quelque coin à attendre que sa
mère, ma cousine, et toi par-dessus le marché
vous me jetiez dans ses bras... Oui... oui... toi
comme les autres !

SÉBASTIEN.

Ah ! comme tu es injuste ! Oui, certes, je l'ai
souvent cette pensée... Et quand je te vois me-
nacée dans ta fille et traquée de toutes parts, je

me demande si tu pourras toujours échapper à
cet homme ! Mais crois-tu que je n'en souffre pas
autant que toi et d'une souffrance où il y a de
l'humiliation, de la colère et de la défaite !

HÉLÈNE.

Où il y a de tout, sauf comme dans mon cœur
de l'amour meurtri et du désespoir ! Car ce qui
serait pour moi un supplice sans nom, un supplice qui mettrait ma chair à vif, ne te laisserait
que de l'amertume ou quelque douleur passagère
dont tu ne tarderais pas à te consoler... C'est
fini... c'est fini !... Tu ne m'aimes plus ! Comment
ai-je pu te perdre ! Qu'est-ce que j'ai fait contre
toi ? Est-ce que j'aurais pu être une amie plus
dévouée ? On ne peut pas plus appartenir à un
être que je t'ai appartenu, pourtant ! Tu t'en
souviens ? au début, quand tu rentrais de l'usine
et que tu t'emparais de moi, ardemment, le sourire aux lèvres, la main hardie, comme si tu
prenais une revanche sur ta vie médiocre... Oh !
alors, tu m'aimais, tu m'aimais par les sens, par
l'orgueil satisfait... Ces souvenirs... ces souvenirs ! Dire qu'à un moment de notre liaison que
je n'ai pas saisi... qu'à cette heure même je ne
distingue pas bien, nous aurions pu être des
amants qui ne se séparent jamais ! Qu'il s'en est
fallu de peu ! Ah ! quel remords ! J'en mourrai,
j'en mourrai !

(Elle éclate en sanglots.)

SÉBASTIEN.

Tais-toi ! tais-toi ! Je suis bouleversé ! Ne pleure
plus, je t'en supplie !... Veux-tu que je refuse de
partir ?

HÉLÈNE, *avec désespoir.*

Est-ce que c'est possible maintenant, après

tout ce que tu m'as dit? Si je profitais de ta faiblesse et de ton émotion, au premier échec, à la première déception, c'est encore moi que tu accuserais! Les raisons que tu me donnes aujourd'hui reviendraient plus fortes et plus impérieuses! Et je serais celle qui aurait entravé ta carrière... Ah! j'avais fait un autre rêve! Non... non... Sébastien, je ne consens pas à jouer ce rôle dans ta vie. Suis ton inspiration et ton instinct. C'est toi qui es lucide sur ta destinée... Moi, je me suis trompée... Oui, j'ai dû me tromper... Je n'ai pas eu la claire vision de ton avenir... J'aurais pu mieux deviner ton caractère, tes goûts, ton genre de supériorité sur les autres hommes... J'ai vu surtout les qualités pour lesquelles je t'aimais... je l'avoue... je l'avoue. Mon cœur se révolte, mais mon esprit se soumet.

SÉBASTIEN.

Tu ne me comprends pas, Hélène... Je ne peux pas oublier tes caresses, tout ce que tu m'as donné de toi... Tu as été la compagne, l'amie... Je ne l'oublierai jamais. Et je te jure que si je m'éloigne de toi, c'est avec la volonté profonde de revenir un jour bien armé et bien fort, pour t'arracher à tous ces gens qui te menacent: tandis qu'aujourd'hui, je ne peux rien pour toi, rien, je suis vaincu d'avance! Laisse-moi conquérir de la puissance, de l'argent... Ce sera pour nous, pour nous deux! Car je t'aime!

HÉLÈNE.

Tu veux donc que j'espère encore? Absurde que je suis! Jusqu'à ton départ je vais te croire!

SÉBASTIEN.

Oui... oui... et il ne faut plus souffrir! Il ne

faut plus répéter surtout cette chose abominable que tu m'as dite tout à l'heure...

HÉLÈNE.

Ah! oui... ma mort... Mais suis-je bête de t'avoir dit ça! Voilà que je vais encore te troubler... t'inquiéter!... Excuse-moi, mon chéri!... et à demain... Tu verras, demain, je serai plus gaie!... D'ailleurs, tu ne pars pas avant quelques jours, n'est-ce pas? J'aurai le temps de m'habituer à cette idée... C'est vrai, c'est vrai, tout n'est peut-être pas fini... non!... Et puis, sois tranquille, va... quoi qu'il arrive, je ne mourrai pas... je te le promets... je te le promets... On ne meurt pas comme ça, ce serait trop commode!

(Ils sont allés vers la porte en se tenant par la main. Le rideau tombe quand ils y arrivent.)

ACTE V

Même décor qu'à l'acte précédent.

SCÈNE PREMIÈRE

MADAME ARDOUIN, LE DOCTEUR, puis MADEMOISELLE MESSANY.

LE DOCTEUR.

Elle dort. Je préfère ne pas la réveiller. Je repasserai tantôt.

MADAME ARDOUIN.

Il me semble qu'elle a meilleure figure que ces jours-ci.

LE DOCTEUR.

Oui, sensiblement... A-t-elle pu se lever ce matin ?

MADAME ARDOUIN.

Un instant.

LE DOCTEUR.

Sans fatigue?

MADAME ARDOUIN.

Sans trop de fatigue...

LE DOCTEUR.

Je pense qu'elle sera dans quelques jours en état de voyager... Il est indispensable qu'elle parte pour le Midi le plus tôt possible... Le cœur est encore bien défaillant... Il souffre d'une lésion déjà ancienne... En somme, le traitement désormais est très simple : pas de surmenage, pas d'émotion... (*A mademoiselle Messany qui entre.*) Réveillée ?

MADEMOISELLE MESSANY.

Pas encore.

LE DOCTEUR.

Bon. Laissons-la tranquille.

MADEMOISELLE MESSANY.

Je lui donne toujours cette potion ?

LE DOCTEUR.

Toutes les deux heures environ... Et en cas de syncope, je vous ai dit ce qu'il faut faire... Mais je ne crois pas que nous ayons à en redouter pour l'instant... madame... A tantôt, mademoiselle.

(*Il sort.*)

SCÈNE II

MADEMOISELLE MESSANY, MADAME ARDOUIN.

MADAME ARDOUIN.

Maintenant que notre chère Hélène est en voie de guérison, je désirerais vous poser une question un peu délicate. Vous ne m'y répondrez que dans la mesure que vous croirez pouvoir le faire.

MADEMOISELLE MESSANY.

Je vous écoute.

MADAME ARDOUIN.

Vous savez que j'ai enfin obtenu d'Hélène qu'elle consente à recevoir son mari ici aujourd'hui même. J'attends mon fils d'un instant à l'autre.

MADEMOISELLE MESSANY.

Oui, je le sais... Hélène m'en a avertie.

MADAME ARDOUIN.

Une réconciliation, l'oubli du passé s'en suivront, j'espère, naturellement. Je dis « j'espère » car là-dessus, je n'ai pas encore la parole d'Hélène, et je n'ai pas osé trop insister dans l'état de santé où elle se trouve.

MADEMOISELLE MESSANY.

Oh ! je crois bien... Il faut attendre qu'elle soit complètement rétablie.

MADAME ARDOUIN.

Pour moi, le résultat ne dépend que d'un seul point et c'est sur ce point-là que votre opinion me serait précieuse.

MADEMOISELLE MESSANY.

Voyons...

MADAME ARDOUIN.

Hélène vous a-t-elle reparlé de monsieur Réal?

MADEMOISELLE MESSANY.

Plusieurs fois.

MADAME ARDOUIN.

Correspondent-ils? Si ma question vous gêne, excusez-moi.

MADEMOISELLE MESSANY.

Mais elle ne me gêne pas du tout. Je ne suis pas leur confidente, et je n'ai, croyez-le bien, aucun secret à garder. Je connais la situation comme vous la connaissez, ni plus, ni moins. Quant aux vraies intentions d'Hélène, je les ignore absolument. J'ai mon franc-parler vis-à-vis d'elle et à diverses reprises je lui ai donné des conseils dans le sens que je vous ai dit...

MADAME ARDOUIN.

Oui... et je vous en suis bien reconnaissante.

MADEMOISELLE MESSANY.

Seulement, il ne faut pas nous dissimuler que ce que nous disons ou rien, c'est exactement la même chose. A mon avis, il vaut mieux laisser Hélène conduire elle-même les événements. Elle a été terriblement secouée, la pauvre fille... Il y a six mois, le jour où le jeune homme est parti, elle avait déjà eu une crise... Ah! ce jour-là, je l'ai crue perdue! Heureusement, elle s'est très vite remise, et c'est pour cela que je ne vous avais pas avisée. Si je vous ai écrit il y a quinze jours, c'est sur l'avis du docteur et quand la crise actuelle s'est déclarée.

MADAME ARDOUIN.

Hélène, à ce moment-là, n'a pas fait d'objections à ma présence?

MADEMOISELLE MESSANY.

Non, non, au contraire... Et depuis, elle a été très touchée de votre dévouement, de vos soins...

MADAME ARDOUIN.

Et cette nouvelle crise n'est pas due, suivant vous, à quelque incident... à une discussion avec...? Enfin! monsieur Réal est-il revenu à Paris cet hiver, à votre connaissance? Ceci est capital pour moi.

MADEMOISELLE MESSANY.

Monsieur Réal n'est certainement pas revenu...
A ma connaissance même et d'après ce que m'a
dit Hélène, il doit rester là-bas pendant plusieurs
années.

MADAME ARDOUIN.

Alors, ce serait la rupture, sûrement. Ah! si
vous saviez combien je suis gênée de vous faire
subir cet interrogatoire? Combien je suis ulcérée!
Je sacrifie à la reconstitution de mon foyer mes
sentiments les plus profonds, les principes de
toute ma vie, presque mon honneur. Qui aurait
cru Hélène capable d'une action pareille? Pourvu
que mon fils ne s'en doute jamais!

MADEMOISELLE MESSANY.

Chère madame, laissez-moi vous parler bien
franchement. Je crains que vous ne soyez pas
décidée à pardonner à Hélène sincèrement, du
fond du cœur. Eh bien! ce ne serait pas digne de
vous. Si vous conservez la moindre haine, la
moindre rancune même, n'allez pas plus loin.
Car ce n'est pas la réconciliation loyale que vous
prépareriez, mais un drame peut-être plus douloureux que l'ancien. Allez, madame, de vieilles
personnes comme nous, que la vie, en somme, a
épargnées, doivent être indulgentes. Et plus elles
ont été irréprochables, plus cette indulgence, il
me semble, devrait leur être facile. Il faut tant de
chance pour arriver jusqu'à nos âges sans rencontrer le démon!

MADAME ARDOUIN.

Croyez bien que je n'ai pas d'arrière-pensée.
Qu'Hélène redevienne ce qu'elle doit être et j'oublierai tout.

SCÈNE III

Les Mêmes, HÉLÈNE.

MADAME ARDOUIN, à *Hélène qui entre, faisant un pas vers elle.*

Ah ! vous voilà levée, ma chère enfant... Tournez-vous... Bon ! vous avez la figure reposée...

HÉLÈNE, *en souriant. Elle est assez pâle.*

Je ne suis pas trop mal aujourd'hui, ma mère, je vous remercie.

MADEMOISELLE MESSANY.

Je vais te donner ta potion... Au fait, non... dans un quart d'heure... Tu sais que le docteur est très content ?

HÉLÈNE.

Oui... oui... J'ai cru le deviner... Moi-même, je me sens plus forte qu'hier... C'est très curieux, quand je me suis éveillée ce matin, j'étais convaincue que je ne passerais pas la journée, et maintenant, je ferais volontiers un petit voyage. J'ai une drôle de maladie !

MADEMOISELLE MESSANY.

Tu ne l'as plus, voilà tout ce que ça prouve...

MADAME ARDOUIN.

Dites-moi, ma chère Hélène ?...

HÉLÈNE.

Quoi, ma mère?

MADAME ARDOUIN.

Vous n'oubliez pas que c'est aujourd'hui que vous avez permis à votre mari ?...

HÉLÈNE, *très naturellement.*

De venir me voir?... Mais sans doute.

MADAME ARDOUIN.

Ah! Je mets tant d'espoir dans cette première entrevue!

HÉLÈNE, *très calme.*

Elle ne me sera pas pénible. Deux ans ont passé. Je reverrai Pierre avec plaisir.

MADAME ARDOUIN.

Il a conservé pour vous une tendresse infinie... Alors, quand il arrivera, vous le recevrez?

HÉLÈNE.

Tout de suite.

MADAME ARDOUIN, *l'embrassant.*

Merci, ma chère fille... (*Regardant la pendule.*) Il ne tardera pas... je vais l'attendre... lui parler d'abord... le préparer...

HÉLÈNE.

C'est cela, ma mère.

(*Sort madame Ardouin.*)

SCÈNE IV

HÉLÈNE, MADEMOISELLE MESSANY.

MADEMOISELLE MESSANY, *la regardant, après un temps.*

Voyons, secoue-toi un peu, tâche de sourire, de te reprendre... En somme, ça ne t'engage pas à grand'chose de recevoir ton mari.

HÉLÈNE.

Oh! en effet...

MADEMOISELLE MESSANY.

Ne sois donc pas triste comme ça.

HÉLÈNE.

Je ne suis pas triste... non... j'ai plutôt comme un brouillard devant l'esprit. Je n'aperçois plus les choses avec la même netteté qu'autrefois. Ma vie passée me paraît lointaine et confuse. Les événements qui la composent, les douleurs qui l'ont traversée ne forment plus qu'un seul souvenir, très vague, très lourd, sous lequel je suis écrasée... Il me semble que je n'ai plus d'âge et je suis obligée de faire un effort de mémoire pour me rappeler que je n'ai pas tout à fait vingt-huit ans...

MADEMOISELLE MESSANY.

Voilà le vrai mot, tiens!... le mot de la nature... tu as vingt-huit ans et par conséquent tout l'avenir est devant toi.

HÉLÈNE, *riant.*

Ah! Ah! l'avenir!... Vous souhaitez que je rie... Eh bien! voilà... je ris... (*Sérieusement.*) C'est le quinze, aujourd'hui?

MADEMOISELLE MESSANY.

Le quinze.

HÉLÈNE.

Un lundi?

MADEMOISELLE MESSANY.

Un lundi. Pourquoi demandes-tu ça?

HÉLÈNE.

C'est parce que dans ma dernière lettre à Sébastien je crois que je me suis trompée de jour

et de date. Quand vous ai-je donné une lettre
pour lui?

MADEMOISELLE MESSANY.

Vendredi.

HÉLÈNE.

Vous l'avez envoyée à la poste immédiatement?

MADEMOISELLE MESSANY.

Le soir même.

HÉLÈNE.

Ah!

MADEMOISELLE MESSANY.

Alors, il sait que tu as été malade? Tu ne voulais pas le lui dire.

HÉLÈNE.

Je ne voulais pas l'inquiéter... Car, évidemment, ça l'aurait inquiété... Mais quand le docteur a dit que j'étais hors de danger, je l'ai mis
au courant... Je lui ai raconté ma maladie... Je
ne sais pas pourquoi d'ailleurs... Oh! vous pensez, ce n'est pas pour le faire venir... Ça lui serait
bien difficile... Il est tellement occupé!

MADEMOISELLE MESSANY.

Il est toujours content de sa situation, ce
petit?

HÉLÈNE.

Oh! enchanté... Il est à la tête d'une exploitation très importante... Il gagne bien sa vie.
Monsieur Balanier est très satisfait de lui... Et il
va le garder des années et des années. Figurez-
vous que Sébastien a apporté dans les machines
quelques perfectionnements très ingénieux...

MADEMOISELLE MESSANY.

Vraiment? Et quelles machines?

HÉLÈNE.

Des machines agricoles. Oh! sa carrière est assurée! Quel bonheur pour lui! Il le mérite, allez! Il est si énergique, si intelligent! Le voilà dans sa vraie voie... Il finira par se marier... oui... il se mariera forcément... forcément... Entre nous, maintenant, il y a un abîme... il y a toute la vie... Vous voyez, je suis résignée... bien résignée... Je n'ai plus d'illusions, je n'ai plus d'espoir...

MADEMOISELLE MESSANY.

Dans ce cas, je ne vois pas pourquoi tu ne te remettrais pas tranquillement avec ton mari.

HÉLÈNE.

Est-ce que je peux prendre une décision pareille sans revoir Sébastien, sans qu'il sache les vraies raisons de ma conduite? Il faut que j'aie une dernière explication avec lui, pourtant!

MADEMOISELLE MESSANY.

A quoi bon? Il sait bien que ta position est intenable, que tu ne peux pas l'attendre éternellement, avec toutes les menaces qui pèsent sur toi... sur ta fille... Va, ma pauvre chérie, en te réconciliant avec monsieur Ardouin, tu fais ce que tu dois faire.

HÉLÈNE.

Oui, quand on n'espère plus rien, c'est encore une chance qu'il reste le devoir... (*Écoutant.*) Tenez... Voici mon mari... je reconnais sa voix.

PIERRE, *entr'ouvrant la porte.*

On peut entrer? (*Il entre. A mademoiselle Messany.*) Bonjour mademoiselle.

MADEMOISELLE MESSANY.

Bonjour, monsieur Ardouin.

(Elle sort.)

SCÈNE V

PIERRE, HÉLÈNE.

PIERRE.

Ma chère Hélène... Ma chère amie...

HÉLÈNE.

Bonjour, Pierre. Assieds-toi.

PIERRE.

Je suis installé à Paris depuis que tu es malade et j'avais chaque jour de tes nouvelles par ma mère.

HÉLÈNE.

Et toi, tu t'es bien porté?

PIERRE.

Ma foi, oui, très bien... Que veux-tu? j'ai une santé de fer!

HÉLÈNE.

Tant mieux, mon ami, tant mieux... Tu as embrassé Germaine?

PIERRE.

Je crois bien, en arrivant!

HÉLÈNE.

Elle a grandi, n'est-ce pas?

PIERRE.

Elle est superbe...

HÉLÈNE.

En deux ans, dame !

PIERRE.

Tu ne sais pas ce qu'elle m'a dit, quand je suis
entré dans sa chambre?

HÉLÈNE.

Quoi?

PIERRE.

« Eh bien ! papa... on ne te voit pas souvent! »

HÉLÈNE.

C'est drôle... oui!...

PIERRE.

Enfin! espérons que maintenant... Quand pars-tu
pour le Midi?

HÉLÈNE.

Dès que ma santé ne s'y opposera plus.

PIERRE, — *un temps.*

Me permettras-tu de t'accompagner?

HÉLÈNE.

Veux-tu que nous nous parlions bien franchement, mon ami?

PIERRE.

Certes, oui, Hélène... Je suis à ta discrétion, tu
entends? à ton entière discrétion... Maman, dans
son désir de refaire notre ménage, dans son affection pour moi, n'a pas toujours été très douce ni
très conciliante, je le sais... Mais elle est bonne,
au fond, et tendre, une fois qu'on a accepté son
despotisme, ou plutôt qu'on a fait semblant de
l'accepter... elle n'en demande pas davantage...
En tout cas, il y a moi qui ne veux plus sous
aucun prétexte qu'on t'occasionne le moindre
souci... Je tiens à ce qu'on ne force pas ta volonté.

Je t'ai trahie, je t'ai fait souffrir, mais je ne suis pas ton ennemi.

HÉLÈNE.

Alors, nous nous entendrons tous les deux beaucoup plus facilement.

PIERRE.

C'est ça, parbleu ! Ne mettons plus personne dans nos affaires... Nous sommes mari et femme, nous avons une fille. C'est son intérêt qui doit nous conduire uniquement. Or, il est certain qu'elle n'a pas intérêt à ce que nous soyons séparés... Voilà toujours un point sur lequel nous finirons par tomber d'accord, n'est-ce pas ?

HÉLÈNE.

Oui.

PIERRE.

Je suis très content.

HÉLÈNE.

J'accepte donc loyalement l'idée d'un rapprochement entre nous, Pierre. Je te prie seulement de me laisser le temps, sinon de la réflexion — j'ai réfléchi — mais de la décision.

PIERRE.

Par exemple... Tout le temps que tu souhaiteras !... *(Il lui prend la main et la lui baise.)* Le passé est oublié ?

HÉLÈNE.

Il est le passé.

PIERRE.

C'est-à-dire rien...

HÉLÈNE, *souriant.*

Hum !...

PIERRE.

Tu ne sais pas ?... Je vais acheter une étude de notaire... dans l'arrondissement de Villensel...

elle va être vacante d'ici à un mois... C'est tout
à fait convenu avec maman... Ah! c'est ce que
j'aurais dû faire depuis longtemps... Enfin! mieux
vaut tard que jamais! Au fond, tout ça est parfait... parfait!

(Entre mademoiselle Messany avec une tasse.)

MADEMOISELLE MESSANY, *à Hélène.*

Il est l'heure de ta potion... *(A Pierre.)* Et vous,
allez-vous-en, en voilà assez pour une première
entrevue.

PIERRE, *riant.*

Vous êtes la sagesse même, mademoiselle.
(A Hélène.) Et à quand nous deux? Au fait, ne
fixons pas de rendez-vous... Ce n'est plus la
peine...

HÉLÈNE.

En effet.

PIERRE.

Prends bien ta potion... Qu'est-ce que c'est?

MADEMOISELLE MESSANY.

J'ai oublié le nom...

PIERRE.

A tout de suite, Hélène... *(Il lui baise encore la
main.)* Au revoir, mademoiselle.

MADEMOISELLE MESSANY.

Au revoir, monsieur Ardouin.

*(Il sort après avoir envoyé à Hélène un petit salut de
la main.)*

SCÈNE VI

HÉLÈNE, MADEMOISELLE MESSANY.

MADEMOISELLE MESSANY.

Bois. *(Quand Hélène a reposé la tasse.)* Éh bien?

HÉLÈNE.

Quoi?

MADEMOISELLE MESSANY.

C'est arrangé?

HÉLÈNE.

A peu près.

MADEMOISELLE MESSANY.

Il n'a pas l'air méchant, ce garçon, il te fera une existence très supportable... Comment te sens-tu?

HÉLÈNE.

Pas mal.

MADEMOISELLE MESSANY.

Maintenant, il faut te recoucher.

HÉLÈNE.

Eh bien, je vais me recoucher... Pierre est parti?

MADEMOISELLE MESSANY.

Depuis un instant. Je l'ai entendu refermer la porte... *(On sonne.)* Ah! c'est le docteur.

HÉLÈNE, *tressaillant.*

Il devait revenir le docteur?

MADEMOISELLE MESSANY.

Mais oui.

HÉLÈNE.

Cet après-midi?

MADEMOISELLE MESSANY.

Cet après-midi.

HÉLÈNE.

Je ne savais pas, moi... Alors, c'est lui. *(Elle écoute.)* Eh bien! pourquoi n'entre-t-il pas?

(Entre madame Ardouin.)

SCÈNE VII

Les Mêmes, MADAME ARDOUIN.

MADAME ARDOUIN.

Encore debout, chère Hélène..., C'est de l'imprudence... Allons! venez vous reposer dans votre chambre.

HÉLÈNE.

Je ne suis pas fatiguée du tout... je peux bien recevoir le docteur ici.

MADAME ARDOUIN.

Il viendra peut-être un peu tard.

HÉLÈNE.

Ce n'est donc pas lui qui a sonné?

MADAME ARDOUIN.

Je ne crois pas.

HÉLÈNE.

Qui est-ce? Allez voir, ma cousine... *(Fièrreusement.)* Au fait, non, j'y vais moi-même...

MADAME ARDOUIN, *la retenant.*

Mais non, mais non, mon enfant... Il ne faut
pas sortir...

HÉLÈNE.

Enfin ! qu'y a-t-il ? Qui est là ? *(Regardant madame
Ardouin.)* C'est Sébastien, j'en suis sûre, c'est lui !

(Elle court à la porte.)

MADAME ARDOUIN, *lui barrant la route.*

Oui, c'est monsieur Réal !...

HÉLÈNE, *à mademoiselle Messany, avec fièvre.*

Ma cousine, priez-le d'entrer...

MADAME ARDOUIN.

Réfléchissez à ce que vous allez faire...

HÉLÈNE.

Je vous en supplie, ma mère... laissez-moi...
C'est un ami que je reçois, vous le savez bien, rien
qu'un ami... qui vient pour me voir, parce qu'il
sait que j'ai été malade... très malade... et que je
ne reverrai peut-être plus...

MADAME ARDOUIN.

Vous m'avouerez que c'est d'une inconvenance,
Hélène... Au moment où votre mari... Non, non,
je ne peux pas accepter ça ! Vous ne verrez pas ce
monsieur !

HÉLÈNE, *avec précipitation et fièvre.*

Ah ! écoutez, madame !... Nous n'allons pas
discuter encore !... Vous ne m'empêcherez pas
de recevoir monsieur Réal... ce n'est pas la peine
d'essayer !... Il est là... et vous voudriez !... Ah !
Ah ! voyons, vous êtes folle !

MADAME ARDOUIN.

Hélène !

MADEMOISELLE MESSANY.

Hélène, calme-toi, au nom du ciel !

HÉLÈNE, à madame Ardouin.

Je ne suis pas encore votre prisonnière, vous entendez ! Je suis libre !... jusqu'à ce que je sois retournée avec Pierre ! C'est convenu avec lui ! Laissez-moi donc passer, voyons !

MADAME ARDOUIN.

Non !

HÉLÈNE, éclatant.

Non ? Alors, je brise tout... Je vais tout avouer à mon mari !... Qu'est-ce que ça me fait ? Pour le temps qui me reste à vivre !

MADEMOISELLE MESSANY.

Calme-toi... calme-toi... Tu vas te faire du mal !

HÉLÈNE.

Tant mieux si je me fais du mal ! Tant mieux si je me tue ! Ah ! elle serait jolie l'existence que je mènerais entre vous deux ! C'est bien plus simple de mourir !... Retirez-vous, madame, retirez-vous ! Je suis malade... allez-vous-en ! au nom du ciel !

(Elle est prise de tremblements.)

MADEMOISELLE MESSANY, se précipitant vers elle.

Ah ! ce que je craignais !... *(A madame Ardouin.)* Je vous en conjure... *(Bas.)* Je vais m'occuper d'elle... ne restez pas, ça vaut mieux !

(Madame Ardouin se retire lentement. Hélène a un commencement de syncope. Mademoiselle Messany lui fait respirer un flacon. Hélène revient à elle peu à peu.)

HÉLÈNE.

Je dois avoir une jolie figure, maintenant... Allez chercher Sébastien, ma cousine.

MADEMOISELLE MESSANY, *lui prenant la main.*

Tu as la fièvre... Il serait peut-être plus prudent...

HÉLÈNE.

Non... non... je peux parfaitement supporter... je le sais mieux que le docteur ce que je peux supporter... Allez, ma cousine, j'attends...

(Sort mademoiselle Messany. Hélène reste seule un instant. Entre Sébastien. Elle tend les bras vers lui.)

SCÈNE VIII

SÉBASTIEN, HÉLÈNE.

HÉLÈNE.

Ah! Sébastien, mon petit, mon ami... mon petit Sébastien... te voilà!...

SÉBASTIEN.

Oui, ma chérie, oui... *(Hélène porte la main à son cœur. La regardant.)* Mais qu'est-ce que tu as? qu'est-ce que tu as?

HÉLÈNE.

Ne t'inquiète pas... J'ai ça de temps en temps... Une douleur atroce et qui disparaît vite, heureusement... Et puis il me reste une sensation très douce... je m'anéantis... je m'anéantis... Ce n'est rien, va!... Oh! quelle bonne idée j'ai eu de t'écrire... C'est bien pour moi que tu es venu, au moins?

SÉBASTIEN.

Pour toi uniquement.

HÉLÈNE.

Quand es-tu arrivé?

SÉBASTIEN.

A l'instant.

HÉLÈNE.

Marguerite va bien ?

SÉBASTIEN.

Oui, très bien... Mais pourquoi ne m'avais-tu pas écrit plus tôt que tu étais souffrante ?

HÉLÈNE.

Tu n'aurais peut-être pas pu te déranger et alors ça m'aurait fait trop de peine... Oh ! d'ailleurs, j'ai été parfaitement soignée... Ma cousine a été d'un dévouement... d'une bonté...

SÉBASTIEN.

Est-ce que ce n'est pas madame Ardouin que j'ai aperçue en entrant ?

HÉLÈNE.

Oui... c'est elle... Elle a été très dévouée aussi quoique tout à l'heure elle ait voulu m'empêcher de te voir... Je me suis mise en colère, ça a failli me tuer, tout bonnement. Enfin ! je lui pardonne. Elle est dans son droit ou elle se croit dans son droit, ce qui est encore pire. . *(Un temps.)* Mon mari est venu aussi.

SÉBASTIEN.

Ah !

HÉLÈNE.

Il est venu aujourd'hui et pour la première fois depuis deux ans... Ecoute-moi, Sébastien... Je vais rentrer là-bas, avec lui. Oui, dès que je serai rétablie je rentrerai à Villensel et cette fois-ci, je crois bien que je ne te reverrai plus. Va, ne proteste pas... Nous savons bien l'un et l'autre que nous sommes séparés pour toujours...

Alors, profitons de ce que nous nous aimons encore pour ne pas nous le dire trop cruellement, car tu m'aimes encore, n'est-ce pas, Sébastien? *(Lui mettant la main sur la bouche pour l'empêcher de répondre.)* Non... je suis trop naïve de te demander ça... Ne réponds pas, ne réponds pas... Non, tu ne m'aimes plus, car tu es engagé dans une lutte trop âpre et trop dure pour qu'elle n'occupe pas tout ton cœur et toutes tes forces... Mais si tu ne m'aimes plus, tu as pour moi une tendresse et une pitié profondes... et ça me suffit, maintenant, ça me suffit...

SÉBASTIEN.

J'ai fait sous tes caresses le seul rêve de ma vie et je t'aime encore comme autrefois. Tu te trompes...

HÉLÈNE.

Tant mieux, mon chéri, tant mieux... D'abord tu te rappelles ce que je t'ai dit un jour : « Tu auras du mal à aimer une autre femme. » Oui, tu auras beaucoup de mal et j'espère que je ne verrai pas ça... Ah! je m'égare, j'oublie ce que je voulais te dire... je n'ai plus bien ma tête à moi... Et c'est justement pour te le dire que je tenais tant à te voir... Voici... voici. Je ne veux pas me faire meilleure que je ne suis, Sébastien, ni plus héroïque. Si je me réconcilie avec mon mari, ce n'est pas par quelque grand sentiment d'honneur et de devoir, ce n'est pas vrai. Ce serait trop beau. Je n'en suis pas capable. Si je le fais, c'est que je n'ai pas pu lutter davantage et défendre mieux mon amour. Et c'est surtout parce que je ne veux pas que cet amour reste une menace pour toi, une menace qui pèserait sur ta vie et qui diminuerait l'allégresse, l'énergie dont tu as besoin. Je resterais libre, vois-tu, je ne pourrais pas m'empêcher de te poursuivre, d'essayer de te reprendre, je te heurterais encore et j'abîmerais le souvenir que je veux te laisser. Voilà pourquoi je m'incline et je disparais. Si j'étais certaine de mourir bientôt, je ne te donnerais pas ces explications. Mais je peux vivre : il faut tout prévoir.

SÉBASTIEN.

Tu vivras ! tu vivras ! Et près de moi, oui, près de moi... Car je me sens assez fort à présent pour te défendre. Je ne veux pas qu'entre nous tous tu sois broyée... Va ! va ! je t'aime et nous avons de longs jours à rester l'un près de l'autre.

HÉLÈNE.

Tais-toi ! Quelle folie ! Tu me dis ça parce que je suis malade !...

SÉBASTIEN.

Mais d'abord tu n'es plus malade... Tu es en pleine convalescence et il faut avant tout, avant de prendre une résolution quelconque, tu entends ? il faut que tu achèves cette convalescence... et que tu te rétablisses entièrement... C'est l'essentiel... Après, nous verrons... Alors, j'ai une idée, moi... Tu vas t'en aller avec moi là-bas, dans les Landes, sous les pins, il y fait un temps de rêve en ce moment... Tu t'installeras dans une petite maison pas très loin de celle que j'habite. Ça, personne ne peut s'y opposer, c'est tout naturel... C'est ta santé qui est en jeu !...

HÉLÈNE.

Merci, Sébastien, merci... Mais je ne sais pas si je pourrai m'échapper.

SÉBASTIEN.

Si ! si ! je m'en charge... Ces gens-là ne te

tiennent pas encore.,. Accepte, Hélène, accepte, je t'en conjure. Il sera facile d'inventer une histoire pour ma sœur.

HÉLÈNE.

On lui dira simplement que j'ai été très souffrante... et que les médecins m'ont recommandé...

SÉBASTIEN.

C'est ça, c'est ça... C'est entendu ?

HÉLÈNE.

C'est entendu... oui... Merci encore, mon chéri, merci... Parle-moi de tes affaires, maintenant... Nous ne parlons que de moi... Tu travailles beaucoup ?

SÉBASTIEN.

Et un beau travail qui t'intéressera.

HÉLÈNE.

Tu gagnes de l'argent ?

SÉBASTIEN.

Bien assez et, dès l'an prochain, j'aurai, je crois, une assez jolie situation.

HÉLÈNE.

Quelle chance ! Ah ! maudit argent ! C'est le plus grand ennemi que nous ayons eu. Dis-moi ? Si tu avais eu de l'argent, tu ne serais pas parti, n'est-ce pas ?

SÉBASTIEN.

Jamais ! Jamais !

HÉLÈNE.

Ah ! que je suis heureuse... tiens !... je t'aime...

(Elle l'embrasse passionnément et en l'embrassant elle pâlit.)

SÉBASTIEN.

Hélène !...

HÉLÈNE, *dans ses bras.*

Que j'ai eu mal ! Cette fois, j'ai cru que c'était fini... Oh ! je ne regretterais pas de mourir... pour ce qui m'attend !...

SÉBASTIEN, *affolé.*

Tu souffres ?

HÉLÈNE, *d'une voix changée.*

Je ne sais pas... ça va mieux... Oh ! pourtant... non... j'étouffe !... (*Tout à coup.*) Mon petit... mon petit...

(*Elle porte la main à son cœur.*)

SÉBASTIEN.

Oh !

HÉLÈNE.

Embrasse-moi vite... Où est donc ma fille ?... Va la chercher ?...

SÉBASTIEN, *la prenant dans ses bras et la regardant de près.*

Hélène... Eh bien ! Hélène !... (*Elle s'est renversée brusquement. Il pousse un cri.*) Oh ! (*Il la porte sur une chaise longue et appelle affolé.*) Mademoiselle ! mademoiselle !

MADEMOISELLE MESSANY, *entrant.*

Quoi ? Oh ! mon Dieu !

(*Ils sont tous les deux contre elle. Mademoiselle Messany fait respirer un flacon à Hélène. Entre le docteur.*)

LE DOCTEUR.

Qu'y a-t-il ?

(*Il se précipite vers Hélène pendant que Sébastien se retire à l'écart. Silence. Le docteur, au bout d'un instant, fait signe à mademoiselle Messany qui se met à genoux devant Hélène. Sébastien l'interroge du regard.*)

MADEMOISELLE MESSANY.

C'est fini !

SÉBASTIEN, *désespéré*.

Fini ! Fini !

LE DOCTEUR.

Oui...

SÉBASTIEN, *fondant en larmes*.

Hélène... ma chère Hélène... ma chérie... *(Prenant les mains de mademoiselle Messany.)* Oh ! mademoiselle... mademoiselle !

MADEMOISELLE MESSANY.

Ah ! mon pauvre petit, tout ce que nous pourrions dire ou rien, maintenant !

TABLE

―

PARIS — IMPRIMERIE MICHELS FILS
6, 8 et 10, Rue d'Alexandrie.

PARIS — IMPRIMERIE MICHELS FILS
6, 8 et 10, Rue d'Alexandrie.

ARTHÈME FAYARD & Cie, Éditeurs

Rue du St-Gothard, 18-20, PARIS XIVe

THÉATRE COMPLET
D'ALFRED CAPUS

❖ ❖

1er VOLUME — Brignol et sa Fille ⌇ Rosine ⌇ Les Maris de Léontine

2e VOLUME — Petites Folles ⌇ La Bourse ou la Vie La Veine

3e VOLUME — Mariage Bourgeois ⌇ La Petite Fonctionnaire ⌇ Les Deux Écoles

4e VOLUME — La Châtelaine ⌇ L'Adversaire (en collaboration avec Emmanuel Arène) ⌇ Monsieur Plégois

5e VOLUME — Notre Jeunesse ⌇ Le Beau Jeune Homme Les Passagères

6e VOLUME — L'Attentat (en collaboration avec M. Lucien Descaves) L'Oiseau blessé ⌇ Qui perd gagne (en collaboration avec M. Pierre Veber)

7e VOLUME — Les Deux Hommes ⌇ Un Ange L'Aventurier

8e VOLUME — Les Favorites ⌇ En Garde! (en collaboration avec M. Pierre Veber) ⌇ Hélène Ardouin

— ❖ —

CHAQUE VOLUME SE VEND SÉPARÉMENT **3f50**

Pour paraître prochainement :

THÉATRE COMPLET
DE
GEORGES DE PORTO-RICHE

Édition in-18 ⌇ **3 fr. 50** le volume.

1er VOLUME — Amoureuse ⌇ L'Infidèle ⌇ Bonheur manqué

PARIS. — IMP. MICHELS FILS.

www.ingramcontent.com/pod-product-compliance
Lightning Source LLC
Chambersburg PA
CBHW061326050726
47504CB00013B/380